Abenteuer passieren jeden Tag,
man muss nur mutig zupacken.

Tom J. Schreiber

Memorien

Mission Erinnerung

Illustriert von: Philipp Ach (philippach.com)
Lektorat: Lenne Lektorat und Texte (lenne-lektorat.de)

ISBN Softcover: 978-3-911045-06-3
ISBN Hardcover: 978-3-911045-07-0

Druck und Distribution im Auftrag: Thomas Gerl, Brunnenstr. 3,
71701 Schwieberdingen

Memorien,
einige Tage zuvor

Es dämmerte bereits. Weit würde er heute nicht mehr kommen. Hier im Gebirge war es weitaus gefährlicher zu laufen, als er angenommen hatte. *War es doch ein Fehler gewesen, allein loszuziehen?*

Zu spät.

Zurückgehen ergab keinen Sinn. Nicht nur das. Er war zu stolz dafür. Genug der negativen Gedanken. Er sollte sich besser einen Unterschlupf für die Nacht suchen. Morgen würde Bertram nachkommen. Falls der es sich nicht anders überlegte, nach ihrem Streit. Dem Feigling traute er zu, dass er womöglich nicht weiterging. Es machte keinen Unterschied. Er hatte seine Entscheidung getroffen.

War da ein Geräusch?

»Hallo«, rief er ins Halbdunkel. »Ist da jemand?«

Keine Antwort.

»Angsthase!« Er lächelte, um sich Mut zu machen.

Unheimlich hier draußen.

Aber in diesem Land war es bisher überall so friedlich gewesen. Sicher brauchte er sich nicht zu sorgen. Die Warnungen, die er gehört hatte, waren ganz bestimmt übertrieben.

Wieder das Geräusch.

»Hallo?«

Ein Schatten hob sich von dem dunklen Pfad ab. Eindeutig eine Gestalt. *Warum antwortete sie nicht?* Er war stehengeblieben.

Die Silhouette nicht.

Sie bewegte sich weiter auf ihn zu. Ein Cape flatterte im

Wind. Die Kapuze tief ins Gesicht gezogen, baute sich das Wesen bedrohlich vor ihm auf.

Hatten sie doch recht gehabt im Tal? War es zu gefährlich, über den Bergpfad zu wandern? Allzu bereitwillig würde er sich nicht überwältigen lassen. Seine Muskulatur spannte sich. Die Finger zu Fäusten geballt, trat er einen Schritt nach vorn. Wer auch immer vor ihm aufgetaucht war, er sollte denken, dass er keine Angst hatte.

Unvermittelt stieß die Kreatur einen Schrei aus. So tief und markerschütternd, dass er schauderte. Sie standen sich jetzt so nahe gegenüber, dass er trotz der Dämmerung ein Gesicht sehen müsste. Aber da war nichts. Nur die Kapuze und ein Schatten.

»Ich fürchte mich nicht vor dir!«, stammelte er.

Es war gelogen.

Sein rasender Puls beschleunigte sich weiter.

Sei auf der Hut, brannte sich in sein Hirn. Jeden Moment konnte der Fremde angreifen. Das befürchtete er, denn genauso hatte man es ihm erzählt – und er hatte es nicht geglaubt. Jetzt zeigte ihm das Schicksal, in welchen Schlamassel ihn seine Überheblichkeit getrieben hatte.

War es besser, dem Scheusal zuvorzukommen, das Überraschungsmoment zu nutzen? Den ersten Schritt zu machen?

Es war zu spät.

Der Schatten schnellte vorwärts. Das Monster streckte die Hände nach ihm aus. Riesige Krallen wuchsen aus seinen Fingern, welche in der nächsten Sekunde auf seinen Körper niedersausten. Wie erstarrt konnte er die scharfen Klauen nicht davon abhalten, sich in seine Brust zu bohren.

Der Schmerz lähmte seine Sinne. Er sank auf die Knie, dann verwandelte sich die Dämmerung zu Dunkelheit.

Es war vorbei.

1

Beginn …

… einer ganz und gar besonderen Geschichte

Ein Donnerschlag erschütterte das Erich-Kästner-Gymnasium im beschaulichen Dorf Hausen. Er war so gigantisch, dass man ihn bis in den letzten Winkel des alten Gemäuers gehört haben musste. In manchen Klassenzimmern schepperten die in die Jahre gekommenen Wandtafeln. Gleich darauf tönte das schallende Gelächter einiger Schüler über den Flur. Halbwegs überrascht, starrte Chemielehrer Rudy Geseke auf die Überreste seines Experiments. Die Panzerglasscheiben, die seinen Versuchsaufbau von der Klasse trennten, hatten zum Glück ihren Dienst verrichtet.

Rudy Geseke hatte sich schnell wieder gefangen. »Natürlich wollte ich euch mit dieser kleinen Explosion lediglich vor Augen führen, wie gefährlich dieses harmlose Pülverchen ist«, sagte der verrückte Professor (wie er von allen nur genannt wurde) so überzeugend wie möglich.

Seine Rabauken wussten genau, dass es nicht stimmte. Aber was machte das schon? Sein Unterricht war der beste am ganzen Gymnasium, und seinen Spitznamen nahm niemand böse, auch der Lehrer selbst nicht.

Nun muss man dazusagen, dass von Rudy Geseke und seiner 6b nie jemand erfahren hätte, wenn einer der Schüler nicht Flynn gewesen wäre. Flynn König war, wie die meisten seiner Mitschüler, zwölf Jahre alt. Er war ein klein wenig größer als die meisten seiner Mitschüler und von seinen blonden Haaren fiel ihm ständig eine Strähne in die Stirn, was ihn natürlich nicht zu etwas Besonderem machte. An ihm war auch sonst nichts Besonderes – außer vielleicht, dass er sehr beliebt war. Das wiederum lag vermutlich ein bisschen an seinem charmanten Lächeln, welches er in diesem Moment aufblitzen ließ.

Leider lächelte er in letzter Zeit immer weniger, aber

dazu kommen wir später.

Flynn war vor allem nett. Und zwar nicht im Sinne von ›nett ist die kleine Schwester von …‹, na ja, ihr wisst schon. Nein, er war einfach höflich. Zu Erwachsenen, selbst zu seinen Lehrern, und er war nett zu all seinen Mitschülern. Im Prinzip also zu jedermann. Dabei hatte man nicht das Gefühl, dass er nur so tat, als wäre er freundlich. Es war vielmehr sein Wesen.

Weniger seine Erziehung, aber dazu kommen wir auch später.

Nett zu sein hinderte ihn allerdings nicht daran, genau hinzusehen. Flynn vertraute nicht blindlings. Ganz im Gegenteil. Er war gerne misstrauisch, behielt das in aller Regel jedoch für sich.

Außerdem war Flynn auch sehr clever. Jetzt zum Beispiel wusste er haarklein, was Rudy Geseke bei seinem Experiment falsch gemacht hatte. Freilich war er viel zu nett, um es ihm unter die Nase zu reiben. Was hätte es schon gebracht. Er würde nur als Klugscheißer dastehen. Es war besser, mit allen anderen über die kurzweilige Stunde zu lachen und davon zu träumen, mit seinem Vater endlich das Baumhaus zu bauen, was der ihm seit langer Zeit versprochen hatte. Die Tatsache dieser leeren Versprechung war übrigens wirklich ernst zu nehmen. Flynn war gerade fünf Jahre alt geworden, als Pa diesen Eid leistete. Warum sich Flynn ausgerechnet in diesem Moment daran erinnerte? Er wusste es selbst nicht. Manchmal kam ihm das Baumhaus tage-, ja wochenlang nicht in den Sinn. Es war auch schon vorgekommen, dass er einen geschlagenen Monat nicht daran denken musste. Aber zuweilen fiel sein Blick aus dem Fenster seines Kinderzimmers, geradewegs auf den kleinen zugedeckten Holzstapel, der weit hinten im Garten unter einer dichten Hecke lag. So wie heute Morgen. Und genau diese Bretter waren früher schon einmal ein Baumhaus gewesen. Das Baumhaus seines Vaters, welches der wiederum mit seinem Vater, also Flynns Opa, gebaut hatte. Tja, und dann ging es ihm tagelang nicht mehr aus dem Kopf. Na ja, und jeder, der aufgepasst hat und nur ein bisschen rechnen kann, hat von ganz allein bemerkt, was los ist. Obwohl Flynn erst fünf Jahre alt gewesen war, sah er seinen Vater in solchen Momenten genau vor sich und erinnerte sich an seine Stimme, als würde sie gerade jetzt zu ihm sprechen.

»Sobald es Frühling wird, werde auch ich dir ein Baumhaus daraus bauen«, waren seine Worte mit Blick auf den Holzstapel.

Inzwischen war oft Frühling gewesen, aber die Bretter lagen trotzdem noch unter der Hecke.

Flynn wusste selbst nicht, warum er so versessen auf das Baumhaus war und nicht einsehen konnte, dass sein Vater keine Zeit dafür finden würde. Vielleicht lag es schlicht daran, dass Flynn fand, dass man Versprechen einhalten musste.

Zum Glück hatte Flynn rundherum eine Menge anderer Interessen. Genauso viele, wie er auch Freunde hatte. Ihm wurde deshalb selten langweilig. Trotzdem spürte er häufig eine tiefe Leere in sich.

Die Schulglocke riss ihn aus seinen Träumereien und kündigte das Ende der Chemiestunde an. Wie in jeder Klasse gab es diejenigen, die als Erste zur Tür rannten, um so schnell wie nur möglich nach draußen zu kommen. Dann gab es welche, die gründlich zusammenpackten und immer gemeinsam mit einer Freundin oder einem Freund den Raum verließen und natürlich gab es ein paar, die es überhaupt nicht eilig hatten. Flynn gehörte zu keiner dieser Kategorien, oder besser gesagt, gehörte er Mal zu der einen und Mal zu der anderen. Am Mittwoch nach Physik hatte er es in Gedanken sehr eilig. Das hatte damit zu tun, dass im Anschluss zwei Stunden Sport folgten. Flynn liebte Sport. Er war nämlich nicht nur schlau, sondern auch unheimlich sportlich. Die Ursache, warum er nur in seiner Vorstellung als Erster aus dem Klassenzimmer flitzte, war sein bester Freund, Konrad. Der hasste Sport leider unheimlich. Konrad pressierte es deshalb rein gar nicht.

»Jetzt komm schon«, drängelte Flynn. »Wegen dir versäumen wir noch die Hälfte der Stunde.«

Flynns Unruhe bestand nicht ganz grundlos. Bis zur Sporthalle war es zu allem Unglück ein Stück zu gehen, und als ordentlicher Sportler wollte er sich natürlich vor dem Unterricht aufwärmen. Obwohl Konrad jede Woche dasselbe Theater vollführte, wäre Flynn nie auf die Idee gekommen, ohne ihn abzuhauen. Zugegeben, es war nervig, aber Konrad beschwerte sich auch nicht über Flynns Macken und davon gab es mehr als genug.

Nachdem sie die Sporthalle endlich erreicht hatten, ging das wöchentliche Trauerspiel erst richtig los. Konrad war dummerweise genau das Gegenteil von Flynn.

An dieser Stelle wäre es nicht angemessen, eine exakte Beschreibung von Konrad abzugeben. Allgemein ist zu sagen, dass die äußere Erscheinung eines Menschen sehr häufig zu falschen Rückschlüssen auf dessen Charakter führt. Vor allem bei denjenigen Leuten, die Aussehen und innere Werte nicht gut voneinander trennen können. Jedenfalls könnte es im Falle von Konrad zu solchen Verwicklungen kommen und deshalb ist es besser, darauf zu verzichten. Er hatte es ohnehin schon schwer genug mit seinen Klassenkameraden. Für die Geschichte ist es ausreichend zu wissen, dass Konrad in Bezug auf den Sportunterricht weder Ausdauer noch Geschicklichkeit oder Kraft besaß. Egal, was auf dem Programm stand, Flynn wusste genau, dass sein Freund dabei versagen würde. ›Versagen‹, pff, was für ein bescheuertes Wort. Konrad konnte es halt nicht. Dafür konnte er die tollsten Bilder malen, die Flynn je gesehen hatte. Konrad hatte außerdem die besten Ideen, wenn es darum ging, sich im Laub zu wälzen oder sich Eissorten auszudenken. Den größten Spaß hatten sie dabei, sich im Supermarkt hinter den Regalen zu verstecken und Leute zu ärgern, die arglos ihre Einkäufe tätigten. Einmal hatte sie Herr Schmitzke (ihm gehörte der Supermarkt – das glaubte Flynn zumindest) sogar hinauswerfen müssen, weil Konrad auf die Idee gekommen war, den Gang, wo es Soßenpäckchen und Konservensuppen zu kaufen gab, mit reichlich Mehl zu bestreuen. Er wollte wissen, ob man darauf gut schlittern konnte. Natürlich hatten sie das Mehl zuvor an der Kasse bezahlt. Rausgeflogen waren sie trotzdem. Konrad konnte auch ganz prima das Sonnensystem erklären und davon träumen, ein berühmter Wissenschaftler zu werden. Was machte es also, dass er unsportlich war?

Flynn wusste genau, was es machte: Es machte Konrad traurig. Jede verflixte Woche machte es Konrad traurig, und Flynn gleich mit.

Nein, Flynn machte es nicht traurig. Flynn machte es zornig.

Es machte ihn zornig auf seinen Lehrer, seine Mitschüler, die sich seine Freunde schimpften und die Mädchen, die manchmal oben auf der Tribüne hockten und bewundernd zu ihm heruntersahen. Es machte ihn zornig, wenn sie über Konrad lachten, weil er nicht genügend Schwung hatte, um über den Bock zu springen, oder beim Brennball abgeworfen wurde, weil er gestolpert und hingefallen war. Flynn machte es zornig, dass sie seinen besten Freund jede Woche so traurig machten und er nicht wusste, wie er es verhindern konnte. Es machte ihn zornig und unbeherrscht, obwohl Flynn für gewöhnlich ein wirklich netter Junge war. Wahrscheinlich verstand er genau deshalb nicht, warum sie Konrad, der nie irgendjemand etwas Böses getan hatte, nicht einfach in Ruhe lassen konnten. Das Einzige, was ein bisschen half, war, dass er ihm Mut machte und auf ihn aufpasste, wenn ihm die anderen zu sehr auf die Pelle rückten. Dass er dabei selbst manchmal in die Schusslinie geriet, störte ihn herzlich wenig.

Heute hatte er leider nicht auf Konrad aufpassen können. Der Lehrer hatte sie beim Handball in verschiedene Mannschaften eingeteilt. Es gab vier Teams und Flynn war nicht einmal auf dem Feld, als er mitansehen musste, wie einige

Jungen sich einen Spaß daraus machten, Konrad mit harten Bällen anzuspielen. Sie wussten genau, dass er sie nicht gut fangen konnte. Blöderweise wurde aus dem Spaß ernst, als ein Wurf Konrad mitten auf die Nase traf. Flynn war außer sich vor Wut. Ohne nachzudenken war er auf den Jungen losgerannt, der Konrad das angetan hatte. Er hatte ihn zu Boden geworfen, sich auf ihn gesetzt und angeschrien.

»Du denkst also es ist lustig, wenn man einen Ball ins Gesicht bekommt«, hatte er geschrien und ihm mit der Faust auf die Nase gehauen. Es hatte Flynn sofort leidgetan, aber da war es schon zu spät.

Am Ende saßen Konrad und Leon (der Ballwurfkünstler) in einer Arztpraxis, um sich die Nase versorgen zu lassen, und Flynn saß beim Direktor, der ihm eine Verwarnung verpasste. Seine erste überhaupt. Der Direktor meinte zu Flynn, dass er ihn nur deshalb nicht von der Schule verweisen würde, weil er wisse, wie nett Flynn eigentlich sei und er hoffe, dass er sich darin nicht täuschte. Beim nächsten Mal könne er nämlich nichts für ihn tun. Flynn verstand das natürlich. Er wusste selbst, dass es nicht in Ordnung gewesen war, Leon eine reinzuhauen. Was er an der ganzen Sache aber nicht verstand, war, dass der Lehrer, der es einfach tatenlos hatte geschehen lassen, keine Strafe bekam.

Und das Allerschlimmste in der Angelegenheit war, dass sich zu Hause niemand darüber aufregen würde, dass er eine Verwarnung bekommen hatte, aber dazu kommen wir ja gleich noch.

»Tut mir echt leid«, sagte Flynn, als sie endlich den Heimweg angetreten hatten.

Er lief neben Konrad her und schielte unauffällig auf dessen Nase. Eigentlich sah sie ganz gut aus. Sie hatte aufgehört zu bluten und es schauten nur noch zwei kleine Wattebäusche aus den Nasenlöchern der kleinen Stupsnase.

»Du kannst doch nichts dafür. – Danke, dass du Leon eine verpasst hast«, grinste er.

Konrads braune Kulleraugen leuchteten, wie sie es immer taten, wenn er den Schulvormittag endlich hinter sich gebracht hatte.

Flynn verzog den Mundwinkel. »Lass dir auch nicht immer alles gefallen«, sagte er ernst.

Konrad senkte schüchtern den Kopf. »Ich weiß, aber ich bin eben nicht so mutig wie du«, antwortete er bedrückt.

Sie bogen in die Straße, in der die ungleichen Jungen, nur zwei Häuser voneinander entfernt, wohnten.

»Kommst du wieder mit zu mir?« Flynn sah Konrad bittend an.

Konrad wusste, was Flynn befürchtete, wenn er ihn bat mitzukommen. Die letzten Tage ging er fast jeden Mittag nach der Schule noch zu Flynn. Einer der Gründe, warum Flynn in letzter Zeit nur wenig lachte und sein Verweis in der Schule unbemerkt bleiben würde, war nämlich, dass Flynns Mutter mehr Alkohol trank, als es gut für sie war.

»Ist es so schlimm zurzeit?« Konrad schielte jetzt seinerseits verstohlen zu Flynn.

Der zuckte in sich gekehrt mit der Schulter. »Was heißt schlimm. Sie macht ja nichts – außer albernes Zeug reden, aber ich mag es nicht, dass sie mich umarmt und nach Alkohol riecht. Wenn du dabei bist, bleibt sie im Wohnzimmer und später schläft sie ein. Dann ist es leichter zu ertragen. – Du kannst doch auch bei mir Hausaufgaben machen«, schlug Flynn vor, der Konrads Frage missverstanden hatte.

»Na klar, kein Problem«, sagte Konrad.

Flynn hätte ihn gar nicht bitten müssen, geschweige denn befürchten, dass er nicht mitkommen würde. Er war gerne mit ihm zusammen und seiner Mutter hatte er bereits beim Frühstück gesagt, dass er nach der Schule noch mit zu Flynn gehen würde.

»Dann sieht meine Mutter schon das hier nicht.« Konrad schmunzelte und zeigte auf seine lädierte Nase.

Das schmiedeeiserne Gartentor quietschte immer ein wenig, wenn man es öffnete. Auf dem Klingelschild stand ›J. König‹, obwohl Flynns Vater Daniel und seine Mutter Christine hieß. J war der Anfangsbuchstabe von Jakob, dem Vornamen seines Opas. Sein Vater hatte, aus einem Anflug nostalgischer Gefühlsschwachheit – wie der es nannte, Flynn fand es nämlich gar nicht schwach, sondern eher schön – das Schild nie geändert. Opa lebte leider nicht mehr und Anna, seine Frau, verbrachte ihre letzten Jahre in einem Pflegestift, ganz in der Nähe. Der einzige Mensch, der Anna regelmäßig besuchte, war Flynn. Er machte das nicht nur, weil es sich so gehörte. Früher war er oft bei Oma und Opa gewesen. Oma hatte sich immer sehr um ihn gekümmert, und jetzt kümmerte er sich ein bisschen um Oma. Außer dem Klingelschild und der Gartenmauer mit dem Tor hatte Vater so ziemlich alles umbauen lassen. Nur die Unterbauten mit dem Fachwerk hatte er erhalten, der Rest des Gebäudes war modern renoviert worden. Selbst die Einrichtung der Großeltern hatten sie auf den Sperrmüll gebracht und das Haus neu ausstaffiert, obwohl Flynn von seinem Opa wusste, dass alte Möbel viel stabiler gebaut waren als neue. Er vermisste Opa. Allein deshalb hätte er die Sachen gerne behalten, aber sein Vater fand sie nicht mehr schön. Weil sein Pa eine Menge Geld verdiente, kam es nicht darauf an und weil sich Geld nicht von allein verdient, war Flynns Vater kaum zu Hause.

Jetzt versteht wohl auch jeder, warum Flynn in letzter Zeit wenig lächelte und warum es so schlimm für ihn war, dass niemand von seinem Schuleintrag Notiz nehmen würde.

Konrad legte seinen Daumen auf den Sensor neben dem Türschloss. Es surrte und er konnte die Haustür aufdrücken. Heimlich, weil es seinem Vater sicher nicht recht gewesen wäre, hatte Flynn die Programmierung seiner eigenen Fingerabdrücke geändert. Der linke Daumenabdruck war jetzt der von Konrad. So konnte Konrad ihn besuchen, wann er wollte, und vor allem musste Flynn nicht nach unten gehen, wenn Mutti schlief und Vati nicht zu Hause war. Konrad war dermaßen stolz darüber, dass er immer einen Schritt vorauslief, um als erster an der Haustür zu sein.

»Füin, bist du das?«, tönte eine undeutliche Stimme aus dem Wohnzimmer.

»Wer denn sonst, Mama«, rief Flynn halb genervt, halb traurig zurück. »Konrad ist mitgekommen. Wir machen Hausaufgaben in meinem Zimmer.«

Flynn hatte recht gehabt. Seine Mutter tauchte nicht im Flur auf. Sie antwortete nicht einmal mehr.

Zusammen ging er mit Konrad die gläsernen Stufen hinauf ins obere Stockwerk.

Flynn hatte ein tolles Zimmer. Es war groß und hell. Alles funktionierte elektrisch. Er konnte das Licht einschalten, indem er nur »Licht an« sagen musste. Im Prinzip konnte er was er wollte mit seiner Sprache bedienen. Zum Beispiel die Rollläden schließen und öffnen, die Heizung oder die Klimaanlage steuern und sogar Musik hören. Sobald er sich im Haus befand, wurde eine Verbindung mit seinem Telefon hergestellt und Flynn konnte die Funktionen darüber abrufen. Es war praktisch möglich, dass er auf dem Bett lag und über sein Zimmer Telefongespräche führte oder ein Video an die Wand streamte, die dafür extra einen Spezialbelag hatte. Vermutlich glaubte sein Vater, ihm mit dem ganzen Schnickschnack einen Traum erfüllt zu haben. Aber nur deshalb, weil er nie danach gefragt hatte. Hätte er das je getan, wüsste er, dass für Flynn das Schönste an seinem Zimmer der Ausblick auf den großen Garten war. Zugegebenermaßen war es mehr ein Urwald als ein Garten und die Nachbarn beschwerten sich regelmäßig darüber. Aber wenn es etwas Gutes daran gab, dass sein Vater nie zu Hause war und seine Mutter lieber Alkohol trank als sonst was, dann, dass sie sich nicht um den Garten kümmerten. Flynn fand es herrlich hinauszusehen. Es tummelten sich Eichhörnchen auf Nahrungssuche darin, Katzen gingen auf die Jagd nach Mäusen, manchmal leider auch nach Vögeln.

Flynn versuchte die Vögel, von seinem Fenster aus, zu warnen beziehungsweise zu verscheuchen, was selten gelang. Ab und zu jagten sich die Katzen sogar gegenseitig über die Wiese. Einmal hatte er beobachtet, wie zwei Eichhörnchen eine Katze vertrieben, die auf die große Eiche in der Mitte geklettert war. Flynn hatte herzhaft darüber gelacht, weil es so niedlich ausgesehen hatte. Man muss wohl kaum erwähnen, dass der Garten im Sommer auch ein toller Abenteuerspielplatz war. Man konnte viele Geheimnisse entdecken und wunderbar Verstecken spielen.

Das Einzige, was man in diesem Garten nicht zuwege brachte, war ein Baumhaus mit seinem Vater zu bauen.

»Erde an Flynn«, hörte er Konrad sagen und gleichzeitig sah er dessen Hand, die ihm vor den Augen herumwischte. »An was denkst du denn gerade?«

Flynn lächelte. Auf einmal wusste er, warum er so besessen war, das Baumhaus zu bauen. Es würde bedeuten, Zeit mit seinem Vater zu verbringen. Das wiederum würde bedeuten, dass sein Vater einen ganzen Tag lang mehr an seinen Sohn als an seine Arbeit dachte, und vielleicht würde auch seine Mutter einen ganzen Tag lang keinen Alkohol trinken. Eventuell würden die beiden dann endlich merken, dass es Spaß machte, eine Familie zu sein, und Flynn müsste sich nicht weiter fühlen, als wären seine Eltern ohne ihn viel besser dran.

»Hilfst du mir?«, sagte Flynn.

»Bei was denn?«

»Beim Baumhaus bauen!«

Flynn war sich sicher, wenn er erstmal angefangen hatte, würde sein Vater bestimmt mithelfen. Konrad hingegen war sicher, dass Flynn das nicht ernst meinen konnte.

»Weißt du überhaupt, wie das geht?«

»Nein, aber du findest es bestimmt heraus. Wer von uns beiden will denn Wissenschaftler werden?«

Lachend rannte Flynn aus dem Zimmer. Sein Vorhaben duldete keinen Aufschub.

»Komm schon«, rief er und war die Treppe bereits zur Hälfte hinuntergelaufen.

Der Schatz

Konrad fand Flynn im Keller wieder. Er war hier unten noch nie gewesen und staunte nicht schlecht. Bis an die Decke stapelten sich alte Kartons verschiedenster Sachen. Da war zum Beispiel die Box eines Kaffeevollautomaten, ganze drei Verpackungen von Fernsehern sowie verschiedener anderer Geräte, und sogar die riesige Schachtel eines Rasenmähers war nicht entsorgt worden.

»Wusste gar nicht, dass dein Vater Rasen mäht«, sagte Konrad verwundert.

Flynn hob kurz den Kopf, der in einer Kiste mit allerlei Werkzeug steckte, nur um gleich wieder darin unterzutauchen. »Macht er ja auch nicht«, war seine Stimme dumpf zu vernehmen. »Das meiste Zeugs, was er kauft, benutzt er nicht. Genau wie die.« Ohne aufzusehen, zeigte er auf eine Reihe von Gartenmöbeln, die in der hintersten Ecke aufgestapelt waren und sogar noch in der Transportfolie steckten.

Nach einer ganzen Weile Kramerei tauchte Flynns Kopf von Neuem auf. »Hier, halt mal.« Er streckte Konrad eine Schachtel entgegen, die er bis zum Rand mit Schrauben und Nägeln gefüllt hatte. Nachdenklich verzog er den Mund. »Dann brauchen wir noch einen Hammer, Akku-Schrauber, Zollstock, Säge …« Er legte den Finger an sein Kinn, während er mit den Augen das Werkzeugregal scannte. Konrad hätte gerne beim Überlegen geholfen, aber er hatte überhaupt keine Ahnung, wie man ein Baumhaus baute. Flynn winkte ab. »Egal, den Rest holen wir später«, beschloss er gutgelaunt.

Durch die Waschküche trugen die beiden alles über die kleine Außentreppe nach oben, hinaus in den Garten. Konrad hatte seinen Freund seit langem nicht mehr so fröhlich gesehen. Mit einem breiten Lachen legte Flynn das Werkzeug unter die große Eiche und rannte hinüber zum Holzstapel.

»Holen wir erst alles herüber«, rief Flynn. »Dann sehen wir, was wir haben.«

Mit einem Ruck zog er die Plane von den Brettern. Staub und Dreck flog ihnen um die Ohren, aber nicht nur das. Konrad entfuhr ein gellender Schrei. Eine riesige Spinne war blitzschnell zwischen dem Holz verschwunden. Dazu wälzten sich dicke weiße Maden auf den Latten und eine Unzahl von Käfern krabbelten aufgeregt in allen Richtungen davon. Eines der Kriechtiere war von der Plane durch die Luft geschleudert worden und direkt im Ausschnitt von Konrads T-Shirt gelandet. Der hüpfte wie wild umher und versuchte, das Tier abzuschütteln. Er bewegte sich dabei viel schneller und viel mehr, als er das je im Sportunterricht getan hatte.

»Jetzt hab dich nicht so. Die machen doch nichts«, kicherte Flynn, der Konrads Affentanz amüsiert zusah.

»Ich fass das nicht an«, sah Konrad angewidert auf den Holzstapel, nachdem er sich wieder etwas beruhigt hatte. Mit vor Ekel verzogenem Gesicht wandte er sich ab.

»Sei nicht langweilig. Du kriegst auch meine Handschuhe«, versprach Flynn großzügig. »Wir legen alle Bohlen einzeln ins Gras, dann werden sie von der Sonne getrocknet und die Viecher verziehen sich von selbst.«

Widerwillig ließ sich Konrad umstimmen. Schnell griff er nach den Handschuhen, bevor Flynn sich sein Angebot womöglich anders überlegte. Widerstrebend hob er die erste Holzlatte mit den Fingerspitzen an. Pedantisch achtete er darauf, dass keines der schmierigen Bretter auch nur ein kleines bisschen seine Klamotten berührte. Anfangs. Schließlich musste er doch kräftiger zupacken. Die Holzplanken waren teils lang und schwer. Außerdem ragten hie und da rostige Nägel heraus. Es war wichtiger, darauf zu achten, sich nicht daran zu verletzen, als von dem Siff auf die Hose zu bekommen.

Erschöpft setzten sich die Jungen an den Zaun, vor dem sich gerade noch der Holzstapel befunden hatte und ließen sich die Nachmittagssonne auf den Bauch scheinen. Es hatte länger gedauert als gedacht, aber alle Bretter lagen verteilt im Garten.

»Wird dein Vater nicht sauer, wenn er das sieht?« Konrads Blick wanderte über ihr Werk. Es war kaum ein Fußbreit vom Rasen übriggeblieben, den sie nicht mit Holzlatten belagert hatten.

Flynn winkte ab. »Dem ist der Garten komplett egal. Außerdem ist es längst dunkel, bis er heimkommt. Er hockt dann in seinem Arbeitszimmer oder auf der Couch. Er war ewig nicht hier draußen. Ist ja nur für heute Nacht. Morgen fangen wir gleich an zu bauen.«

Im selben Moment, als Flynn das ausgesprochen hatte, fuhr ein Windstoß unter die Plane, die achtlos neben der Hecke lag. Hektisch sprangen die beiden Jungen auf, um ihr nachzujagen.

»Vielleicht können wir die für das Dach gebrauchen, als Dichtung«, überlegte Flynn. »Legen wir ein paar Latten drauf, dass sie nicht ein zweites Mal wegfliegt.«

»Da liegt noch was.«

Konrad deutete auf eine glitzernde Kiste, die sie beim Abtragen des Holzstapels übersehen hatten.

Neugierig hob Flynn sie auf. Es war eine Blechdose, etwa so groß wie ein DIN-A4-Blatt und ungefähr zehn Zentimeter hoch. Als wäre es ein wertvoller Schatz, trug er die Dose vorsichtig zur Eiche hinüber und setzte sich in den Schatten darunter. Konrad war aufgeregt gefolgt. Er ließ Flynns Finger nicht aus den Augen, die jetzt langsam den Deckel anhoben. Zum Vorschein kam eine verknitterte Plastiktüte. Die beiden Jungen sahen sich vielsagend an, bevor Flynn sie hervorholte, auffaltete und hineingriff. Als Erstes brachte er eine kleine blecherne Taschenlampe ans Tageslicht. Am Schraubverschluss hatte sich ein weißer Belag gebildet. Vermutlich waren Batterien darin, die ausgelaufen waren. Flynn drückte auf den Schalter. Es tat sich nichts. Behutsam legte er die Lampe neben sich ins Gras und griff erneut in die Tüte. Diesmal zog er ein schmales Notizbüchlein hervor. Es war dunkelblau und hatte einen vergilbten Aufkleber auf dem Einband. Mit der krakeligen Schrift eines Kindes war ›Daniels Baumhausbuch‹ darauf geschrieben. Flynns Herz pochte vor Aufregung. Das musste die Handschrift seines Vaters sein, als der noch ein kleiner Junge war. Sein Vater hieß ja Daniel und hatte ihm selbst erzählt, wie Opa das Baumhaus für ihn gebaut hatte. Seine Hände zitterten, als er das Büchlein aufschlug. Gleich auf der ersten Seite hatte jemand eine Skizze hineingemalt. Flynns Herz klopfte bis zum Hals. Er hatte den größten Schatz gefunden, den er sich nur vorstellen konnte. Unter der Zeichnung stand:

Daniels Baumhaus

Diesmal keine Kinderschrift. Bestimmt hatte Großvater das geschrieben. In Gedanken sah Flynn, wie Opa die Skizze zeichnete. Auf dessen Schoß ein kleiner Junge, der gespannt mit großen Augen verfolgte, was sein Vater (also Flynns Opa) da entstehen ließ.

Es entstand erst auf diesem Blatt Papier und später draußen im Garten. Ganz in echt. Ein richtiges Baumhaus.

Eine Träne rann über Flynns Wange. Es war wegen der schönen Vorstellung und gleichzeitig der Sehnsucht, weil Flynn nie so auf dem Schoß seines Vaters gesessen hatte. Zumindest konnte er sich nicht daran erinnern. Schnell wischte er die Träne weg und blickte verstohlen zu Konrad. Blöderweise hat der es bemerkt, aber er war ja sein Freund. Es gab also Schlimmeres.

»So will ich es auch bauen! Bist du dabei?«, sagte er, um keine peinliche Stille entstehen zu lassen.

Konrad nickte. Er hatte zwar keine Ahnung, wie sie das hinkriegen sollten, aber das würde sich dann schon irgendwie ergeben. Er spürte, wie wichtig seinem Freund das Baumhaus war, und er würde ihm auf jeden Fall helfen.

Flynn legte das Büchlein sorgsam auf seine Knie, bevor er erneut die Plastiktüte schnappte, sie auf den Kopf drehte und schüttelte. Der restliche Inhalt purzelte in die Blechbüchse. Es fielen einige Steine heraus, ein paar Holzfiguren – wie es aussah selbstgeschnitzt – und eine Lupe. Während Konrad verstohlen auf sein Handy schaute, griff Flynn interessiert nach dem Vergrößerungsglas und beobachtete eine Ameise, die über sein Bein krabbelte. Konrads Blick zum Telefon war ihm aber nicht entgangen.

»Hast du noch was vor?« Flynn fragte es, ohne das Krabbeltier – das inzwischen bis auf seinen Oberschenkel gekrochen war – aus den Augen zu lassen. Er wusste, dass Konrad meistens nach der Uhrzeit sah, wenn er sein Handy herausholte. Außer Flynn schrieb Konrad nämlich selten jemand Nachrichten.

»Wir müssen noch Hausis machen«, rief Konrad in Erinnerung.

»Hast recht.«

Ehrfürchtig legte Flynn alles zurück in die Kiste und nahm sie mit in sein Zimmer.

Das Fenster stand weit offen. Die Nacht brachte eine angenehme Abkühlung. Flynn ließ sie gerne in sein Zimmer. Er liebte diese lauen Abende im Frühling, die den Sommer ankündigten. Bäuchlings lag er auf dem Fußboden, spürte den Wind, der seine Arme und Beine umwehte. Konrad war längst gegangen. So spielte er allein und gedankenverloren mit den Holzfiguren aus der Blechbüchse. Eigentlich spielte er nicht, sondern betrachtete sie ehrfürchtig. Er wollte sie nämlich lieber gar nicht anfassen, um die Spuren seines Vaters nicht abzuwischen. Der oder sein Opa hatten die zahlreichen Kerben und Schnitte im Holz verursacht. Durch wer weiß wie viele Hände mussten diese Figuren schon gegangen sein? Flynn hätte wetten können, dass sein Vater die Spielsachen von dessen Vater bekommen hatte. Er fröstelte und bekam Gänsehaut. Langsam wurde es zu frisch im Zimmer. Der Frühling war eben doch nur der Vorbote des Sommers. Flynn stand auf und schloss das Fenster. In der Blechbüchse lag jetzt nur noch das Notizbuch. Er bückte sich, griff danach und setzte sich auf sein Bett. An das Kopfteil gelehnt zog er die Beine an. Ein leicht modriger Geruch drang in seine Nase, sonst war das Heft gut in Schuss. Er schlug es auf und lehnte es gegen seine Oberschenkel. Eine Zeitlang starrte er auf die Skizze der ersten Seite, als wolle er sie sich ins Gehirn brennen. In Wirklichkeit entstand ein lebendiges Bild vor seinen Augen. Die Zeichnung füllte sich mit echten Brettern und das fertige Baumhaus erhob sich in die alte Eiche. Flynn sah es tatsächlich vor sich, als wäre es Realität. Dann blätterte er gespannt weiter. Da war noch etwas hineingemalt. Diesmal eindeutig von einem Kind. Drei Strichmännchen mit einem Haus, darüber eine Sonne. Daneben ein Baum, auf dem ein zweites Haus saß. Flynn musste schmunzeln. Das Bild hatte sicher sein Vater gemalt, als er noch ganz klein war. Auf der nächsten Seite stand etwas geschrieben. Wieder von einem Kind.

›Lieber Vati! Vielen Dank für das tolle Baumhaus. Ich kann jetzt alle meine Freunde darin einladen.‹

Er hatte die Buchstaben so groß geschrieben, dass er die komplette Seite für die beiden Sätze gebraucht hatte. Flynn konnte sich fast nicht loseisen davon. Es waren so wenige und so einfache Worte, aber trotzdem drückten sie die enorme Freude aus, die sein Vater damals empfunden hatte. Ein Gefühl, dass Flynn ganz und gar nachvollziehen konnte. Vielleicht konnte man das nur als Kind empfinden. Wie anders war es zu erklären, dass sein Vater ihm diese Freude verwehrt hatte.

Immer weiter blätterte Flynn. Er hielt die spannendste Lektüre in Händen, die ihm je untergekommen war. Die Schrift wurde mit jeder Seite leserlicher und die Texte sinnvoller. Nicht nur sein Vater hatte hineingeschrieben. Auch einige andere Kinder.

Eine Silke hatte zum Beispiel gereimt: ›Werde glücklich, werde alt, bis die Welt zusammenknallt.‹

Flynn musste herzhaft lachen. Hoffentlich passiert das nicht wirklich, überlegte er aufgekratzt. Als der Gedanke immer ernstere Züge annahm, blätterte er lieber schnell weiter.

›Wenn dir deine innere Stimme sagt, werde erwachsen, lauf weg. Es ist eine Falle. Dein Oliver‹

»Das mache ich, Oliver«, murmelte Flynn schmunzelnd vor sich hin. Er hätte gerne gewusst, wer dieser Oliver war, um zu wissen, ob wenigstens der es geschafft hatte, wegzulaufen. Sein Vater schien auf die Stimme ja leider nicht gehört zu haben.

Danach folgten nur noch leere Blätter. Irgendwann hatte niemand mehr in das Buch geschrieben. Er legte es sachte zur Seite. Sein Magen knurrte. Kein Wunder. Über ihrer Arbeit mit dem Holzstapel hatte Flynn völlig das Mittagessen vergessen und die paar Erdnüsse, die er aus seiner Schreibtischschublade genascht hatte, waren nicht als Abendessenersatz geeignet gewesen. Er wunderte sich, dass Konrad nicht gemeckert hatte, aber der war inzwischen sicher fürstlich verköstigt worden. Leise schlich Flynn nach unten in die Küche. Um diese Zeit würde es ihm entweder peinlich sein, auf seine Mutter zu treffen oder sie würde schlafen. Am Abend war sie immer ziemlich betrunken. Sie redete dann völlig unverständliches Zeug und konnte sich kaum auf den Beinen halten. Früher war sie überhaupt nicht so, sondern eine tolle Mami gewesen. Er hatte ihr alles sagen können. Egal ob ihn etwas bedrückte oder so sehr freute, dass er es teilen musste. Sie hatten immer viel zusammen gelacht. Deshalb war das damals wegen Vater auch nicht so schlimm. Inzwischen schienen ihm die Erinnerungen an die fröhlichen Tage mit seiner Mutter wie aus einem anderen Leben. Anfangs hatte sie nur manchmal abends was getrunken, später schon am Nachmittag, dann täglich zum Mittagessen und schließlich auch beim Frühstück. Sie machte es heimlich, aber er war zu alt, um nicht zu kapieren, was sie aus ihrer Tasse trank.

Es hatte begonnen, als Flynn älter geworden und tagsüber weniger zu Hause war, weil er sich mit Freunden traf oder zum Sport ging. Seine Mutter war dann ganz allein und deshalb machte Flynn sich Vorwürfe, mit Schuld daran zu sein. Aber er war ein Kind. Er konnte doch nicht ständig zu Hause bei seiner Mutter sitzen. Auch das wusste er, trotzdem nagte sein schlechtes Gewissen an ihm.

Flynn vermied es, vor allem abends auf seine Mutter zu treffen. Wenn er sie betrunken sah, bevor er schlafen ging, lag er die ganze Nacht wach und überlegte, wie er ihr helfen konnte. Er hatte schon einmal sämtliche Flaschen ausgekippt, weil er gehofft hatte, dass seine Mutter die Botschaft verstehen würde. Vielleicht hatte sie es auch, aber ihr Wille war zu schwach gewesen. Sie hatte danach viele verschiedene Verstecke angelegt, sodass es Flynn unmöglich war, alle ausfindig zu machen. Reden konnte man ohnehin nicht mit ihr und andere Erwachsene wollte er nicht einschalten. Bestimmt würden sie seine Mutter in eine Klinik bringen oder so etwas und das war völlig undenkbar. Allein mit seinem Vater zu wohnen, war keine Option. Das würde nämlich vor allem ›allein‹ bedeuten und weniger ›mit seinem Vater‹. Deshalb hing er auch so an Konrad. Der war der einzige Mensch, der sich nie verändert hatte, seit sie sich im Kindergarten über den Weg gelaufen waren.

Im Kühlschrank fand Flynn den Teller vom Mittagessen. Frau Hofmann hatte ihn aufgehoben. Sie kam immer morgens und erledigte den Haushalt. Sie sorgte auch für den Einkauf, und dass Vater ein Frühstück bekam. Darauf legte der besonderen Wert. Der Teller, beziehungsweise das Essen darauf, sah lecker aus. Warm machen wollte er sich aber nichts mehr und kalt schmeckte die Wurst daneben viel besser. Im Brotkasten fand er zwei weiche Brötchen. Mit den

Fingern riss er sie in der Mitte auseinander, um sie zu belegen. So versorgt machte er sich auf den Rückweg. Flynn war bereits wieder auf der obersten Stufe angekommen, als er von unten den Summer vom Eingang hörte. Sein Vater kam nach Hause. Flynn beschleunigte seinen Schritt, huschte in sein Zimmer und schloss lautlos die Tür. Wenn sein Pa von der Arbeit kam, wollte er nicht gestört werden. Flynn hätte ihm gerne vom Baumhaus erzählt und was sie gefunden hatten, aber um diese Uhrzeit konnte er Vater mit so etwas nicht kommen.

Oder?

Nachdenklich biss er in ein Brötchen. Es waren schließlich alte Kindheitserinnerung. Vielleicht würde es ihm ja doch gefallen. Selbstbewusst klemmte er sich die Dose unter den Arm und schlich einen Stock tiefer. Aus dem Wohnzimmer drang Licht. Flynn setzte ein Lächeln auf und legt die Hand auf die Klinke. Er wollte schon die Tür aufstoßen, als er durch den Spalt seinen Vater sprechen hörte.

»Kannst du nicht ein einziges Mal nüchtern sein, wenn ich nach Hause komme?« Seine Stimme klang zornig. »Ich habe es satt, mir das jeden Tag anzusehen.«

»Ansehen?« Seine Mutter lallte mehr, als dass sie sprach. »Wann hast du mich denn das letzte Mal angesehen? Was du siehst, ist doch nur Arbeit und Geld.«

»Die alte Leier«, sagte Flynns Vater verächtlich. »Ich arbeite, dass wir uns das hier leisten können. Flynn soll es einmal besser haben als ich.«

Flynn wollte hineinrennen und ihm sagen, dass er es gut genug hatte, auch ohne ein tolles Haus mit elektrischen Rollläden, und er viel lieber mit ihm das Baumhaus bauen wolle. Aber bevor er den Mut aufbringen konnte, sprach sein Vater bereits weiter.

»Ich hoffe, er kann es besser wertschätzen, als du das kannst.«

»Flynn braucht jemanden, den er anfassen kann«, lallte seine Mutter. »Keinen arbeitssüchtigen Vater, der nur auf dem Papier für ihn sorgt.«

Flynn liefen Tränen über die Wange. Obwohl sie betrunken war, tat sie das, was sie schon immer getan hatte. Sie sagte seinem Vater, was Sache war. Es gab Zeiten, da hätte er auf sie gehört oder zumindest versucht, sich Mühe zu geben.

»Du gehst mir auf den Geist mit deiner ständigen Trinkerei. Lass dich endlich behandeln. In so einem Zustand bist du nämlich auch keine Mutter zum Anfassen.«

»Ich gehe dir auf den Geist? Denkst du, es macht mir Spaß, jeden Tag auf meinen Ehemann zu warten, der dann so erschöpft ist, dass er nichts mehr von mir wissen will? Eine Frau möchte geliebt und angesehen werden. Nicht einmal im Urlaub schaffst du es, dich um deine Familie zu kümmern. Nur wegen dir habe ich angefangen zu trinken. Ich hätte mir besser einen anderen gesucht, dann hätte diese lächerliche Ehe schon längst ein Ende.«

Das hatte gesessen. Für einen Moment war es still im Wohnzimmer. Für einen langen eisigen Moment.

»Kein Problem«, säuselte Flynns Vater. Seine Stimme hatte jeglichen Zorn verloren. »Es lässt sich alles regeln. Ich wette, die Männer stehen Schlange nach einer Trinkerin wie dir.« Was er sagte, klang kalt und endgültig.

Flynn fürchtete, dass sein Vater jeden Moment das Wohnzimmer verlassen würde. Schnell sprang er auf und rannte, seine Blechdose fest unter den Arm geklemmt, die Stufen nach oben. Er musste aufpassen nicht zu stolpern, da ihm Tränen die Sicht vernebelten.

»Daniel, bitte! Ich hab das nicht so gemeint. Ich liebe dich«, hörte er seine Mutter aus dem Wohnzimmer flehen.

Das passierte ihr leider ebenfalls, wenn sie getrunken hatte. Sie dachte über die Dinge nicht nach, die sie sagte. Ihre Worte waren sicher ehrlich, aber eben nicht clever.

Flynn lag noch lange wach in dieser Nacht. Was, wenn sich seine Eltern wirklich scheiden ließen? Was würde dann mit ihm passieren? Er wusste es nicht. Er wollte nicht ohne seine Mutter sein, aber mit ihr gehen konnte er ja auch nicht und allein mit seinem Vater stellte er sich schrecklich vor. Es würde eine schwere, gefühlskalte Zeit werden. Schließlich überkam ihn ein fürchterlicher Weinkrampf. In diesem Moment war er der traurigste Junge der Welt.

Er hatte alles, was man sich nur vorstellen konnte, aber ohne richtige Eltern hatte er nichts.

Als Flynn am Morgen nach unten kam, war Vater bereits zur Arbeit gefahren. Frau Hofmann räumte gerade sein Geschirr ab. Zum Glück war er schon weg. Flynn hatte gar keine Lust auf ihn.

»Morgen, Flynn«, sagte Frau Hofmann freundlich. »Bist du krank?« Sie hatte erst nur kurz aufgesehen, musterte ihn jetzt aber einfühlsam.

»Nein, hab nur schlecht geschlafen«, murrte Flynn unfreundlicher, als er es beabsichtigte.

Frau Hofmann war wirklich nett und außerdem lag ihre Frage auf der Hand. Er hatte sich selbst beim Zähneputzen im Spiegel gesehen und brauchte sich nicht darüber zu wundern. Er sah fürchterlich blass aus und unter den aufgequollenen Augen hatte er dicke schwarze Ränder.

»Ist Mutti schon wach?«

Das war erst recht blöd von ihm. Um das Thema zu wechseln, hätte er genauso gut nach dem Wetter fragen können. Frau Hofmann schüttelte mitleidig den Kopf.

Flynn setzte sich an den Küchentisch. Still kaute er auf einem Brötchen herum und hatte nur einen Gedanken:

Das Baumhaus!

Es musste einfach klappen. Es ging nicht nur mehr darum, Zeit mit seinem Vater zu verbringen. Er wollte ihm zeigen, wie schön es war eine Familie zu sein. Vielleicht konnte Vati dann auch Mutti verzeihen und für sie da sein. Ob Konrad wollte oder nicht. Er musste helfen, die ersten

Bretter zusammenzunageln. Wenn sie so weit kommen würden, dass Vater sein altes Baumhaus wiedererkannte, erinnerte er sich bestimmt, was er versprochen hatte, und bestenfalls auch daran, wie sehr er es als Kind gemocht hatte.

»Wie siehst du denn aus?« Konrad sah Flynn entsetzt an, als der auf den Gehsteig trat.

»Bescheiden, ich weiß. Meine Eltern haben gestritten und ich konnte kaum schlafen.«

»Das muss wirklich ein Ende haben«, ereiferte sich Konrad.

»So schlau bin ich selbst«, sagte Flynn. Er sah seinen Freund geheimnisvoll an. »Ich hab auch schon einen Plan, wie.«

Voller Eifer erzählte er, was er sich ausgedacht hatte.

»Und du meinst, das funktioniert?« Konrad wirkte eher skeptisch.

»Wenn nicht, ist alles verloren«, ließ Flynn den Kopf hängen.

»Wir probieren es. Ich hab's dir ja sowieso schon versprochen.« Aufmunternd klopfte Konrad seinem Freund auf die Schulter. »Ich hab gestern Abend noch ein paar Anleitungen im Internet angesehen. Wie man am stabilsten Bretter verbindet und solche Sachen.«

»Du bist der Beste!«, freute sich Flynn.

An der Stelle könnte man denken, dass Konrad ohnehin nichts anderes zu tun hatte und seine Hilfe deshalb nichts besonderes wäre, aber das stimmte nicht. Konrad hatte zwar nicht sehr viele Freunde, genau genommen nur Flynn, aber er hatte viele Hobbys, die ihn in Anspruch nahmen. Hobbys, für die man keine Freunde brauchte und die er selbst mit Flynn nicht teilen wollte. Man brauchte dafür Ruhe und einen klaren Kopf, keine Ablenkung. Es war Konrad also durchaus nicht unrecht, wenn Flynn mit einem seiner vielen anderen Kumpels unterwegs war. Zum Beispiel war Konrad gerade dabei, ein geheimes System zu bauen, welches die Menschheit revolutionieren würde. Dafür konnte er wirklich niemanden gebrauchen und es kostete viel Zeit. Es war also keineswegs selbstverständlich, dass er wegen des Baumhauses recherchierte, und Flynn wusste es zu schätzen.

Freunde

Am Nachmittag war Regen aufgezogen. Kein normaler Regen. Fäden, länger als Spaghetti, prasselten vom Himmel und bildeten tiefe Pfützen hinter dem Haus. Betrübt sah Flynn aus seinem Fenster in den Garten hinunter. Die Holzlatten waren im Gras versunken. Statt zu trocknen hatten sie sich mit Feuchtigkeit vollgesogen und wenn es nicht bald aufhörte, würde er besser einen Gartenteich anlegen, als ein Baumhaus bauen. Konrad war kurz vorbeigekommen, dann aber wieder nach Hause gegangen. Es machte null Sinn. Die dunklen Wolken nahmen kein Ende und selbst wenn es irgendwann aufhören würde, war alles so nass, dass man nicht daran denken konnte, mit dem Bau zu beginnen.

»Hoffentlich klappt es morgen«, seufzte Flynn und warf sich auf sein Bett.

Er nahm wieder die Kiste zur Hand und besah sich den Inhalt. Vielleicht konnte er wenigstens die Taschenlampe zum Laufen bringen. Mit neuem Elan setzte er sich an seinen Schreibtisch, zog ein Blatt Papier aus der Schublade und breitete es vor sich aus. Sachte drehte er den Verschluss des Batteriefaches ab. Es purzelten zwei Batterien heraus, die mit einer kristallisierten Flüssigkeit überzogen waren. Flynn schnupperte daran und entschied sich, die Dinger besser nicht anzufassen. Direkt vom Papier aus landeten sie in einer kleinen Tüte, die er irgendwann im Supermarkt abgeben würde. Dort gab es ja eine Sammelstelle für Altbatterien. Zwei neue Batterien hatte er auch schon im Auge. Eine Zeitlang war er ganz versessen auf ferngesteuerte Autos gewesen. Seit Ewigkeiten standen drei Stück unbeachtet in einem Regal. Mit etwas Glück würde er passende Batterien darin finden. So war es. Mit einem kleinen Schraubenzieher kratzte er die Kontakte an der Taschenlampe sauber, legte die Batterien ein und baute alles zusammen. Gespannt drückte er auf den Schalter. Für einen kurzen Augenblick flammte das Birnchen auf, um gleich darauf schwarz zu werden.

»Schade«, seufzte Flynn. »So eins hab ich nirgends herumliegen.«

Er legte die Lampe zurück in die Büchse und zog die Holzfiguren heraus. In Reih und Glied stellte er sie auf das Papier. Ihn überkam dieselbe sehnsüchtige Stimmung von gestern Abend. Der Letzte, der diese Figuren angefasst hatte, war sein Vater. Genau wie alles andere in der Dose. Erneut griff er zu dem Notizheft, um sich noch mal die Skizze vom Baumhaus anzusehen. Als er es aufschlug, war da aber keine Zeichnung, sondern ein Text. Überrascht drehte Flynn das Heft um. Er hatte es versehentlich mit der Rückseite vor sich gelegt. Den Eintrag ganz am Ende hatte er gestern übersehen, weil davor so viele leere Seiten gewesen waren. Er hatte gedacht, es würde nichts weiter drinstehen. Begierig begann er zu lesen:

›Liebes Baumhaus, wir hatten eine sehr schöne Zeit miteinander. Leider glaube ich, dass es langsam vorbei ist. Ich komme immer seltener zu dir und eigentlich bin ich auch wirklich zu groß geworden, um dich zu besuchen. Bitte verstehe das. Vergessen werde ich dich nie. Wie könnte ich das. All die schönen Stunden, die ich und meine Freunde in dir verbringen durften. Du warst ohne Quatsch das Beste, was Vater je für mich gemacht hat, und deshalb verspreche ich dir, dass du auch für meine Kinder da sein darfst. Irgendwann in einigen Jahren und glaube mir, ich werde viele Kinder haben. In tiefer Dankbarkeit, Daniel.‹

Flynn musste schlucken. Das sollte sein Vater geschrieben haben? Was auch immer er in dem Baumhaus erlebt hatte, er hatte es völlig vergessen. Wie sonst war es möglich, dass er sein Versprechen nicht eingehalten hatte.

Flynn fasste einen Entschluss. Wenn sein Vater nach Hause kam, würde er ihm zeigen, was er gefunden hatte.

Ständig sah er auf die Uhr. Langsam wurde er müde. Er spürte, wie ihm die letzte Nacht in den Knochen steckte. Trotzdem durfte er sich nicht hinlegen. Womöglich würde er dann nur einschlafen und sein Vorhaben wollte er auf keinen Fall verschieben. Also tigerte er in seinem Zimmer auf und ab und wartete sehnsüchtig auf seinen Vater.

Endlich hörte er das Garagentor. Kurz darauf den Summer der Haustür. Am liebsten wäre er sofort hinuntergerannt. Nur schwer konnte er sich zügeln. Zumindest einige Minuten gönnte er seinem Vater, um etwas zur Ruhe zu kommen. Schließlich hielt er es aber nicht mehr aus. Griff, genau wie schon gestern, nach der Blechdose und trat auf den Flur. Heute würde er nicht zögern. Mit festen Schritten ging er hinunter. Im Schein einer Lampe saß sein Pa auf dem Sofa und schien zu dösen.

»Bist du wach?« Flynn hatte sich neben ihn gesetzt und vorsichtig angesprochen.

»Ich schon, aber warum bist du noch auf?«, entgegnete sein Vater tonlos.

Keine Regung, dass er sich zumindest ein wenig freute, seinen Sohn zu sehen.

»Ich hab auf dich gewartet«, sagte Flynn wahrheitsgemäß.

»Hast du was ausgefressen?«

Flynn schüttelte den Kopf. »Ich wollte dir was zeigen.«

Ohne weitere Worte stellte er die Blechbüchse auf den Wohnzimmertisch. Sein Vater runzelte die Stirn. Flynn beobachtete ihn ganz genau, konnte aber nicht sagen, ob Pa erkannte, was da vor ihm stand.

»Wegen einer alten Keksdose opferst du deinen Schlaf? Du solltest bessere Prioritäten setzen«, sagte sein Vater. »Nur ein ausgeschlafener Geist ist ein lernfähiger Geist«, hielt er ihm vor.

Flynn überlegte, ob sich sein Pa so etwas spontan ausdachte oder ob es solche Sprichwörter wirklich gab.

»Das ist nicht nur eine alte Keksdose. Schau doch mal

rein«, blieb Flynn hartnäckig.

Mit einem Finger, als könne jeden Moment etwas daraus hervorspringen, hob sein Vater den Deckel an. Diesmal bemerkte Flynn, wie dessen Augenbrauen zuckten. Ohne richtig hineinzusehen, ließ sein Pa den Deckel zufallen.

»Nicht wieder das Baumhausthema, oder?« Flynns Vater schien weder genervt noch sauer. Es war eher Gleichgültigkeit, die aus ihm sprach. »Ich weiß, ich hätte es dir bauen sollen, aber das Thema haben wir doch hinter uns. Du bist zwölf und keine fünf mehr.«

»Willst du nicht mal reinschauen«, startete Flynn einen letzten Versuch.

»Nein, will ich nicht«, sagte sein Vater entschieden. »Ich würde es auch wirklich besser finden, wenn du das verwanzte Zeug nicht im ganzen Haus herumtragen würdest. Wirf es bitte in den Müll.«

Traurig stand Flynn vom Sofa auf. Zumindest mit einem hatte sein Vater recht. Für dieses Gespräch hätte er nicht so lange wach bleiben müssen. Er wollte ins Bett gehen, ließ sich dann aber doch noch mal auf das Polster zurücksinken.

»Willst du dich von Mama trennen?«

Es war nicht die Frage, die ihn schmerzte, sondern die Angst vor der Antwort. Diesmal wirkte sein Vater nicht abwesend oder gleichgültig. Er sah Flynn mit festem Blick an.

»Du bist alt genug, dass ich dir nichts vormachen muss«, sagte er. »Es ist auch für dich besser. Eine Alkoholikerin ist kein Umgang für einen Jungen in deinem Alter. Vielleicht lässt sie sich helfen, dann holen wir sie zurück, irgendwann.«

Flynn wurde es schwarz vor Augen. Die Antwort war so klar, dass sie nicht die Spur eines Zweifels offenließ. Flynn spürte das Sofa nicht mehr, auf dem er saß. Es war, als würde alles verschwinden und er gleich mit. Was sein Vater da sagte, bedeutete unmissverständlich, dass er Mutter sich selbst überlassen würde und ihr das Wichtigste wegnahm, was sie noch hatte.

Ihre kleine Familie.

Flynn wollte ihn anschreien, dass Mutter sehr wohl ein Umgang für einen Zwölfjährigen war, ihm sagen, dass er mit ihr gehen würde, wenn er sie wegschickte, aber seiner Kehle entkam kein Laut. Langsam stand er auf. Seine Beine waren weich, wie Pudding. Ohne sich zu verabschieden, verließ er das Wohnzimmer.

Völlig ausgelaugt fiel er auf sein Bett, lag da wie stumpfsinnig. Obwohl er mit seiner Mutter seit langer Zeit kaum mehr ein Wort sprach, würde das Schlimmste geschehen, was er sich nur vorstellen konnte und zu allem Übel würde er nichts dagegen tun können. Er war ein Kind und musste akzeptieren, was die Erwachsenen für richtig hielten.

Der Mond schien mit voller Kraft direkt in sein Fenster. Er tauchte das Zimmer in ein gespenstisches Licht. Die Möbel warfen lange Schatten an die Wände.

Die Zeiger der Wanduhr standen auf Mitternacht.

Trotzdem er die Erschöpfung in jeder Faser seines Körpers spürte, konnte er nicht einschlafen. Er war so wach, als hätte er mehrere Dosen Energy-Drinks hintereinander getrunken. Es fühlte sich beinahe schmerzhaft an, dennoch stand er wieder auf, holte das Büchlein aus der Blechdose hervor und las den letzten Eintrag seines Vaters erneut durch.

›Liebes Baumhaus, wir hatten eine sehr schöne Zeit miteinander. Leider glaube ich, dass es langsam vorbei ist. Ich komme immer seltener zu dir und eigentlich bin ich auch wirklich zu groß geworden, um dich zu besuchen. Bitte verstehe das. Vergessen werde ich dich nie. Wie könnte ich das. All die schönen Stunden, die ich und meine Freunde in dir verbringen durften. Du warst ohne Quatsch das Beste, was Vater je für mich gemacht hat, und deshalb verspreche ich dir, dass du auch für meine Kinder da sein darfst. Irgendwann in einigen Jahren und glaube mir, ich werde viele Kinder haben. In tiefer Dankbarkeit, Daniel.‹

In tiefer Dankbarkeit – Flynn warf das Büchlein vor Zorn

in die Ecke. Wie konnte man nur so verlogen sein. Gleich hatte er ein schlechtes Gewissen und holte es zurück. Beruhigt stellte er fest, dass dem Notizheft nichts passiert war. Sollte er doch an seinem Plan festhalten? Wenn Pa schon nicht half mitzubauen, würde er es vielleicht zumindest ansehen, sobald es fertig war. Blieb das noch als Chance, Vaters Erinnerung zurückzubringen? Dann musste es auf jeden Fall ganz genauso aussehen, wie auf der Zeichnung.

Flynn blätterte Seite für Seite durch die Einträge der Kinder. Er begriff immer weniger, warum sein Vater so gefühlskalt geworden war. Seine Mutter lag absolut richtig. Er dachte nur an seine Arbeit und an Geld. Nichts anderes bedeutete ihm etwas, nur der Erfolg in seinem Geschäft. Flynn stellte sich vor, wie sein Vater als Kind gewesen war. Hätte der zwölfjährige Daniel ein Kumpel von ihm sein können, so wie Konrad? Plötzlich hatte Flynn eine neue Idee. Er griff zu einem Stift und schlug eine leere Seite im Heft auf, direkt nach dem letzten Eintrag der Freunde, die drinstanden. Er musste nicht lange nachdenken, was er schrieben wollte:

›Lieber Daniel, schade, dass ich dich als Junge nicht gekannt habe. Bestimmt wären wir genauso gute Freunde gewesen, wie du es mit all den Kindern warst, die sich in diesem Buch verewigt haben. Ich wünschte, in der Zeit zurückreisen zu können, um mit dir gemeinsam im Baumhaus zu sitzen und all die Sachen zu erleben, auf die du als Erwachsener keine Lust hast. Ich könnte dir meinen besten Freund Konrad mitbringen, der dir bestätigen würde, wie sehr man sich auf mich verlassen kann, und wir verbrächten eine Menge Zeit miteinander. Du würdest endlich mal zuhören, wenn ich dir sagte, wie du dich später verändern wirst. Dann könntest du aufpassen, nicht zu vergessen, was dir als Kind wichtig war. Ich habe dich sehr lieb. Dein Sohn Flynn.‹

Er starrte noch eine Weile auf die Zeilen. Zufrieden klappte er das Büchlein schließlich zu und legte es zurück in die Blechbüchse.

Alles war still im Haus, als Flynn auf den Flur schlich. Sicher lag Vater längst im Bett und schlief. Leise öffnete er die Tür zum Wohnzimmer und platzierte die Dose so neben dem Sofa, dass Pa sie sehen musste, wenn er am Abend dort saß. Wenn er sich unbeobachtet fühlte, würde er ganz bestimmt hineinsehen. Er las dann, was sein Sohn geschrieben hatte, und erinnerte sich an seine eigene Zeit im Baumhaus.

Zurück in seinem Zimmer, kuschelte sich Flynn müde unter die Bettdecke. Mit dem Eintrag im Büchlein fühlte es sich ganz so an, als hätte er sich alles von der Seele geredet. Zufrieden huschte ein Lächeln über sein Gesicht, bevor er innerhalb weniger Sekunden eingeschlafen war.

»FLYNN!«

Sein Name drang von weither an sein Ohr. Gleichzeitig packte ihn etwas an der Schulter und rüttelte daran.

»Wach auf!«, flüsterte Konrad leise, aber vehement.

Flynn schoss in die Höhe. Sein Oberkörper, der eben noch völlig entspannt auf der Tischplatte gelegen hatte, schnellte gegen die Stuhllehne. Er war so sehr erschrocken, dass er das Gleichgewicht verlor und mit einem lauten Poltern mitsamt Stuhl auf den Boden fiel. Peinlich berührt rappelte er sich, unter dem Gelächter seiner Mitschüler, wieder auf.

»Tschuldigung«, sagte er kleinlaut zu seiner Erdkundelehrerin, die ihn streng ansah. Ohne ein Wort darüber zu verlieren, fuhr sie mit der Schulstunde fort.

Die beiden schlaflosen Nächte und Frau Sauermilchs Unterricht über die zehn wichtigsten Flüsse Deutschlands hatten Flynn den Rest gegeben. So sehr er sich auch konzentriert hatte, er war weggenickt. Er fragte sich, wieso man über gerade mal zehn Flüsse bereits die dritte Unterrichtsstunde halten musste. Das meiste davon wusste er sowieso schon. Seine Gedanken waren also abgeschweift.

Heute Morgen war aus dem Lautsprecher des kleinen Radios, welches sich Frau Hofmann in der Küche immer anstellte, ein Wetterhoch für die kommenden Tage gemeldet worden. Das hatte automatisch auch zu einem Stimmungshoch bei Flynn geführt, das so lange angehalten hatte, bis Frau Sauermilch mit ihrem Unterricht begann.

Endlich verkündete die Schulglocke den Beginn der großen Pause.

»Bleibst du bitte noch kurz hier!«

Frau Sauermilch hielt Flynn am Arm fest, der es sich gerade so verkneifen konnte, die Augen zu verdrehen. Seine Lehrerin wartete, bis die restlichen Schüler abgerauscht waren, bevor sie weitersprach.

»Ist alles okay bei dir zu Hause?« Sie sah ihn ernst an.

»Logisch«, log Flynn. »Ich hatte gestern Abend nur ein spannendes Buch angefangen und darüber die Zeit vergessen. Es kommt nicht wieder vor«, versprach er.

Immer noch sah ihn Frau Sauermilch streng an. »Meinetwegen. Du bist ein guter Schüler. Es geht mir nicht darum, dass du nicht aufgepasst hast. Bitte achte darauf, dass du ausreichend Schlaf bekommst.«

»Kein Ding«, sagte Flynn und presste die Lippen aufeinander. »Kann ich dann gehen?«

»Klar!« Frau Sauermilch lächelte.

»Flynn«, hörte er doch noch mal ihre Stimme. Unter dem Türrahmen blieb er stehen und wandte sich zu ihr. »Du kannst jederzeit zu mir kommen. Keiner wird davon erfahren. Egal, was es ist.«

»Danke!« Flynn deutete ein Nicken an und verzog sich.

Unten am Treppenabsatz wartete Konrad auf ihn.

»Gab's Ärger?«

Flynn schüttelte den Kopf. »Sie wollte nur mein Vertrauen gewinnen«, lächelte er. »Was grinsen die denn so blöd?« Er deutete auf einige Jungs aus seiner Klasse, die gleich hinter der Schultür auf dem Pausenhof zusammenstanden.

»Wilder Auftritt«, feixte Paul unter dem Gelächter der Umstehenden. »Solltest dein Heimkino nachts abschalten«, setzte er noch einen oben drauf.

»Sei doch ruhig«, antwortete Flynn genervt.

Für ihn war die Sache erledigt. Nicht so für Konrad.

»Ihr habt ja keine Ahnung«, schimpfte er, um seinem besten Freund beizustehen. »Flynns Eltern trennen sich vielleicht!«, platzte er heraus.

Super, genau das wollte Flynn eigentlich nicht an die große Glocke hängen. Trotzdem konnte er Konrad nicht böse sein. Sein Freund war für diese Welt einfach viel zu ehrlich, und dass der ihm nichts Schlechtes wollte, war sowieso klar.

»Ja und, ist doch nichts Schlimmes«, sagte Noah. »Meine Alten sind schon lang getrennt. Gibt es doppelte Geschenke zum Geburtstag und an Weihnachten«, grinste er.

Als würde nicht reichen, dass Flynn keinen Ausweg sah, musste er sich auch noch diesen Mist anhören. Es ging ja nicht darum, dass sich seine Eltern trennten, sondern dass er bei seinem Vater wohnen würde, der absolut nichts mit seinem Sohn anzufangen wusste, aber das konnte er seinen verwöhnten Kumpels kaum auf die Nase binden.

»Ich hänge eben an meiner Mutter«, blaffte er stattdessen seine Schulkameraden an, was womöglich genauso eine Spur zu ehrlich war.

Zum Glück läutete die Glocke und die Pause war beendet.

»Vielleicht gibt mich mein Vater sogar weg«, sagte Flynn so leise, dass nur Konrad es hören konnte, während sie in der Meute zurück ins Schulhaus drängten.

»Das glaub ich nicht«, versuchte der ihn aufzumuntern. Er kannte Flynns Vater aber auch ein wenig. Deshalb befürchtete er, dass an der Sache womöglich was dran sein konnte, und war ab diesem Moment genauso besorgt wie Flynn selbst. Schließlich war der sein einziger richtiger Freund in der Klasse.

Im Foyer drängte sich Leon an Flynn vorbei. »Du bist echt alt genug, Mamis Rockzipfel loszulassen«, lästerte er.

»Du musst es ja wissen.«

Leon war ein Spaßvogel und Flynn viel zu selbstbewusst, als dass er ernst nahm, was Leon sagte. Trotzdem rammte er ihm den Ellenbogen in die Seite, was aber als Jux gemeint war. Leider verlor Leon daraufhin das Gleichgewicht, und zwar genau in dem Moment, als er an der einzigen Säule vorbeilief, welche im Eingangsbereich stand. Da ein Unglück selten allein kommt, stolperte Leon zusätzlich über die Beine eines anderen Schülers. Krachend schlug er mit dem Kopf an den Pfosten und fand sich, mit einer blutenden Platzwunde, auf dem Boden wieder.

Wie gelähmt hatte Flynn die Szene beobachtet.

»Sorry, Mann!«, beugte er sich entsetzt zu ihm, um zu helfen. »Ich hol nen Lehrer!«

Das war aber nicht notwendig. Als er aufsah, blickte er direkt in das Gesicht des wütenden Schulleiters. Während der Flynn anwies ihm in sein Büro zu folgen, kümmerte sich der Hausmeister um Leon.

Schon wieder saß Flynn vorm Schreibtisch des Rektors, weil er einen Jungen verletzt hatte.

Flynn beteuerte, nicht mit Absicht gehandelt zu haben, kam diesmal aber nicht umhin sich einzugestehen, dass er erneut Mist gebaut hatte.

»Ob Absicht oder nicht. Du kannst hier nicht jeden Tag einen Schüler blutig schlagen. Ich werde deinen Eltern einen Brief schreiben«, sagte der Schulleiter streng. »Sie werden informiert, dass dir bei einem dritten Vorfall ein Verweis droht.«

Flynn fand nicht, dass er Leon blutig geschlagen hatte, hielt aber lieber die Klappe.

Die letzten beiden Schulstunden zogen sich wie Kaugummi, nicht zuletzt, weil Flynn unentwegt an Leon denken musste, der nicht wieder aufgetaucht war.

›Ist es sehr schlimm?‹, schrieb er ihm eine Nachricht, während er sich zusammen mit Konrad auf den Nachhauseweg machte. Außer der Sorge um Leon trieb ihn noch ein anderer Gedanke um. Was würde passieren, wenn der Brief vom Rektor zu Hause eintraf? Hoffentlich würde Vater die Schuld nicht wieder seiner Mutter in die Schuhe schieben. Das hatte der nämlich schon einmal getan. Er hatte ihr vorgeworfen, dass es nur an ihrer schlechten Erziehung läge, wenn Flynn so etwas machen würde. Was natürlich nicht stimmte.

»Soll ich gleich mitkommen?«, unterbrach Konrad seine Gedanken.

Dessen Besorgnis, seinen Freund an ein Internat zu verlieren, war so groß, dass er auf jeden Fall beim Baumhausbau helfen wollte. So gut er eben konnte. Wenn Flynn meinte, es wäre eine Chance, dann sollten sie es auch versuchen.

»Ja klar«, antwortete Flynn abwesend, der von einer eingehenden Nachricht abgelenkt wurde.

›Mach dir keine Sorgen. Alles bestens. Nur drei Stiche‹, hatte Leon zurückgeschrieben. Hinter den Satz hatte er einen Zwinkersmiley gesetzt.

›Ich mach's wieder gut‹, schrieb Flynn. »Kommst du gleich mit zu mir?«, fragte er Konrad, erleichtert über die gute Neuigkeit.

Warum der über die Frage laut lachte, war Flynn allerdings schleierhaft.

Voller Tatendrang warfen die beiden Jungen ihre Rucksäcke vor die Haustür. Sie gingen gar nicht erst hinein, sondern außen herum, direkt in den Garten. Flynn, der vorauslief, blieb wie angewurzelt stehen.

Jemand hatte die Bretter geklaut.

Völlig entgeistert starrte er auf die zurückgebliebenen Druckstellen im Rasen.

»Warum hast du denn nichts gesagt?« Konrad war erst genauso verblüfft, aber dann wanderte sein Blick die alte Eiche hinauf. »Ich dachte, wir erzählen uns immer alles!«

»Was?« Flynn hatte keine Ahnung, warum Konrad plötzlich eingeschnappt war. »Tun wir auch!«

»Du willst mir ernsthaft erzählen, dass du *davon* nichts gewusst hast?«

Flynn folgte Konrads Zeigefinger. Die Sonne blinzelte durch die mit Blättern dicht bewachsene Baumkrone. Zwischen den Ästen entdeckte Flynn etwas, was gestern noch nicht da gewesen war.

Ein Baumhaus, besser gesagt DAS Baumhaus. Es sah genauso aus wie auf der Skizze.

»Ich schwör dir, dass ich nichts gewusst habe«, sagte Flynn so überzeugend, dass Konrad ihm sofort glaubte. »Mein Vater muss die Nachricht in dem Büchlein schon heute Morgen gefunden haben«, dachte er laut nach. »Er hat es gebaut, während ich in der Schule war.«

Es war die einzige logische Erklärung. Selbst Konrad, der nicht immer überzeugt von Flynns Gedankengängen war, stimmte ihm zu.

Flynn rannte zurück zur Haustür. Vater konnte noch nicht lange fertig sein. Bestimmt war er erschöpft und zu Hause. Vor seinem inneren Auge sah er sich bereits in dessen Armen liegen. Vater würde sagen, wie sehr es ihm leidtat, was er alles falsch gemacht hatte, und dass er sich von jetzt an ändern würde. Im Haus war aber niemand. In der Küche nicht, auch nicht im Wohnzimmer. Vaters Büro war verwaist, genau wie der Keller. Im Schlafzimmer lag seine Mutter im Bett und schlief. Enttäuscht ging Flynn zurück zu Konrad, der es sich im Schatten unter der Eiche bequem gemacht hatte.

»Und?«, sprang er auf.

Flynn hob die Schulter. »Die Versöhnung mit meinem Vater muss bis heute Abend warten«, lächelte er gezwungen.

Seite an Seite standen die beiden im Garten und blickten hinauf zum Baumhaus. Es war perfekt. Sie konnten nicht begreifen, wie Flynns Vater das an nur einem Vormittag geschafft hatte.

Um den dicken Stamm der Eiche schlängelten sich Stufen nach oben. Sie waren an wulstigen Hanfseilen verknotet, die sich um die Rinde wickelten. Die Tritte reichten hinauf zu einer Falltür, welche wiederum auf eine Plattform führte, die groß genug war, um darauf einen Tisch mit Stühlen zu platzieren. Flynn nahm sich vor, dort oben den ganzen Sommer über zu frühstücken. Das Baumhaus selbst war als Achteck gebaut. Aus der Luft sah es also aus wie ein Stoppschild, nur viel größer und ohne die rote Farbe. Natürlich auch ohne den Schriftzug. Das Baumhaus hatte eine Tür zur Seite hin und ein breites Fenster, mit bunten Scheiben, welches nach Süden ausgerichtet war. Die Sonne würde den lieben langen Tag hindurchscheinen und ein glitzerndes Farbenspiel ins Innere bringen. Das Dach lief spitz zu. Ganz oben funkelte eine goldene Krone. So wirkte das Baumhaus wie eine kleine Ritterburg.

»Sollen wir hoch?«

Konrad war außer sich vor Neugierde.

»Klar!«

Flynn war sowieso ein neuer Gedanke gekommen. Vielleicht saß sein Vater im Baumhaus und wartete dort auf sie, um die Überraschung perfekt zu machen. Er rannte voraus und hatte bereits den Fuß auf der untersten Stufe. Flink wie ein Wiesel kletterte er empor. Auf der Plattform stellte er sich an das Geländer, welches aus einem dicken Seil gemacht war. Man konnte von hier aus sogar über das Nachbarhaus hinweg bis hin zum Waldrand sehen.

»Komm schon, du Schnecke«, rief Flynn aufgekratzt zu Konrad hinunter, der sich nicht ganz so geschickt anstellte beim Klettern.

Flynn war glücklich wie lange nicht mehr. Wenn sein Vater das hier gebaut hatte, konnte es nur eines bedeuten: Alles würde gut werden.

Er konnte nicht länger warten. Falls Vater da drin war, musste er ihn endlich sehen und ihm um den Hals fallen. Ehe Konrad also durch die Luke gekrochen kam, öffnete Flynn die Tür und trat ein. Da war aber nicht sein Vater.

Was er sah, war viel unglaublicher.

Auf den Dielenbrettern unter dem Fenster saß ein Junge, etwa in seinem Alter und lächelte ihn an. Seine blonden, fast goldenen Haare waren rundherum in der gleichen Länge geschnitten, als wolle er aussehen wie ein Pilz. Auf der Nase hatte er eine riesige silberne Brille. Er trug ein Hemd mit großem, spitzem Kragen, darüber einen, wohl selbstgestrickten, gemusterten Pullunder. Die ausgestreckten Beine wurden von einer beigen Bermudashorts bedeckt, dazu weiße Socken und braune Sandalen, wie sie seit Jahren nicht mehr modern waren.

»Du musst Flynn sein«, sagte der Junge vergnügt.

Er schien sich prächtig über dessen Verwunderung zu amüsieren.

»U... und wer bist du?« Langsam erwachte Flynn aus seiner Schockstarre.

Inzwischen war auch Konrad aufgetaucht, der skeptisch über Flynns Schulter blickte. Natürlich wollte er genauso sehen, mit wem sein Freund sprach.

»Ich bin Daniel.« Der Junge schien erstaunt darüber, dass Flynn das nicht wusste.

»Du hast mich doch selbst gerufen«, fügte Daniel hinzu, nachdem Flynns unsichtbare Fragezeichen weiter über seinem Kopf zu schweben schienen. Er hatte seine Stirn nämlich noch immer in Falten gelegt.

»W... was habe ich?«, stotterte Flynn.

Daniel sah ihn prüfend an.

»Sag bloß, das war keine Absicht?«

»Was war keine Absicht?«

Flynn kam sich selbst wie der totale Pfosten vor, weil er alles wiederholte, was der Junge sagte, aber er hatte eben keine Ahnung, von was Daniel da sprach.

»Na, dass du bei Vollmond, in der Geisterstunde, einen Wunsch in das Notizbuch geschrieben hast, welches seit üüüber dreißig Jahren nicht aufgeschlagen wurde?«

Daniel dehnte das ›ü‹ besonders, um den Jungen klarzumachen, von welch langem Zeitraum er sprach.

Flynn und Konrad sahen den fremden Jungen verständnislos an.

Der begann sich immer mehr über die beiden zu wundern.»Wenn man das macht, wird der Wunsch Wirklichkeit. Wisst ihr das nicht?«

Flynn musste sich setzen. »Natürlich wissen wir das nicht«, sagte er. »Weil es das gar nicht gibt.«

Der angebliche Daniel schloss die Augen, atmete einmal kräftig aus und öffnete sie wieder. »Ihr Menschen seid ziemliche Nixblicker«, seufzte er.

Es entstand eine angespannte Stille.

Flynn dachte nach, während Daniel nicht vorhatte, seine Worte zu wiederholen oder sie in irgendeiner Art und Weise zu untermauern.

Konrad sah schweigend von einem zum anderen.

»Dann hat das Baumhaus gar nicht mein Vater gebaut, sondern du?«, rang sich Flynn nach einer Weile zu einem Kommentar durch. Irgendwie musste es ja weitergehen und vielleicht war es das Beste so zu tun, als würde er ihm glauben.

Jetzt war es Daniel, der verständnislos dreinblickte. »Warum sollte ich dir ein Baumhaus bauen?«

»Verstehst du, was der labert?«, wandte sich Flynn an Konrad.

Der beugte sich geheimnisvoll zu ihm. »Ich glaube, das ist dein Vater«, flüsterte er in sein Ohr.

»So ein Quatsch«, lachte Flynn. »Mein Vater ist doch nicht …« Er hielt im Satz inne.

Daniel begann zu grinsen.

Eine Ähnlichkeit war nicht von der Hand zu weisen. Mutter hatte ihm früher oft Kinderbilder von sich und seinem Vater gezeigt. Jedes Mal hatte sie dabei betont, wie gleich sie sich waren. Flynn sah den Jungen genau an. Dessen Augen hatten den gleichen unverwechselbaren grünen Schimmer wie seine eigenen und auch das Lächeln kam ihm bekannt vor. Flynn überlegte, was er präzise in das Notizbuch geschrieben hatte. Wenn das Baumhaus tatsächlich Wirklichkeit geworden war – was irgendwie wahrscheinlich schien, da sie ja selbst drinsaßen – dann sagte dieser Daniel womöglich ohne Scheiß die Wahrheit … und Konrad hatte demzufolge sowieso recht.

Daniel nickte. »Du kannst deinem Freund schon glauben«, versicherte er. »Es ist nur ein kleines bisschen komplizierter. Dein Wunsch wurde, sagen wir mal, etwas angepasst. Du bist nicht in der Zeit zurückgereist. Das ist nämlich nicht möglich. Auch nicht durch Magie. Für die Letztere war es jedoch ein leichtes, das Baumhaus wieder entstehen zu lassen, zumal die Bretter ja alle noch vorhanden waren. Natürlich hätte es die nicht unbedingt gebraucht«, sagte er mit einer abschätzenden Handbewegung, »aber ich will nicht angeben. Den jungen Daniel, also mich, kann man selbstverständlich ebenfalls nicht als richtigen Menschen erschaffen.«

Mysteriös sah er die beiden an.

Flynn schwirrte der Kopf vor lauter angeblich logischer Erklärungen, die sie in Wirklichkeit überhaupt nicht waren, weil alles völlig unlogisch war, was Daniel von sich gab.

»Ich bin sozusagen eine Art Illusion«, sprach Daniel

schon weiter. »Bis auf die Kleinigkeit mit der Zeitreise ist demnach alles, wie du es wolltest. Du sitzt mit deinem Vater, als Junge, in dessen Baumhaus. Jetzt kannst du mir sagen, was dir seit langem auf dem Herzen liegt«, schloss er zufrieden seinen Vortrag. Mit großen Augen blickte er Flynn an und wartete. Seine Gesichtszüge waren so steif geworden, dass es aussah, als wäre er eine Puppe.

Im Schneidersitz ließ sich Konrad neben Flynn nieder. Eine Zeitlang saßen die Jungen da und starrten Daniel an. Flynn fand es durchaus spannend, das kindliche Ich seines Vaters studieren zu können. Allerdings war Daniel so reglos, dass Flynn schon darüber nachdachte, ob der irgendwo eine Feder hatte, die man vielleicht neu aufziehen musste. Bevor er danach suchen wollte, hielt er es für besser, es zunächst noch mal damit zu versuchen, ihn anzusprechen.

»Was sollen wir machen, bis mein Vater nach Hause kommt?«, sagte er deshalb. »Ich könnte dir erzählen, wie du dich verändert hast?«

Daniel zuckte mit den Schultern. Er war also keine Aufziehpuppe. »Meinetwegen gerne, aber wollen wir nicht lieber was Lustiges machen?«

»Es ist mir wirklich ernst mit meinem Vater«, widersprach Flynn. »Es geht hier nicht um deinen Spaß.«

Daniel lächelte. »Das hast du doch aber geschrieben.«

Flynn musste zugeben, dass das stimmte. »Du hast recht, aber erst die Arbeit, dann das Vergnügen. Ich muss dir alles von meinem Vater erzählen, dass du ihn erinnern kannst, was er früher so geliebt und inzwischen vergessen hat. Der wird Augen machen, wenn er plötzlich seinem eigenen Kindheits-Ich gegenübersteht.«, freute sich Flynn.

Daniel schien die Begeisterung nicht zu teilen und verzog keine Miene. »Das Problem ist nur: Dein Vater wird mich überhaupt nicht sehen. Ich bin ja *dein* Wunsch, wenn ich dich daran erinnern darf.«

Flynn sah ihn geschockt an. Er brauchte eine kurze Denkpause.

»Du erzählst Mist«, platzte er heraus. »Konrad kann dich genauso sehen!«

Daniel hob die Augenbrauen. Er wirkte keineswegs in die Enge getrieben. »Du hast in deinem Wunsch schließlich erwähnt, dass du ihn mitbringen möchtest!«

Schon wieder musste Flynn klein beigeben. Nur war dann diese Kleinigkeit, von der Daniel gesprochen hatte, also die, die er nicht erfüllen konnte, doch das Entscheidende. Sein Wunsch war zwar erfüllt, aber wenn Vater null davon mitbekommen würde, brachte es gar nichts.

Wer auch immer, irgendjemand hatte Mist gebaut.

Egal, ob es Zeitreisen nun gab oder nicht, es ärgerte Flynn. Ihm war es völlig gleichgültig, dass er bis vor ein paar Minuten überhaupt nicht darüber nachgedacht hatte, dass sein Eintrag jemals Wirklichkeit werden könnte und er ihn abgesehen davon nicht in dieser Absicht in das Büchlein geschrieben hatte.

»Es bringt nicht die Bohne was, wie der Wunsch erfüllt wurde, wenn du nicht mein echter Vater bist«, motzte Flynn.

Daniels Lächeln verschwand. »Was nicht geht, geht eben nicht«, entgegnete er eingeschnappt.

Wahrscheinlich war Daniel jetzt sauer oder enttäuscht, weil Flynn so undankbar war.

»Kannst du mir denn nicht anders helfen?«, startete Flynn einen neuen Versuch. Er hatte selbst keine Idee dazu, aber dieser Daniel behauptete ja, sich mit Magie auszukennen. »Vielleicht hätte ich etwas wünschen können, das besser erfüllt werden könnte, und ich bin nur nicht draufgekommen«, schob Flynn nach, weil Daniel immer noch ein Gesicht wie sieben Tage Regenwetter machte.

Flynn fand nicht, dass der Fehler bei ihm lag, aber er war auch Diplomat und es juckte ihn nicht, die Schuld auf sich zu nehmen. Hauptsache, Daniel würde wieder mitspielen.

Es zeigte Wirkung. Daniels Mundwinkel hoben sich. Er wog seinen Kopf von einer auf die andere Seite und dachte angestrengt nach. Es dauerte eine ganze Weile, bis er antwortete.

»Ich fürchte, das kann ich nicht. Da ich, wie gesagt, nur eine Illusion bin, habe ich keine Erinnerung an die Kindheit deines Vaters. Ich kann ihm ja nicht einmal sagen, was seine Lieblingsfarbe oder sein Lieblingsessen war.«

Flynn sank in sich zusammen. »Dann ist es völlig umsonst, dass du hier bist?«

Daniel nickte abwesend. »Es sei denn ...«, murmelte er vor sich hin.

Flynn wurde hellhörig. »Es sei denn, was?«, fragte er aufgeregt.

Daniel erschrak. »Gar nichts«, sagte er schnell. »Ich habe nur laut gedacht und es würde ohnehin nicht funktionieren. Es funktioniert nämlich nie«, verwickelte sich Daniel immer weiter in seinen Andeutungen.

»Nun sag schon«, bettelte Flynn. »Man kann es doch zumindest versuchen.«

Daniel schüttelte den Kopf. »Es ist nichts, was man versuchen kann. Im Sportunterricht kannst du eine Turnübung versuchen, aber nicht das«, sagte er. »Man kann es nicht durch Geschick, Wissen oder dergleichen beeinflussen und es ist zu gefährlich. Keiner weiß, wie es am Ende ausgeht. Vielleicht bleibt ihr einfach dort. Nein, nein, es ist zu gefährlich. Viel zu gefährlich und ihr wüsstet ja auch gar nicht wohin. Es ist das Risiko nicht wert ... auf gar keinen Fall ist es das«, redete sich Daniel in Rage.

»Nun erklär es uns gefälligst.« Flynn wurde ungehalten.

Was sollte diese Rätselraterei. Wenn dieser Daniel schon zu sonst nichts nütze war, konnte er wenigstens sein Geheimnis verraten. Dieses überhebliche Getue, sie schützen zu wollen, nervte extrem. Flynn war durchaus selbst in der Lage zu entscheiden, was er sich zutrauen konnte.

Daniel sah die beiden Jungen verkniffen an. Er schien mit sich zu kämpfen. »Was solls, ich habe euch gewarnt. Wenn ihr es unbedingt hören wollt, dann bitte.« Er setzte einen sehr geheimnisvollen Blick auf, bevor er weitersprach. »Es ist ungünstigerweise so, dass ich auch nicht alles darüber weiß.«

Das hatte sich Flynn gleich gedacht. Der Junge machte sich wichtig, dabei wusste er selbst nicht, was Sache war. Dennoch klammerte er sich an den Strohhalm und lauschte gespannt, wie es weiterging.

»Es gibt einen Ort, er nennt sich Memorien, an dem alle Erinnerungen zu Hause sind, welche die Menschen in sich tragen«, begann Daniel. »Und zwar wirklich alle. Die klitzekleinste Kleinigkeit wird dort bewahrt. Deshalb kann ich gar nicht alles wissen. Niemand kann das, noch dazu, da sich Memorien jede Sekunde verändert. Manches ist immer gleich, weil die Erinnerungen auch gleich sind. Erinnerungen sind ja vergangen und verändern sich nicht. Sie werden nur älter, aber ansonsten bleiben sie dieselben. Allerdings kommen ständig neue hinzu; dagegen wird anderes vergessen, was nicht automatisch heißt, dass es deshalb in Memorien gelöscht wird. Es kann vergessen werden und trotzdem da sein, zum Beispiel in den Herzen einiger Menschen.« Daniel sah die Jungen erwartungsvoll an. »Ihr versteht es nicht, oder?«

Flynn musste zugeben, dass er recht hatte und signalisierte ihm, dass er wirklich nicht verstand.

»Es ist kompliziert«, bestätigte Daniel. »Auf jeden Fall ist Memorien eine Welt, so groß, dass man es sich nicht vorstellen kann, und sie wird von Tag zu Tag größer. Irgendwo dort sind also auch die Erinnerungen deines zwölfjährigen Vaters verborgen.«

Flynns Herz begann zu schlagen. Das war eine Information, mit der er etwas anfangen konnte.

»Gehen wir sie holen«, unterbrach er Daniel sofort.

Daniel sah ihn belustigt an. »Du hast nicht zugehört,

oder? Memorien ist riesig.«

»Na und, wie groß kann es schon sein«, sagte Flynn abfällig.

»Sagen wir einmal so«, Daniel legte den Finger auf die Oberlippe. »Wenn du deine Erde, auf der du lebst, groß findest und ein Salzkorn klein, dann würde man in Memorien die Erde als Salzkorn betrachten.«

Flynn schwirrte der Kopf. Was wollte Daniel denn jetzt mit Salzkörnern. »Es ist mir egal, wie groß es ist. Irgendwie werden wir es schon finden. Wenn es die einzige Chance ist, die ich habe, will ich es versuchen.«

Daniel sah ein, dass er mit vernünftigen Argumenten bei diesem Jungen nicht weiterkam. Warum hatte er sich auch verleiten lassen davon anzufangen. Er atmete seufzend aus. »Keiner kann wissen, wo du suchen musst.« Wieder zögerte er. »Wenn es dich überhaupt hineinlässt. Es ist aussichtslos.«

»Wie meinst du das? Wenn es mich überhaupt hineinlässt?«, fragte Flynn verdutzt.

»Memorien birgt viele Geheimnisse. Man könnte sagen, es beschützt sie. Deshalb sind seine Grenzen verschlossen. Jeder würde sonst hineinspazieren und sich Erinnerungen nehmen, die ihn gar nichts angehen. Es ist traurig, aber so ist es nun mal. Zudem gibt es eine wichtige Voraussetzung, um Memoriens Grenze passieren zu können.«

Daniel machte eine gewichtige Pause.

»Lass dir doch nicht immer alles aus der Nase ziehen«, drängte ihn Flynn genervt.

»Zwei Freunde müssen gemeinsam versuchen, die Grenze zu überwinden«, vollendete Daniel seinen Satz.

Konrad blickte erschrocken Flynn an. Er ahnte, auf was das hier hinauslaufen würde.

»So einfach wird das nicht werden«, sprach Daniel weiter, dem die Blicke nicht entgangen waren. »Es reicht nicht aus, wenn ihr vorgebt Freunde zu sein. Ihr müsst es im tiefsten eures Herzens spüren, sonst wird euch Memorien zurückweisen.«

»Das sind wir«, sagte Flynn aufgeregt.

Daniel blieb skeptisch. »Ihr seid immer aufrichtig zueinander? Vertraut euch und lasst euch nie im Stich?«, fragte er nach.

Flynn blies Luft aus einem Mundwinkel. »Ja, ja und nochmals ja« beschwor er ihn.

»Dafür bist du aber sehr ignorant deinem Freund gegenüber. Willst du ihn vielleicht erst mal fragen, ob er dieses Risiko überhaupt auf sich nehmen möchte?«

Konrad hatte tausend Gedanken, die ihm durch den Kopf gingen. Er war womöglich nicht mutig genug, mit Flynn, einfach so, in ein fremdes Land zu verreisen. Andererseits hatte er die ganze Zeit nicht vergessen, dass Flynn von seinem Vater vermutlich in ein Internat geschickt würde. Konrad hatte nur eine Sache im Sinn, und das waren nicht seine Eltern oder die Angst vor dem Ungewissen. Er malte sich aus, wie es ihm ohne Flynn in der Schule ergehen würde. Die Hänseleien seiner Klasse ganz allein ertragen zu müssen, war mit Sicherheit weitaus schlimmer, als mit seinem besten Freund auf eine Abenteuerreise zu gehen. Außerdem hatte Flynn recht. Sie würden sich gegenseitig nie im Stich lassen. Er vertraute Flynn. Es machte ihm nichts aus, mit ihm dorthin zugehen. Ganz im Gegenteil.

»Natürlich bin ich dabei«, sagte Konrad mit fester Stimme.

»Ihr müsst den Weg selbst finden«, warnte sie Daniel. »Ich kann euch keine Ratschläge mitgeben. Das Einzige, was ich weiß, ist, dass es gefährlich sein wird. Es wird eine lange Reise ins Ungewisse und nicht mal eben ein Spaziergang zum Bäcker um die Ecke. Ich muss zur Vorsicht raten. Ihr werdet vielleicht nie zurückkehren.«

»Wir versuchen es, oder?«, Flynn wurde immer aufgeregter und hörte den Warnungen Daniels gar nicht richtig zu. Gespannt sah er Konrad an, um sich ein ›Ja‹ von ihm abzuholen. Der hatte den letzten Satz Daniels jedoch sehr wohl gehört.

»Soll das heißen, es kann sein, dass wir für immer dortbleiben müssen?«

Daniel zuckte mit der Schulter. »Das entscheidet allein Memorien«, sagte er.

»Es kann also sein, dass Memorien uns nicht mehr rauslässt!«

Daniels Mundwinkel verzogen sich zu einem spöttischen Lächeln. »Ihr könntet dann immer noch einen Nebenjob als Illusion annehmen und andere Menschenkinder nach Memorien locken«, kicherte er.

»Ich finde das gar nicht lustig«, sagte Konrad. »Können wir dort sterben?«, startete er einen letzten Versuch, das Risiko abzuwägen.

»Ich habe die Frage bereits beantwortet!« Daniels Heiterkeit war ebenfalls wieder verschwunden. »Kein Rückweg heißt: Ihr werdet ein Teil von Memorien und dann selbst zu einer Erinnerung. Menschen, die nur noch in einer Erinnerung existieren sind tot, oder nicht? Zumindest für Erdenbewohner ist das so. Aber vielleicht ist das Ansichtssache. Man spricht ja auch von lebendigen Erinnerungen.« Jetzt sah Daniel doch wieder belustigt aus.

Konrad schluckte. Die Aussicht, nicht zurückzukommen, war keine besonders schöne Vorstellung. Der Gedanke an seine Schule aber auch nicht. Es musste eben gelingen. Flynn hatte so viele Talente, er würde dafür sorgen, dass sie wieder zurückkamen.

»Ich helfe dir«, sagte er deshalb an Flynn gewandt.

Konrad ahnte nicht im Geringsten, dass es keineswegs Flynn allein war, auf den es ankommen würde.

»Kommst du mit uns?« Flynn sprach wieder zu Daniel.

Der schüttelte den Kopf. »Ich bin nur in eurer Vorstellung«, sagte er. »Wenn ihr gegangen seid, werde ich ebenfalls verschwinden. Du hast mich als Wunschbild geschaffen und als das werde ich mich einfach auflösen.«

Flynn verstand nicht, was Daniel sagen wollte. »Du bist nicht nur Einbildung. Wir können dich mit eigenen Augen vor uns sitzen sehen. Zwei verschiedene Menschen sind nicht in der Lage, das gleiche zur selben Zeit zu träumen.«

Daniel lächelte wieder. »Magie ist etwas Wunderbares. Sie ist überall und wenn wir ihr begegnen, verstehen wir sie nicht. Deshalb suchen wir nach logischen Erklärungen. Dabei ist es viel schöner, sie einfach geschehen zu lassen.«

Er saß da in seinem gemusterten Pullunder und sah die beiden Jungen schelmisch an. »Bleibt es bei eurer Entscheidung?«

Flynn nickte sofort. Konrad zögerte, aber er machte jetzt keinen Rückzieher mehr.

»Ihr habt nicht die leiseste Ahnung, auf was ihr euch einlasst«, seufzte Daniel. »Sei's drum. Dann nehmt euch an den Händen und geht gemeinsam nach draußen. Denkt an das schönste Erlebnis, das ihr je zusammen hattet. Das wird Memorien die Entscheidung erleichtern.«

»Woran erkennen wir, dass es geklappt hat?«, fragte Flynn.

»Sagen wir so: Wenn ihr im Freien den Garten und das Haus vorfindet, hat Memorien entschieden, dass ihr die Grenze nicht überschreiten dürft.«

Die Jungen atmeten durch und erhoben sich. Konrad wurde kurz schwindelig. Schnell fasste er nach Flynn. Zu seiner Beruhigung spürte er, dass auch der aufgeregt war. Flynns Hand schwitzte, wie die seine. Seltsamerweise verursachte die Berührung bei beiden ein Gefühl von Sicherheit. Mit einem letzten Blick auf Daniel, der sie lächelnd beobachtete, traten sie an die Tür. Die Freunde verharrten, um sich eine gemeinsame Erinnerung ins Gedächtnis zu rufen. Leicht war das nicht. Es gab so vieles, was sie zusammen erlebt hatten. Ihnen schwirrte der Kopf vor lauter Erlebnissen. Obwohl seine Gedanken nach wie vor kreisten, griff Flynn bereits zum Türknauf. Konrad wollte ihn zurückhalten. Er hatte sich noch nicht auf eine Sache festgelegt, aber es war zu spät. Als würde sich alles in Zeitlupe abspielen, sah er Flynns Hand den Türknauf berühren. Schon drang Tageslicht durch den Spalt. Kurz meinte er, den Garten zu erkennen, als die Umgebung in ein grelles Licht getaucht wurde. Ein Sog erfasste sie, der erst als Windhauch in ihren Gesichtern spürbar gewesen war, dann immer stärker wurde. Wie mit dem Rohr eines riesigen Staubsaugers zog sie eine unsichtbare Kraft von der Plattform. Es war nichts um sie als dieses gleißende Licht und der Tornado, der viel zu gewaltig war, um dagegen anzukommen. Sie wirbelten nicht umher, sondern wurden wie lebende Kanonenkugeln in die Ferne geschossen.

Das grelle Licht verschwand und es erschien ein Horizont. Dunkle Wolken türmten sich übereinander auf. Es donnerte und blitzte, während Flynn und Konrad mit unglaublicher Geschwindigkeit darauf zuschossen. Allmählich ordnete sich ihre Wahrnehmung. Sie waren hoch in die Luft getragen worden, sodass das Unwetter weit unter ihnen tobte.

Bald wurden sie langsamer, schließlich begannen sie zu fallen. Hätten sie sich noch immer an den Händen gehalten, hätten sie jetzt versucht, sich aneinanderzuklammern, aber sie hielten sich nicht mehr an den Händen. So schnell, wie es nach oben gegangen war, so schnell begannen sie, jeder für sich, vom Himmel zu stürzen.

»Was sollen wir machen?«, schrie Konrad gegen den Wind an.

»Ich habe keine Ahnung. Hoffen wir, dass Memorien uns heil runterbringt.«

Ohne es zu wissen, hatte Flynn die erste Lektion schon gelernt: Vertrauen.

Immer näher kamen die Wolken und die Blitze. Die Jungen fielen direkt hindurch, unaufhörlich dem Erdboden entgegen. Es donnerte und krachte um sie herum. Der Regen peitschte ihnen ins Gesicht. Als sie kurz davor waren aufzuschlagen, schlossen sie die Augen. In Gedanken zählte Konrad die Sekunden bis zum Aufprall.

Drei, zwei ...

Ein Wind hatte sie erfasst. Wie eine unsichtbare Hand bremste er ihren Sturz. Sanft glitten sie die restlichen Meter zu Boden, bis in Hüfthöhe die Kraft nachließ und die beiden Jungen ins nasse Gras plumpsten.

2

Memorien

»Schaut nicht zurück!«

»Autsch!« Die Landung fiel nicht hart aus, aber Konrad war direkt auf sein Steißbein gefallen. Er hatte Schmerzen und bekam fast keine Luft mehr.

Sie lagen zwischen weit aufragenden Bäumen, über deren Kronen sie noch immer die Blitze sehen konnten. Ein ums andere Mal hellte sich die dunkle Wolkendecke und es sah aus, als würde da oben eine Horde Fotografen ein Fotoshooting veranstalten. Es donnerte im Sekundentakt so laut, dass sie aus Reflex die Köpfe einzogen. Das Gewitter wütete direkt über ihnen.

»Vielleicht sind das Götter, die Streit haben«, jammerte Konrad ängstlich, während er sich mühevoll aufrappelte und sein Hinterteil befühlte.

»Du siehst zu viel fern«, lächelte Flynn. »Nur weil Daniel dauernd von Magie gesprochen hat, sind wir nicht in irgendeinen Fantasy-Film geraten.« Das Unwetter schüchterte ihn allerdings auch ein. »Warten wir, bis es vorbei ist«, schlug er vor.

Konrad schüttelte augenblicklich den Kopf. »Wir müssen aus dem Wald raus«, sagte er. »Bei Gewitter ist es keine gute Idee hierzubleiben.« Er hatte seinen kurzen Anflug von Aberglauben überwunden und besann sich auf das, was er wirklich gut konnte. Nämlich – ein Wissenschaftler zu sein. Es zahlte sich aus, dass er sich mit allem beschäftigte, was annähernd mit Forschung zu tun hatte. Da bildete das Wetter keine Ausnahme. Er wusste eine Menge darüber: Zum Beispiel, wie ein Gewitter entstand oder ein Tornado, und dass Schäfchenwolken zwar schön aussahen, sie aber meist nichts Gutes vorhersagten, zumindest kein gutes Wetter.

Er sah sich um.

Eigentlich gab es nur eine Richtung, in der sie sich zwischen den Bäumen hindurchschlagen konnten.

»Da lang!« Er zeigte er auf die Schneise und lief bereits los.

Sie hasteten über den matschigen Waldboden. Immer wieder rutschten sie auf glitschigen Wurzeln aus. Flynns schneller Reaktion war es zu verdanken, dass Konrad einmal nicht der Länge nach in einem Dornenbusch landete. Flynn hatte ihn gerade noch an seinem T-Shirt gepackt, welches dabei in Mitleidenschaft gezogen wurde. Glücklicherweise war der Waldrand fix erreicht, allerdings schossen ihnen die Blitze jetzt wie leuchtende Pfeile direkt um die Köpfe. Hie und da knallte es und sogar die Erde wurde aufgewirbelt.

»Lauf!«, schrie Flynn und hechtete los. »Wir müssen raus hier.«

Ohne auf den Regen zu achten, der ihnen ins Gesicht peitschte, sprinteten sie vom Wald weg. Immer weiter rannten sie. Nur langsam wurde der Donner leiser. Ihre Schritte wurden schwerer, trotzdem liefen sie vorwärts, so lange, bis sie völlig erschöpft waren und das schreckliche Gewitter hinter ihnen lag.

Keuchend blieben sie stehen, die Hände in die Hüften gestemmt.

»Wie es aussieht, hat uns Memorien reingelassen«, sagte Flynn und grinste Konrad zu.

Die Aufmunterung schien zu funktionieren.

»Stimmt. Etwas groß für euren Garten«, lächelte Konrad gezwungen zurück. Seine Haare hingen ihm nass ins Gesicht und Wasser tropfte von seinen Wimpern in die Mundwinkel.

»Deine Nase ist gar nicht mehr verletzt«, bemerkte Flynn.

Konrad befühlte sie überrascht mit seinem Zeigefinger. »Du hast recht. Kein Schmerz zu spüren. Immerhin etwas.«

Dicke Tropfen prasselten auf sie herunter. Der Regen ging in eine wahre Sturzflut über. Der Wald und das Gewitter waren längst nicht mehr zu sehen. Allerdings auch sonst nichts, und das war in der Tat wörtlich zu nehmen. Um sie herum war, außer einer weiten Ebene, nur Leere. Nirgends war etwas zu entdecken, das ihnen Schutz geboten hätte. Nicht der kleinste Grashalm. Zumindest soweit sie durch die Wasserwand in die Ferne blicken konnten. Zu allem Übel trugen sie natürlich noch immer ihre kurzen Hosen und T-Shirts vom Mittag. Nicht nur deshalb ärgerte sich Flynn, dass sie nicht daran gedacht hatten, wärmere Kleidung oder überhaupt eine Ausrüstung mitzunehmen. Dann erinnerte er sich, dass sie die Gelegenheit gar nicht gehabt hatten. Sofort richtete er seinen Ärger auf Daniel. Der war wirklich nicht für viel zu gebrauchen. Aber das half jetzt auch nicht weiter.

»Ob Memorien das für eine tolle Begrüßung hält«, motzte Flynn sarkastisch, um sich etwas Trost zu spenden.

»Ich glaube nicht, dass in diesem großen Land irgendetwas nur wegen uns passiert«, war Konrad der Meinung.

»Die weiche Landung war mit Sicherheit kein Zufall«, gab Flynn zu bedenken.

Konrad schwieg. Mit eingezogenen Köpfen trotteten die Jungen immer weiter in die gleiche Richtung. Zumindest hofften sie, dass es immer die gleiche Richtung war. Es gab nämlich keinen Weg oder dergleichen. Es war einfach eine weite Ebene und es gab nichts, woran sie sich hätten orientieren können. Sie liefen nur, möglichst geradeaus, und zitterten.

»Hoffentlich wird das Wetter bald besser, sonst haben wir schneller ne Lungenentzündung, als wir schauen können«, fand Konrad seine Sprache wieder.

Die wenige Kleidung klebte an ihren Körpern und bot keinerlei Schutz vor den niedrigen Temperaturen.

Flynn hatte ihn, durch den prasselnden Regen, kaum verstanden. Deshalb hörte er nicht das Schluchzen in seiner Stimme und er sah auch nicht seine Tränen, die sich mit dem Regen auf seinem Gesicht vermischten.

In diesem Moment jedoch brach die Wolkendecke auf. Als hätte jemand den Hahn abgedreht, ließ der Regen nach und es wurde auf der Stelle wärmer. Als sich der Schleier ganz gelöst hatte, kam allerdings keine Sonne zum Vorschein. Der Himmel verfärbte sich auch nicht in ein helles Blau, wie sie es von zu Hause gewohnt waren, sondern vielmehr in einen Ton von Türkis. Flynn und Konrad staunten über die extravagante Farbe und wie anders die Welt damit wirkte. Als sie sich vorhin vom Wald entfernten, hatte sich der Untergrund von der weichen Erde in eine Art Wüste verwandelt. Den Sand überzog aber eine feste Kruste, die trotz des heftigen Niederschlags nicht aufgeweicht war. Hatte der Boden bisher trostlos und grau gewirkt, veränderte er sich mit dem Tageslicht und begann, in beinahe demselben Türkis zu leuchten wie der Himmel. Es sah aus als würde sich das Firmament darin spiegeln. Der Horizont verschmolz mit der Ebene unter ihren Füßen zu einer Einheit. Für geraume Zeit konnten sie ihren Blick nicht davon abwenden.

Sie befanden sich inmitten einer türkisenen Unendlichkeit.

»Irgendwie unheimlich«, sagte Konrad, »findest du nicht?«

»Ich finde es abgefahren«, schwärmte Flynn.

Konrad sprach aber nicht von dem Anblick, so wie Flynn. Er meinte alles, seit sie den Garten betreten hatten. Das Baumhaus und dessen seltsamen Bewohner, den Sog, die weiche Landung, das Unwetter und jetzt dieses faszinierende Licht, das genau in dem Moment entstanden war, als er sich gewünscht hatte, dass der Regen aufhören sollte.

Flynn wandte seinen Blick ab. Als er Konrad ansah, musste er augenblicklich lachen. »Außer du sprichst von dir selbst. Das finde ich auch unheimlich.«

Konrads Haare standen zerzaust in allen Richtungen vom Kopf ab. Sein T-Shirt hing nass und zerfetzt an ihm herunter. Seine Hose war über und über mit Schlamm beschmiert.

»Du siehst auch nicht besser aus«, stimmte Konrad in das Lachen ein.

Es tat gut zu lachen.

»Na komm«, klopfte ihm Flynn aufmunternd auf die Schultern. »Gehen wir weiter. Hier ist weit und breit eh niemand, der sich über unser Aussehen aufregen könnte.«

Das zumindest gefiel den beiden Jungen. Flynn erinnerte sich, dass er einmal in einem ähnlichen Zustand nach Hause gekommen war. Er hatte mit Kumpels, im Regen, Fußball gespielt. Der Spaß endete in einem mittelschweren Tobsuchtsanfall seiner Mutter. Es war kein Erlebnis, dass ihm in guter Erinnerung geblieben war. Nach Standpauke sah es im Moment eher nicht aus. Ein mulmiges Gefühl hatten sie trotzdem.

Geraume Zeit später, sie waren gelaufen und gelaufen, verließ beide immer mehr der Mut. Zwar war es viel wärmer geworden, ihre Sachen längst trocken und sie hatten aufgehört zu zittern, dennoch war es trostlos. Sie konnten nicht einmal erkennen, dass sie sich überhaupt vorwärtsbewegten.

Flynn schielte einige Male verstohlen zu Konrad, immer dann, wenn der sich mit dem Finger übers Auge fuhr. Tapfer wollte er seinen Kummer vor ihm verbergen. Flynn plagten Schuldgefühle. Er hatte Konrad hierhergeschleppt und das machte ihn traurig. Trübsal schlug sich auf die Mägen der Jungen. Sie füllte die Leere, die sich dort breitgemacht hatte. Neue Ängste ergriffen von ihnen Besitz. *Was sollten sie überhaupt essen? Es gab hier doch weit und breit nichts. Bestimmt waren sie beide verhungert, noch bevor sie irgendwo ankamen.* Auch Flynn stiegen jetzt Tränen in die Augen. Er sammelte seine Gedanken. *Hör auf damit*, sagte er sich. Du musst stark sein. Für Konrad. *War es besser umzukehren? Vielleicht konnten sie einfach wieder nach Hause, wenn sie zurück zu dem Wäldchen laufen würden,* überlegte er.

Mit einem Mal allerdings erkannte Flynn einen schmalen dunklen Streifen am Horizont. Er teilte den Himmel von der Ebene. Ganz zart, kaum auszumachen. Ein Maler hätte den allerdünnsten Pinsel der Welt benötigt, um diese Linie zu zeichnen. Flynn dachte deshalb im ersten Moment, es wäre ein Hirngespinst, so ähnlich wie eine Fata Morgana in einer Wüste, eine Luftspiegelung. Bald wurde der Strich jedoch dicker und war deutlich zu erkennen.

»Ich glaube, da vorn …«, kommt Land in Sicht, hätte Flynn beinahe gesagt. Er stockte und wusste nicht genau, wie er es ausdrücken konnte.

»Ich seh's auch«, kam ihm Konrad zuvor.

»Dann los!« Flynn beschleunigte seinen Schritt. Konrad, müde von der ganzen Latscherei, versuchte mitzuhalten.

Zuerst langsam, bald immer schneller, wurde der Streifen dicker. Dann senkte er sich zu Boden und kam über die Ebene auf sie zugesaust. Das Grau veränderte sich allmählich zu einem leuchtenden Gelb, schließlich mischte sich Rot dazu, später Blau und am Ende lag eine kunterbunte Fläche vor ihnen. Natürlich war nicht der Streifen angeflitzt. Es war eine optische Täuschung. Nur die Jungen hatten sich bewegt und dabei beobachtet, wie sich die Landschaft vor ihnen wandelte. Ehrfürchtig war Flynn stehen geblieben. Er wartete, bis Konrad angekeucht kam.

»Wahnsinn!«, schnaufte der.

Sie standen am Rande eines Blumenfeldes mit lauter kleinen Gänseblümchen.

Zumindest ihrer Form nach.

Ihren Farben nach sahen sie nämlich gar nicht aus wie Gänseblümchen. Sie waren auch überhaupt nicht einheitlich. Manche waren lila, mit orangenen Stempeln. Andere grün mit rot, wieder andere gelb mit grün und so weiter. Es war unmöglich, alle Farbvariationen aufzuzählen. Zwischendurch konnte Flynn aber auch ein paar Gänseblümchen entdecken, die aussahen wie zu Hause. Die Blumen leuchteten so kräftig, wie es die Jungen noch bei keiner Pflanze gesehen hatten. Flynn war einmal beim Neon-Bowling gewesen. So ähnlich sah es aus. Konrad fragte sich, ob der türkisfarbene Himmel damit zu tun hatte.

»Und jetzt?«

»Da lang.« Flynn zeigte auf einen Pfad, der sich, ein

wenig abseits, inmitten der Pflanzen gebildet hatte. Er trat einen Schritt zurück, weil neue Blumen zwischen seinen Füßen gewachsen waren und er sie nicht zertreten wollte.

»Das ist doch alles kein Zufall«, murmelte Konrad.

Flynn hörte nicht zu. Er war voller neuer Energie und stand schon auf dem Weg, der sich durch das Blumenfeld schlängelte.

Konrad fand es erneut unheimlich, beeilte sich aber, Flynn zu folgen, der bereits ein Stück vorausgeeilt war. Dort, wo der Pfad begann, brach der krustige Untergrund auf. Weiche Erde wurde von etwas bedeckt, das sich wie Moos anfühlte. Es leuchtete im selben Türkis, wie der Himmel über ihnen.

»Was meinst du, wo uns der Weg hinführt?«, fragte Konrad, als er zu Flynn aufgeschlossen hatte.

Flynn hob grinsend die Augenbrauen. »Keinen Plan! Ich bin genauso neu hier, wie du.«

Konrad sah ein, dass seine Frage überflüssig gewesen war. Flynns Ausgelassenheit konnte er jedoch nicht teilen, auch wenn die Veränderung Mut machte.

Sie liefen eine Weile stumm nebeneinanderher und staunten immer weiter über den riesigen Blütenteppich, der sich zu ihren Füßen erstreckte. Ihre Müdigkeit, die sie auf der trostlosen Ebene noch verspürt hatten, war wie weggeblasen. Hoffnung kehrte zurück. Vielleicht machte das alles ja doch einen Sinn.

Sie waren wer weiß wie lange unterwegs, als es Flynn überkam, eines der Gänseblümchen zu pflücken, um es sich hinters Ohr zu stecken. Es dauerte noch eine ganze Weile, bis er sich traute, auf den Boden zu knien und nach einer Blüte zu greifen. Alles hier schien ihm so unantastbar, aber er konnte sich nicht länger zurückhalten. Er musste es einfach tun. Er legte den Stängel einer Blume, die in seinen Lieblingsfarben Blau und Gelb leuchtete zwischen die Finger und zog daran. Mit einem leisen Knacken brach sie ab.

Flynn erschrak. Aus dem Stiel stieg weißer Dampf empor. Er hüllte die Umgebung nach und nach in eine undurchdringliche Nebelwolke. Zum Erstaunen der beiden Jungen tauchte plötzlich die Silhouette einer Stadt auf. Ganz deutlich war sie zu erkennen. Ein Kaufhaus erschien, davor ein kleines Mädchen, höchstens fünf Jahre alt, mit blonden lockigen Haaren. Voller Freude rannte sie hinein. Kurz darauf hatte sie sich eine schöne Puppe ausgesucht. Stolz hielt sie ihr Geschenk im Arm. Dann verblasste das Mädchen und mit ihm das Kaufhaus. Der Nebel hatte sich aufgelöst.

»Wow, das war krass!«, Flynn blickte halb erschrocken, halb begeistert auf die Stelle, wo eben noch die Wolke geschwebt hatte.

»Eine Erinnerung«, stellte Konrad fest. Er sagte es fast andächtig und sah genauso überrascht aus der Wäsche wie sein Freund. »Ich wette, wenn du die Blume mit der gleichen Farbe dort abbrichst, kommt wieder das Mädchen zum Vorschein.« Konrad deutete, etwa einen Meter entfernt, auf ein Gänseblümchen, das so aussah wie das, welches Flynn noch in Händen hielt.

Ehe er ihn davon abhalten konnte, kniete sich Flynn hinunter und knickte es ab. Wieder stieg Rauch aus dem Stängel und erneut bildete sich eine Wolke.

Es erschien nicht das Mädchen.

Stattdessen sahen sie auf die Tür eines schicken Büros. Sie öffnete sich und ein Mann trat ein. Er schien keine gute Laune zu haben. Wortlos legte er ein Blatt Papier auf den Tisch. Flynn konnte gerade noch das Wort ›Kündigung‹ darauf entziffern, als die Wolke sich schon auflöste.

Verwirrt sah Flynn zu Konrad.

»Wir sollten das nicht tun«, sagte der. »Wenn jemand anderer grundlos die Erinnerungen deines Vaters zerstören würde, wärst du genauso wenig begeistert und abgesehen davon ganz umsonst nach Memorien gekommen.«

»Du meinst, die Erinnerung ist jetzt gelöscht? Auch für denjenigen, dem sie gehört?«

Konrad nickte. »Sie hat sich aufgelöst, oder?«

Flynn erschrak. Darüber hatte er nicht nachgedacht. Insgeheim befürchtete er jetzt sogar, dass Memorien es womöglich bestrafen würde, wenn man so etwas machte. Zu Konrad sagte er das nicht. Es würde ihn nur noch mehr beunruhigen.

In Gedanken versunken, setzten die beiden ihren Weg fort. Sie hatten entdeckt, wie in Memorien Erinnerungen aufbewahrt wurden. Es machte ihr Vorhaben nur noch aussichtsloser.

»Wie sollen wir, in dieser endlosen Fülle an Pflanzen, jemals die Erinnerung meines Vaters finden«, seufzte Flynn. »Wenn du wenigsten recht gehabt hättest und gleiche Blüten zu ein und derselben Person gehören würden.«

»Tun sie doch!« Konrad sah ihn verdutzt an.

»Nein«, widersprach Flynn. »Die eine gehörte zu einem Mädchen und die andere zu einem Kerl, der seinen Mitarbeiter gefeuert hat.«

Konrad begann überlegen zu grinsen. »Falsch«, sagte er. »Sie gehörten einem Typen, der eine Tochter hat und von seinem Chef gefeuert wurde.« Er machte eine Pause, um Flynn Gelegenheit zu geben, selbst auf die Lösung zu kommen. »Natürlich zeigt die Erinnerung alles aus Sicht desjenigen, dem es passiert ist«, erklärte Konrad, weil Flynn keine Reaktion zeigte.

»Das hört sich logisch an«, sagte Flynn. Seine Laune konnte es nicht bessern. Es blieb ein riesiges Blumenfeld. Ganz Memorien schien daraus zu bestehen. Niedergeschlagen setzte er sich an den Wegesrand.

»Ich glaube, Daniel hatte recht. Es ist aussichtslos. Wir können niemals die Erinnerung meines Vaters finden und hätten gar nicht herkommen dürfen. Wir sitzen fest in einer blöden Gärtnerei.«

Konrad sah ihn verblüfft an. »Ernsthaft?« Die Entdeckung hatte seinen wissenschaftlichen Forschersinn geweckt. Plötzlich hatte er all seine Traurigkeit vergessen. »Wir sind endlich auf die richtige Spur geraten und du wirfst die Flinte ins Korn? Was ist denn mit meinem großartigen Freund Flynn passiert?«

»Dein Freund Flynn weiß einfach, wann er verloren hat«, sagte er missmutig.

»Hör auf dich zu bemitleiden. Du hast uns hergeführt, also wird es auch zu Ende gebracht.«

»Gut!«, Flynn sprang wütend auf. Er wusste nicht, was in Konrad gefahren war. Die ganze Zeit hatte der vor sich hingeflennt und auf einmal tat er so, als wäre er der große Held. »Dann kannst DU uns ja zu den Erinnerungen führen und anschließen wieder nach Hause.«

»Gut!«, antwortete Konrad ebenso lautstark.

Flynn hatte das ›du‹ so sarkastisch ausgesprochen, dass Konrad keine Lust hatte, noch mehr zu sagen.

Er wandte sich ab und lief weiter den Pfad entlang.

Man konnte erkennen, wie wütend Konrad war. Seine Beine stampften bei jedem Schritt auf den Boden und sein ganzer Körper vibrierte. Flynn sah ihm nach und musste schmunzeln. Er hatte ihn schon oft sauer erlebt und fand es ein ums andere Mal irgendwie – niedlich. Natürlich würde er ihm das nie sagen, weil Konrad es ohne Frage ernst meinte. Aber im Grunde seines Herzens konnte der gar nicht böse sein und deshalb strengte es ihn so unheimlich an, es zu zeigen. Flynn tat leid, was er gesagt hatte, Konrad hatte es ja gut gemeint. Er sprang auf und rannte ihm nach.

»Entschuldige«, rief er von weitem. »Du hast recht. Wir werden zu Ende bringen, was wir angefangen haben«, sagte er versöhnlich, als er ihn erreicht hatte.

»Schon vergessen«, grinste Konrad. »Kann es sein, dass es dunkel wird?«

»Stimmt, jetzt, wo du es erwähnst.«

Tatsächlich leuchtete das Türkis nicht mehr so hell. Bis

auf ein paar Stellen, wo es noch strahlend hindurchschien, legte sich ein Schatten über den Himmel.

»Und weit und breit weder ein Bett oder was zu beißen«, seufzte Flynn. »Meinst du, man kann die Gänseblümchen essen?«

Konrad sah ihn scharf an. »Ich glaube nicht, dass Memorien es gut findet, wenn du dir mit den Erinnerungen fremder Leute den Bauch vollschlägst«, empörte er sich.

Flynn verzog die Mundwinkel. »Ein Gasthaus wäre toll«, lächelte er spitzbübisch. Natürlich wusste er selbst, dass es Unsinn war.

»So eins wie das da?« Konrad zeigte den Pfad entlang.

Am Weg war ein Haus aufgetaucht. Nicht sehr groß, aber eindeutig ein Haus. Sofort rannten die beiden darauf zu.

Es gab keine Fenster, durch die man hätte hineinsehen können, und auch keine Tür, um hineinzugelangen. Enttäuscht, vielleicht auch ein wenig neugierig standen Flynn und Konrad davor.

»Komischer Schuppen.« Flynn betastete die Wände. »Fühlt sich nach Moos an.«

»Wahrscheinlich nur darüber gewachsen«, schlussfolgerte Konrad. »Leuchtet aber gar nicht wie das Moos auf dem Weg.«

Flynn deutete mit dem Kopf auf den Pfad hinunter. »Leuchtet auch nicht mehr. Das kam bestimmt von dem türkisenen Himmel.«

Er trat einen Schritt zurück und versuchte, an dem Häuschen etwas zu entdecken, das ihm erklärte, um was es sich genau handelte. Das Dach bildete ein Beet aus vielen Gänseblümchen, die sich mit den Feldern um sie herum vereinten. Deshalb hatten sie das Haus von weitem nicht sehen können, vermutete er.

So sehr er auch suchte, er entdeckte keinen Eingang.

»Schade«, sagte er. »Wäre ja zu schön gewesen.«

Konrad überlegte. »Vielleicht ...«, er zögerte. »Ich würde gerne eintreten«, sprach er laut vor sich hin.

Als hätte das Haus ihn gehört, fiel das Moos an einer Stelle ab und es entstand eine Öffnung. Sofort drang Plappern, Kreischen, Pfeifen und Singen zu ihnen heraus.

Flynn sah Konrad bewundernd an. »Wie bist du denn darauf gekommen?«

»Bisher ist immer alles eingetreten, was wir uns laut gewünscht haben.« Zufrieden hob Konrad die Achseln. »Die weiche Landung, das bessere Wetter ...«

»Dann rein mit dir!«, unterbrach ihn Flynn.

Begeistert schob er Konrad durch die Öffnung ins Innere. Die beiden Jungen waren sprachlos. Sie standen in einem Raum, der so groß war, dass hunderte Menschen darin Platz gefunden hätten. Genau genommen war es auch so, nur handelte es sich nicht um Menschen. Alle möglichen ... sagen wir Wesen, tummelten sich hier drinnen. Flynn und Konrad sahen sich um. Auf den ersten Blick schien es ein ganz normales Gasthaus oder eine Kneipe zu sein, aber in der Mitte des Raumes ragte ein großes Ofenrohr bis zur Decke. Unten endete es an einem offenen Kamin. Drumherum standen Ohrensessel aus grünem Leder. Danach zu urteilen schien es mehr eine Art Herrenclub zu sein. Die Ledersessel hatten hohe gepolsterte Lehnen, wie es sich für Ohrensessel gehört. Sie waren unterschiedlich groß, genau wie die Lebewesen, die darin saßen. In einem hatte sich ein winziger pelziger Ziegenbock niedergelassen, der kaum größer war als eine Maus. Aus einer Pfeife zwischen seinen Zähnen stiegen kleine Rauchwölkchen empor. Neben ihm saß etwas, das aussah wie ein Zebra, nur waren dessen Streifen orange und es war lediglich so groß wie ein Pony. Es musste sich nach unten beugen, um mit dem Ziegenbock ins Gespräch zu kommen. Andauernd hustete es, weil ihm der Rauch in die Nüstern blies.

Flynn und Konrad wunderten sich sehr darüber. Sie wussten ja nicht, woher diese Wesen kamen. Es ist jedoch so, dass in Memorien nicht nur Erinnerungen ankommen. Obwohl es so sein sollte. Allerdings ist es für Menschen zuweilen schwer, Erinnerungen und Träume in ihren Köpfen auseinanderzuhalten. Sie vermischen sich, weil die Menschen ihre Erinnerungen schon mal für Träume halten, oder ihre Träume für Erinnerungen. Deshalb passiert es, dass ein Traum die Grenzen von Memorien überschreiten kann. Man kann es nicht verhindern, auch wenn man noch so sehr aufpasst. Die Träume können in Memorien aber nicht als Erinnerung aufbewahrt werden und sie platzen ganz einfach. Alles aus den Träumen verschwindet, außer dem, was lebendig ist. Und weil die Menschen eben die verrücktesten Träume haben, gibt es in Memorien auch die verrücktesten Wesen. Eben solche wie zum Beispiel Caprael, der pelzige Ziegenbock und Falabell, das orangene Ponyzebra.

An der Wand gegenüber war ein Tresen. Auch dort saßen einige Gestalten. Hinter dem Tresen stand ein Baum, von dem sie alle bedient wurden. Er musste nur seine langen Äste von links nach rechts gleiten lassen, um die Getränke zu servieren. Es gab aber noch viel mehr zu sehen. Zum Beispiel einen Bereich mit heimelig gedeckten Tischchen, der wie ein Kaffeehaus wirkte und einen anderen, indem an silbernen Kettchen große und kleine Schalen aufgehängt waren. Dort sah es aus wie in einem riesigen Vogelkäfig. Um die Schüsseln herum flatterten alle möglichen Arten von Vögeln. Flynn konnte keinen einzigen Vogel finden, den er von zu Hause kannte. Einige von ihnen hatten viel zu kleine Flügel, an viel zu großen Körpern, so dass er sich wunderte, wie sie überhaupt in der Luft bleiben konnten. Keiner der Gäste hatte übrigens aufgesehen, als sie hereingekommen waren. Es schien nicht ungewöhnlich zu sein, dass zwei alleinreisende Jungen die Herberge betraten. Zugegebenermaßen gab es einiges, was Flynn und Konrad sehr viel ungewöhnlicher vorkam als sie sich selbst. Zaghaft suchten sie nach einem Sitzplatz, der zu ihnen passte. In der hintersten Ecke des Raumes entdeckte Flynn einen Mann, der an einem ganz normalen Tisch saß. Der Mann hatte kein Fell, keine Hufe oder Krallen und auch keine grüne, rote oder blassblaukarierte Haut im Gesicht. Er war nicht zu groß oder zu klein für seine Art. Er sah tatsächlich aus wie ein richtig gewöhnlicher Mensch.

Wie ein richtig böser Mensch.

Seine Augen waren blutunterlaufen und er sah grimmig zu ihnen herüber. Er schien nicht sehr begeistert über das erscheinen der beiden Jungen. Vielleicht hoffte er, sie sich vom Hals zu halten, wenn er nur ausreichend gemein dreinblickte. An dem Tisch waren jedoch zwei Plätze frei. Wegen der mangelnden Alternative und weil Flynn inzwischen gelernt hatte, dass die unbesetzten Stühle mit Bestimmtheit kein Zufall waren, zog er Konrad mit sich und ging hinüber.

»Ist hier frei?«

Flynn hatte nicht sein charmantes Lächeln aufgesetzt und sein Ton klang eher gelangweilt als höflich. Er wollte nicht, dass der Mann dachte, er hätte es mit zwei Schwächlingen zu tun. Er und Konrad waren schließlich allein und mussten sich vorsehen. Wer wusste schon, was dieser Typ im Schilde führte. Ohne die Miene zu verziehen, machte der Alte eine Geste, die eine Mischung aus Nicken und Schulterzucken darstellte. Flynn zog einen der Stühle heraus und setzte sich. Konrad warf einen schüchternen Blick zu dem Mann. Er schien verbittert und wirkte, als hätte er sich seit Wochen oder Monaten nicht mehr richtig ausgeruht oder gewaschen. Seine Kleidung dagegen war makellos und strahlte wie frisch aus dem Laden. Irgendetwas stimmt nicht mit ihm. Konrad rutschte den anderen Stuhl so weit wie möglich von dem Kerl weg, bevor er sich niederließ.

»Der sieht ja unheimlich aus«, raunte er Flynn zu. Er saß seinem Kumpel so nah auf der Pelle, dass er nur den Kopf drehen musste, um ihm ins Ohr zu flüstern.

»Ich sitze hier und kann dich hören«, brummte der Griesgram.

Schnell lehnte sich Konrad auf seinem Stuhl zurück, während Flynn ein kurzes Kichern entfuhr.

Das Nächste, was man von Konrad hörte, war sein

knurrender Magen.

»Gute Idee«, sagte Flynn. »Ich hab auch Hunger. Meinst du, die haben hier Burger und Pommes?«

»Wir sollten lieber nichts bestellen, oder hast du Geld? Wer weiß, was die hier mit Zechprellern machen«, tuschelte Konrad.

»Sie reißen ihnen die Zähne einzeln aus!«, zischte der alte Mann am Tisch, der plötzlich noch viel gruseliger aussah als die ganze Zeit schon. Sein Gehör funktionierte wohl ausgezeichnet.

Flynn kicherte diesmal nicht, stattdessen musterte er ihn ernst. Das Gesicht des Mannes war von der Sonne dunkelbraun gegerbt. Tiefe Furchen durchzogen die Wangen, zumindest das, was man von ihnen sehen konnte. Der Mann hatte sich seit Tagen nicht rasiert, und sein Alter war kaum zu schätzen. Er konnte fünfzig sein, aber auch achtzig oder hundert. Flynn nervte es, dass sie von ihm beobachtet und belauscht wurden. Der arme Konrad zuckte jedes Mal zusammen, wenn der Mann sprach. Jetzt begann er schallend zu lachen. Es klang kehlig und rau, als würde der Kerl hunderte von seinen Zigarren am Tag rauchen.

»Ich mache nur Spaß!«, sagte er mit der brummigen Stimme.

Im selben Moment schwebte ein herrlich duftender Burger mit einem riesigen Berg Pommes an Konrads Nase vorbei. Der Baum hinter der Theke hatte einen seiner Äste lang ausgestreckt und ließ den Teller vor Flynn auf den Tisch gleiten; kurz darauf noch einen zweiten vor Konrad.

»Greift zu«, sagte der Alte, viel freundlicher, als er bisher getan hatte. »Das ist für euch. Es muss nicht bezahlt werden.«

Flynn fixierte den Mann argwöhnisch. Warum war er plötzlich so sanftmütig? Eine Duftwolke stieg ihm in die Nase, die sein Misstrauen auflöste. Das Fleisch blitzte saftig unter der deftigen Soße und einigen Salatblättern hervor. Das Brötchen wirkte selbstgemacht und nicht so labbrig, wie es oft in Fastfood-Läden serviert wurde. Begierig lächelnd trafen sich die Blicke der Jungen. Mit beiden Händen umgriffen sie ihr leckeres Essen und bissen herzhaft mitten hinein.

»Krass«, entfuhr es Flynn.

Augenblicklich erlebte er eine Geschmacksexplosion, die ihn überwältigte. Das Fleisch war so zart, dass er es kaum kauen musste. Wie Butter zerfloss es auf seiner Zunge. Die Soße entfaltete ein Aroma, welches seinen ganzen Gaumen ausfüllte und in genau der richtigen Schärfe seinen Rachen hinunterfloss. Der Salat war so frisch und saftig, dass er sogar darauf nicht hätte verzichten wollen. Sofort nahm er einen weiteren Bissen und hatte bereits vergessen, dass er vor einer Sekunde noch überlegt hatte, ob es vergiftet sein könnte. Ohne auf ihre gute Kinderstube oder ihren Tischnachbarn zu achten, schlemmten sie begeistert an ihrem Menü. Flynn sah zu Konrad, dem zwei Pommes aus dem Mundwinkel ragten. Er musste so lachen, dass ihm beinahe ein halb zerkauter Fleischbatzen aus dem Mund fiel, was Konrad wiederum zum Lachen brachte. Selbst die Spaßbremse an ihrem Tisch schmunzelte und war längst nicht mehr so griesgrämig wie zu Beginn.

Es war nicht nur das leckere Essen, das Flynn und Konrad so aufmunterte. Es war die Erleichterung darüber, dass sich alles gar nicht mehr so schwer anfühlte wie noch vor wenigen Momenten.

Der Burger war verschlungen und Flynn schob sich genüsslich den letzten Pommes in den Mund. Er lehnte sich zurück und sein Blick kreuzte den des Alten, der ihn wach aus tiefblauen Augen ansah.

»Wer sind Sie?«, wollte Flynn wissen.

»Mein Name ist Bertram«, sagte der Mann wortkarg. »Ich bin nichts Besonderes, falls ihr das denken solltet. Vermutlich bin ich aus einem ähnlichen Grund hier wie ihr!«

Flynns Augen verengten sich zu Schlitzen.

»Sollten Sie dann nicht einen Freund bei sich haben?«,

fragte er misstrauisch.

Augenblicklich verfinsterte sich Bertrams Miene und sein Gesicht, das gerade noch so munter gewirkt hatte, wurde ganz blass. »Das stimmt«, sagte er. Seine Stimme war brüchig geworden. »Ich habe ihn verloren.«

Eine traurige Stille entstand.

»Sie finden ihn sicher wieder.« Konrad war das Schweigen unangenehm, außerdem tat ihm der Mann plötzlich sehr leid. Er wusste ja nicht, was ihm widerfahren war.

»Ich habe ihn nicht so verloren«, antwortete Bertram niedergeschlagen.

»Was ist passiert?«, fragte Flynn, obwohl er sicher war, dass ihm der Alte gleich erklären würde, dass ihn das einen feuchten Kehricht anginge, so wie das Erwachsene immer tun, wenn Kinder lästige Fragen stellten.

Aber Bertram begann zu erzählen: »Die Suche hat uns entzweit. Jakob, so hieß mein Freund, hatte mir fest versprochen mich zu unterstützen. An einem Abend, ich weiß nicht, wie lange wir schon in Memorien waren, kam es zu einem fürchterlichen Streit zwischen uns beiden. Wir waren kurz vor dem Omanagebirge und er wollte unbedingt noch weiter gehen, obwohl es bereits Nacht geworden war. Ich weigerte mich und bat ihn, erst morgens den Weg fortzusetzen. Anstatt darauf einzugehen, ging er einfach allein. Vielleicht dachte er, ich würde ihm folgen, aber es war mir schlichtweg zu gefährlich. Ich hoffte, ihn am nächsten Tag wiederzufinden.« Bertrams Stimme versagte.

Flynn staunte über den Mann, den er völlig falsch eingeschätzt hatte. Zum ersten Mal hatte ihm ein Erwachsener sein Herz ausgeschüttet. Ihm und natürlich Konrad.

»Haben Sie ihn wiedergefunden«, fragte er vorsichtig.

Bertram nickte. Seine Augen waren wässrig geworden, trotzdem fuhr er fort.

»Etwa eine Tagesreise weiter saß er an einem Felsen gelehnt. Er war tot.«

Den Jungen stockte der Atem. »Was war passiert?«

Plötzlich gab sich der Mann einen Ruck und zwang sich zu einem Lächeln. »Ich sollte euch nicht mit solchen Geschichten erschrecken«, sagte er. »Vermutlich wäre ein leckerer Eisbecher eher das Richtige. Der macht keine schweren Gedanken.«

Flynn hatte tausend Fragen, die er Bertram stellen wollte, aber es musste warten. Er würde ihn jetzt nicht weiter bedrängen. Sicher gab es noch Gelegenheit dafür. Flynn hatte das Gefühl, dass es nicht bei einer einmaligen Begegnung bleiben würde. Unabhängig davon schwang der Baum einen Ast zu ihnen herüber und servierte zwei große köstliche Eisbecher. Vor Konrad landete eine Schale überzogen mit dickflüssiger Schokoladensoße, vor Flynn eine mit Vanillesoße. Irgendwoher musste der Baum wissen, dass Flynn Vanille lieber mochte.

Ob es sehr unhöflich auf Bertram wirkte, wie sich die beiden über ihr Eis hermachten? Schließlich hatte er gerade von einem großen Verlust erzählt, den er zu beklagen hatte. Bertram hat das Eis ja selbst bestellt, beruhigten sich Konrad und Flynn. Außerdem durfte man das Eis nicht länger stehen lassen. Ein Teil war bereits geschmolzen und auf die Tischdecke getropft.

»Jetzt noch ein Kakao zum Abschluss«, sank Konrad auf seinem Stuhl zurück.

Er hielt sich erschöpft den Bauch, zuckte jedoch augenblicklich wieder zusammen. Ein Zweig streifte seine Haare und stellte eine dampfende Tasse vor ihm ab.

»Das ist ja wie im Schlaraffenland«, gluckste Flynn.

»Du weißt, dass es das Schlaraffenland nur im Märchen gibt«, sagte der Alte.

Flynn sah ihn belustigt an. Er hob die Augenbrauen und deutete mit beiden Händen in den Raum. Ein grünes Äffchen, welches den Kopf einer Schlange hatte, versuchte gerade, sich aus einer der Schalen zu bedienen, die von den verschiedenartigen Fluggästen fanatisch verteidigt wurden.

Bertram lächelte. »Zwischen einem Märchen und Memorien gibt es dennoch einen sehr großen Unterschied. Ich glaube zum Beispiel nicht, dass du jemals, ganz real, Teil eines Märchens werden könntest.«

»Da haben Sie recht«, gab Flynn zu.

Konrad musste derweil herzhaft gähnen. »Seid ihr eigentlich gar nicht müde?«

Man konnte ihn, wegen eines zweiten Gähnanfalls, kaum verstehen.

»Doch, mir fallen auch gleich die Augen zu«, bestätigte Flynn.

Bertram zeigte mit dem Kinn auf ein Schild neben dem Tresen. ›Zimmer‹ stand dort in verschnörkelter Leuchtschrift zu lesen. Es blinkte und Flynn überlegte, ob es das schon die ganze Zeit getan hatte. Eigentlich wusste er nicht einmal, ob es vorher überhaupt da gewesen war.

»Geht nur«, sagte Bertram.

»Sehen wir Sie morgen früh wieder?«, fragte Flynn zögernd. Er hatte das Gefühl, dass Bertram noch ein paar nützliche Ratschläge parat hatte, die er sich nicht entgehen lassen wollte.

Der Alte nickte. »Wünscht es euch einfach, wenn ihr aufwacht«, zwinkerte er ihnen zu.

Beruhigt verabschiedeten sich Flynn und Konrad freundlich. Sie gingen zu der Tür hinüber, die sich unter dem Schild geöffnet hatte. Ein langer Gang, ausgelegt mit einem roten Teppich, führte sie aus dem Gastraum. An den Wänden befanden sich unzählig viele Türen. Manche waren groß, manche klein, einige davon winzig. Jede von ihnen hatte eine andere Farbe und Form. Es gab sogar welche, die ganz windschief waren, oder spitz wie eine Pyramide zusammenliefen. Eines hatten aber alle Türen gemeinsam. Sie trugen eine Zahl. Als sie den Flur ein Stück entlanggelaufen waren, gelangten sie an eine Tür, die genau so groß war wie Flynn und Konrad. Sie wären vielleicht daran vorbeigelaufen, wenn sie nicht präzise in dem Moment aufgesprungen wäre, als sie in ihre Nähe kamen. Eine goldene Siebenundzwanzig glänzte auf einem roten Türblatt.

»Hammer!«, staunte Konrad, der bereits hineingegangen war.

Es hatte sich ein gemütlicher Raum geöffnet. Zwei einzelne Betten standen darin. Sie waren mit schneeweißen Laken und dicken Federbetten ausgeschlagen. Es roch nach Zitrone und eine Öllampe brannte flackernd auf einem Sideboard. Sie tauchte die Kammer in ein behagliches Licht. Hinter einem geöffneten Vorhang stand eine gefüllte Badewanne, die verlockend dampfte.

»Fehlt nur noch der Fernseher«, witzelte Flynn, während er nach dem Bad auf eines der Betten sprang.

Konrad war von dem gemütlichen Nachtlager genauso angetan, aber bei weitem nicht so unbekümmert wie sein Freund. Er hing das Handtuch, mit dem er sich vorher trocken gerubbelt hatte, über die Lehne des Stuhles, auf dem er bereits sorgfältig sein T-Shirt und seine Hose gelegt hatte und kroch unter die Bettdecke.

»Machst du dir gar keine Sorgen, dass wir nicht mehr nach Hause kommen«, fragte er unsicher.

»Warum? Zu Hause werden meine Wünsche nicht immer gleich erfüllt, sobald ich sie ausspreche.« Zum Beweis setzte er sich auf und richtete seine Stimme in den Raum. »Es wäre schön, wenn ich mich nicht selbst ausziehen müsste.« Erwartungsvoll sah er an sich hinunter. Weder der Fernseher war bisher erschienen, noch wurde er ausgezogen. »Hat wohl so seine Grenzen«, frotzelte er und sprang aus dem Bett.

»Ich will aber nicht hierbleiben«, jammerte Konrad. »Ich bin mitgekommen, um mit dir zusammen zu sein. – In unserer Welt.« Seine letzten Worte waren in einem Schluchzen untergegangen.

Flynn setzte sich zu ihm auf die Bettkante. »Komm schon.« Er sah ihn fest an. »Ich hab doch nur einen Witz gemacht. Natürlich will ich auch zurück. Wir dürfen den Mut nicht verlieren. Du hast selbst gesagt, dass wir es durchziehen.«

»Aber da hatten wir Bertram noch nicht getroffen. Er ist ein Erwachsener und hat es nicht geschafft. Wer weiß, wie lange er schon hier ist.«

Flynn begann zu lächeln. »Er hat es nicht geschafft, weil er seinen Freund verloren hat, und das wird uns beiden nicht passieren. Wir würden uns nämlich niemals trennen.«

Jetzt musste auch Konrad lächeln.

»Na siehst du«, sagte Flynn. »Schlafen wir uns aus. Morgen beginnt das größte Abenteuer, welches wir uns nur vorstellen können.«

Die Suche beginnt

Flynn juckte die Oberlippe. Er wachte auf. Ein bunter Schmetterling saß seelenruhig auf seiner Nasenspitze und kitzelte ihn mit seinen Fühlern. Flynn hätte ihn beinahe nicht gesehen, weil man eben nur schlecht auf seine Nasenspitze schauen kann. Als sich Flynn kratzen wollte, flog der Schmetterling allerdings kurz auf und setzte sich wieder. Dadurch sah Flynn ihn jetzt ganz genau. Es war eines von wenigen Exemplaren, die es überhaupt in Memorien gab, weil Menschen leider kaum von Schmetterlingen träumen und die überschaubare Anzahl, die hier existierte, hielt sich überwiegend in einem anderen Teil Memoriens auf. Durch das Fenster, welches er gestern gar nicht bemerkt hatte, leuchtete bereits der türkishelle Himmel über dem weitläufigen Blumenfeld. Im Gegensatz zu Konrad hatte Flynn seine Klamotten achtlos vor das Bett geworfen. Jetzt lagen sie fein säuberlich zusammengelegt auf der Kommode neben der Tür. Von den Schmutzflecken am Tag zuvor war nichts mehr zu sehen. Daneben lagen eine lange Hose, eine Jacke und ein Rucksack; auf dem Fußboden standen zwei Paar Wanderschuhe. Flynn setzte sich auf. Der Schmetterling erhob sich erneut, flatterte ein wenig vor seinem Gesicht herum und verschwand aus dem Fenster. Flynn schüttelte staunend den Kopf über seinen morgendlichen Freund. Gut gelaunt schlich er zu Konrad, hielt ihm die Nase zu, bis er anfing zu hecheln und hustend nach Luft zu schnappen.

»Guten Morgen, Schlafmütze«, sagte Flynn fröhlich.

Konrad blickte ungläubig durch kleine Augen, die er kaum auseinanderbrachte.

»Morgen«, sagte er dösig. »Wie spät ist es denn?«

»Null Plan. In Memorien gibt es, glaube ich, keine Uhrzeit. Aber es ist schon hell draußen. Steh auf, los!«

Behäbig kroch Konrad aus den Federn. »Was ist *das* denn?«, sagte er mit einem Blick auf die gewaschenen und neuen Kleider, die auch für ihn bereit lagen.

Flynn zuckte mit der Schulter. »Hat wohl Memorien gebracht«, zwinkerte er ihm zu. »Passt wie angegossen.«

»Sogar mein T-Shirt ist wieder heil«, wunderte sich Konrad.

Als sie den Gastraum betraten, herrschte, wie am Abend zuvor, reges Treiben. Es unterschied sich dadurch, dass zum Beispiel das Äffchen einen Hut und einen Regenmantel trug, der Ziegenbock braune Bergstiefel geschnürt und das Zebra ein rot kariertes Halstuch umgelegt hatte. Es verbreitete sich sozusagen große Aufbruchstimmung. An ihrem Tisch saß Bertram und schien auf sie zu warten. Anders als gestern, sah er frisch aus. Seine Haut war immer noch faltig, aber sein Bart war frisch rasiert und die Haare ordentlich gekämmt.

»Also ich hab ihn mir nicht gewünscht«, witzelte Flynn. »Du?«

Konrad zuckte verlegen mit der Schulter und ging hinüber. Bevor sie recht Platz nehmen konnten, servierten die Zweige des Baumes ein Frühstück, jeweils nach dem Geschmack der Jungen. Diesmal hatten sie nicht einmal etwas sagen müssen. Bertram war wohl schon fertig. Er sah Konrad und Flynn geduldig dabei zu, wie sie sich satt futterten.

»Dachte, das mit dem Wünschen funktioniert nur bei Memorien-Sachen.« Konrad schob zufrieden seinen leeren Teller von sich weg. Es ging absolut nichts mehr in seinen Magen hinein.

Bertram sah ihn fragend an. »Was meinst du?«

»Na ja, Sie haben gestern gesagt, wir sollen uns wünschen, dass Sie heute Morgen da sind, und es hat geklappt«, erklärte

Konrad.

Bertram ließ sein kehliges Lachen vernehmen. Am frühen Morgen klang es um ein Vielfaches unpassender als am Abend zuvor. »Ich habe nur einen Witz gemacht, mein Junge. Natürlich hätte ich so oder so gewartet.« Er sah Konrad an. Für Flynns Geschmack ein wenig zu lange. »Aber es freut mich, dass du es dir gewünscht hast«, sagte Bertram vertrauensselig.

Verlegen sah Konrad vor sich auf den Tisch, während Flynn schmunzelnd den Kopf schüttelte. Für einen Wissenschaftler war sein bester Freund ganz schön gutgläubig, dachte er.

»Wollt ihr mir erzählen, wie ihr nach Memorien gekommen seid? Es ist ja nicht gerade einfach«, wechselte Bertram das Thema.

Flynn war im Begriff zu kontern, dass sie das von ihm ja auch nicht wüssten, als er sich daran erinnerte, wie bereitwillig Bertram gestern Abend von sich berichtet hatte. Es war wohl okay, wenn sie zum Ausgleich auf seine Frage eingingen. Flynn erzählte deshalb von seinem Vater, seiner Mutter, schließlich von ihrem Fund unter dem Baumhaus, was er ins Büchlein geschrieben hatte und wie sie, mit Daniels Hilfe, letztlich nach Memorien gekommen waren. Bertram hob die Augenbrauen, als Flynn geendet hatte.

»Erstaunlich«, sagte er. »Es gibt doch mehr Möglichkeiten, als ich dachte.«

»Wie sind Sie denn hergekommen?«, wollte Konrad wissen.

Bertram schien zu überlegen. »Genau genommen bin ich hier gelandet, weil mir vor lauter Arbeit verloren ging, wer ich eigentlich wirklich war.« Flynn fiel abermals dieser lebendige Ausdruck in seinen Augen auf, der heute viel besser zu seinem frischen Äußeren passte. »Um mich also selbst zu finden, habe ich meinen Freund Jakob gebeten, mich auf einer Pilgerreise zu begleiten. Mit einer Gruppe von Gleichgesinnten kamen wir während dieser Fahrt an einer

Höhle vorbei, von der es hieß, dass alles Negative von einem fallen würde, wenn man hineingeht. Ich war gespannt und wollte es unbedingt ausprobieren. Ich sehe es noch genau vor mir. Jakob hatte meine Schulter festgehalten, bevor wir mit geschlossenen Augen, durch den schmalen Spalt, ins Innere geschlüpft sind. Ich wünschte mir dabei aus tiefstem Herzen, mich zu erinnern, wer ich einmal war. In der Höhle trafen wir einen Mönch. Er hat uns von Memorien erzählt. In dem Gespräch sagte er nach einer Weile, dass es möglich wäre, meine Erinnerung wiederzufinden. Wenn ich es wollte, solle ich einfach mit einem wahren Freund aus der Höhle wieder hinausgehen. Mit ein bisschen Glück würde Memorien uns einlassen. Jakob war sofort bereit, es zu versuchen und versprach, mir zu helfen. Der Rest war ähnlich wie bei euch.« Er senkte die Lider und stockte. »Leider habe ich nicht gefunden, worauf mir der Mönch Hoffnung gemacht hatte.«

Flynn spürte ein Stechen in der Brust. Abgesehen davon, dass Daniel, über den er sich so geärgert hatte, viel verantwortungsvoller mit ihnen umgegangen war, kamen seine Bedenken zurück. Wenn Bertram, als Erwachsener, seine eigenen Erinnerungen nicht gefunden hatte, wie sollte er dann die Erinnerungen seines Vaters finden? Gleichzeitig hatte er plötzlich tausend Fragen im Kopf.

»Wo haben Sie denn schon überall gesucht?«, begann er mit der wichtigsten. Vielleicht konnte ihnen Bertram mit seinem Wissen einen Vorteil verschaffen. »Muss man dazu jede Blume abbrechen? Dabei würde man die Erinnerungen fremder Leute zerstören, oder nicht?«

Das war es, was ihn die ganze Zeit beschäftigte. Wie sollte man Erinnerungen finden, wenn sie nur sichtbar wurden, indem man sie kaputt machte.

Jetzt blickte ihn Bertram scharf an. Seine Lebensgeister schienen über Nacht zurückgekehrt. »Du hast ja keine Ahnung«, sagte er.

Flynn war dem Mann nicht böse. Er hatte nämlich

wirklich keine Ahnung.

»Das Blumenfeld da draußen ist nur der Anfang. Deren Erinnerungen sind gerade Mal ein paar Minuten oder Stunden alt. Umso älter die Erinnerungen sind, umso weiter müsst ihr nach Memorien vordringen.«

»Oh je«, stammelte Konrad. »Die Erinnerungen von Flynns Vater, die wir benötigen, sind ja bestimmt vierzig Jahre alt oder noch älter.«

Der Mann ließ sein kehliges Lachen vernehmen. »Verzeiht mir«, sagte er, während er nicht aufhören konnte, sich zu amüsieren und sogar eine kleine Träne aus einem Augenwinkel floss.

»Was ist so lustig?« Flynn ärgerte sich. Er wusste selbst, dass es nicht leicht war, aber von einem Erwachsenen konnte man zumindest erwarten, dass er einem Mut machte, anstatt sie auszulachen.

»Du hast recht«, lenkte der Mann ein. »Es ist alles andere als lustig. Der einzige Weg, so weit nach Memorien einzudringen, ist über das Omanagebirge, um in die Höhlen von Ike zu gelangen.«

»Waren Sie dort? Ihre Erinnerungen, die Sie suchen, sind sicher auch ziemlich alt.«

Der Mann schüttelte den Kopf. »Nach dem Erlebnis mit Jakob bin ich nicht weitergegangen. Ich glaube im Übrigen nicht, dass ihr jemanden treffen werdet, der es geschafft hat.«

»Warum?«

»Weil es niemanden gibt.«

Die Worte hallten schmerzvoll in ihrem Kopf.

»Was ist so schlimm an dem Gebirge?«, fragte Flynn.

In der Schule hatten sie schon einige Gebirge durchgenommen. Er wusste, dass man sie oftmals nur in gefährlichen Expeditionen überqueren konnte, aber er hatte noch von keinem Gebirge gehört, dass nie von jemandem bezwungen worden war.

»Nicht das Gebirge ist das Schlimme. Es sind die

Umstände«, sagte Bertram. »Wie ihr heute Abend festgestellt habt, sorgt Memorien für euch. Ihr werdet immer einen Unterschlupf finden, wenn ihr euch danach sehnt und genug zu essen haben. Nicht so im Omanagebirge. Dort seid ihr ganz allein auf euch gestellt. Und da ist noch etwas.«

Er sah die Jungen durchdringend an.

»Gefährliche Kreaturen hausen dort. In Memorien werden nämlich nicht nur reine Erinnerungen aufbewahrt. Manche davon sind vermischt mit Träumen und im schlimmsten Fall mit Alpträumen ...«

»Aber Träume sind doch nicht echt und lösen sich einfach auf«, sprach Flynn dazwischen.

»Ja und Nein«, hob Bertram die Augenbrauen. »Die Träume lösen sich auf, da hast du recht, die Kreaturen darin jedoch nicht, sie werden Bewohner von Memorien. Seht euch um. All diese Wesen um uns herum wurden einmal geträumt. Diese hier sind nicht sehr fürchterlich, auch wenn man ihnen dennoch mit Vorsicht begegnen sollte.«

Er deutete auf ein Äffchen, welches an einer der Schalen für die Vögel hing und in diesem Moment schmerzhaft attackiert wurde.

»Das da ist zum Beispiel ein gefährlicher Raubvogel, ein Canicht. Canichte haben den Körper eines Pudels. Der Rest von ihnen stammt von einem Habicht.«

Wild kreischend ergriff das Äffchen die Flucht und verzog sich unter einen der grünen Ledersessel. Zufrieden ließ sich der Canicht auf der Schale nieder und pickte darin herum.

»Uns Menschen würden diese hier nie grundlos angreifen. Die Kreaturen im Omanagebirge hingegen schon. Sie entstammen den schrecklichsten Alpträumen und machen es unmöglich, den Gipfel zu bezwingen. Ich bin sicher, dass Jakob ihnen zum Opfer gefallen ist.«

Er sah die Jungen aus finsteren Augen an.

»Ihr hättet nicht herkommen brauchen«, beendete er seine Schwarzmalerei.

»Und woher wissen Sie das alles?«, bohrte Flynn nach, dem es langsam auf den Keks ging, dass dieser Bertram sie nur ängstigte.

»Man kann mit allen Geschöpfen hier reden«, antwortete Bertram. »Die meisten sagen nur dummes Zeug, aber manche verraten auch Geheimnisse und im Laufe der Zeit lernt man so einiges über Memorien.«

»Was haben Sie mit ihrem Freund gemacht, als Sie ihn wiedergefunden haben?«

Konrad sprach ganz leise. Er war unsicher, ob Bertram darüber sprechen wollte und ob es überhaupt okay war, danach zu fragen.

Bertram wirkte schlagartig abwesend.

Es dauerte, bis er, wie ferngesteuert, zu reden begann. »Ich hatte mich zu ihm gesetzt und geweint«, sagte er monoton. »Vermutlich bin ich vor Erschöpfung eingeschlafen, vielleicht auch ohnmächtig geworden. Als ich aufgewacht bin, war Jakob verschwunden.« Er sah die Jungen eindringlich an. »Versteht ihr? Er war einfach weg. Wie vom Erdboden verschluckt.« Seine Stimme verlor an Festigkeit, als er weitersprach. »Ich wünschte, ich hätte Jakob nie hierhergebracht.«

Die beiden Jungen sahen Bertram mitleidig an, gleichzeitig hofften sie, dass sie besser aus der Sache herauskommen würden. Eine Stille entstand, in der jeder seinen Gedanken nachhing.

»Habt ihr überlegt, was ihr machen wollt?«, fragte Bertram schließlich mit sanfter Stimme. Von seiner unnahbaren Art, die er gestern Abend zu Beginn gezeigt hatte, war nichts mehr zu erkennen.

Flynn beschloss, sich von den Geschichten nicht einschüchtern zu lassen. Es machte keinen Sinn, vor Dingen Angst zu haben, die man überhaupt nicht kannte.

»Was gibt es da zu überlegen? Wenn es stimmt, was Sie sagen, werden wir versuchen, über das Omanagebirge zu kommen, um in den Höhlen von Ike nach den Erinnerungen meines Vaters zu suchen«, sagte er deshalb selbstbewusst. Flynn hatte es ausgesprochen, ohne mit Konrad darüber zu beraten. Aber das musste er auch nicht, schließlich hatte sich an ihrer Situation nichts verändert.

Bertram sah Flynn irritiert an. »Hast du mir nicht zugehört? Niemand kann dort hingelangen.«

Flynn blies gleichgültig Luft aus. »Memorien hätte uns nicht eingelassen, wenn es keinen Weg geben würde«, sagte er energisch. »Wir sind hier und werden es probieren!«

Er suchte Konrads Blick, um sich dessen Bestätigung abzuholen. Der starrte allerdings nur unsicher vor sich auf die Tischplatte.

»Ich weiß nicht, ob du auch so mutig handelst, wie du sprichst«, provozierte ihn Bertram.

»Es ist mir egal, was Sie denken!«, platzte Flynn der Kragen.

Dieser Bertram mochte ja seinen Freund verloren haben, aber er wusste einen Dreck darüber, wie mutig Flynn war, und im Übrigen ging es ihn nichts an.

Bertram blieb ruhig. Ihm imponierte der Junge.

»Ich habe davon gehört, dass es einen Wächter vor den Höhlen gibt, der einem, mit ein bisschen Überredungskunst, bei der Suche behilflich sein kann.«

Flynn horchte auf. Hatte Bertram gerade etwas Hilfreiches vom Stapel gelassen?

»Vorher haben sie noch gesagt, es gibt niemanden, der es geschafft hat«, murrte er.

»Zumindest habe ich keinen getroffen«, lenkte Bertram ein. »Vielleicht hast du recht und ich habe zu früh aufgegeben«, gab er zu. »Lasst mich mit euch kommen.« Seine Augen begannen zu leuchten. »Ich kann euch helfen und ihr mir. Womöglich können wir gemeinsam doch noch meine Erinnerungen finden.«

Skeptisch blickte Flynn zu Konrad.

»Und eure natürlich«, schob Bertram schnell nach, der Flynns Zögern richtig interpretierte.

Flynn war sich nicht sicher, ob er diesen Bertram die ganze Zeit bei sich haben wollte. Wenn man seine Geschichte kritisch hinterfragte, hatte er seinen Freund schlichtweg im Stich gelassen. Flynn fand ihn feige und war überzeugt davon, dass Bertram in einer brenzligen Situation wieder weglaufen würde.

Konrad nickte jedoch.

»Haben Sie sich deshalb so rausgeputzt heute Morgen?«

Flynn war überzeugt, dass Bertram von Anfang an geplant hatte, das Gespräch in diese Richtung zu lenken. Er erschrak nun allerdings selbst über seine freche Art. Noch bevor Bertram auf seine Provokation reagieren konnte, sprach er schnell weiter. »Meinetwegen, dann kommen Sie halt mit«, sagte er schweren Herzens.

Irgendwie war es auch egal. Wenn Bertram sie verlassen würde, kam es auf dasselbe heraus, als ihn gleich gar nicht mitzunehmen. Für Bertram sprach, dass er einen Teil der Strecke bereits hinter sich gebracht hatte und so vielleicht nützlich werden konnte. Flynn hoffte nur, dass sich der Alte nicht allzu besserwisserisch aufspielen würde. Genau diesen Eindruck erweckte nämlich das Lächeln, das sich gerade in dessen Gesicht breitmachte.

»Unter einer Bedingung«, sagte Flynn deshalb.

Bertram hob die Augenbrauen.

»Sie hören auf, alles madig zu machen. Das mit Ihrem Freund ist schlimm, aber es nützt der Sache nichts, wenn Sie dauernd Angst schüren.«

»Du hast recht! Keine negativen Gedanken mehr.« Bertram streckte die Hand aus. »Dann sind wir jetzt Weggefährten. Sagt ›du‹ zu mir, ja?«

Flynn schlug ein.

»Du kannst Flynn sagen«, grinste er.

Mit geschultertem Wanderrucksack betrat Flynn, an Konrads Seite, den Pfad inmitten der Gänseblümchen. Beinahe wäre er auf den Caprael getrampelt, der zwischen seinen Beinen hindurch ebenfalls hinauswitschte. Als Flynn im Freien war, sog er tief Luft ein. Ein feiner Blumenduft geriet ihm in die Nase, den er gestern nicht wahrgenommen hatte. Vielleicht hatte er ihn aber schlichtweg nicht beachtet. Schließlich war gestern so vieles neu für sie gewesen. Heute Morgen roch er ihn dafür umso intensiver und es betörte ihn nahezu. Flynn blickte zurück. Das Gasthaus sah von außen aus wie am Abend, kurz bevor sie es betreten hatten. Klein, mit Moos bewachsen und einem Dach aus Gänseblümchen. Nachdem sie einige Schritte gelaufen waren und Flynn noch ein letztes Mal zurückblicken wollte, war es schon nicht mehr zu erkennen oder einfach verschwunden.

Flynn ließ sich hinter seine Gefährten zurückfallen. Er war seit dem Baumhaus keine Sekunde ohne Gesellschaft gewesen und hatte das Bedürfnis, allein zu sein. So konnte er nachdenken über alles, was passiert war. Ihm schwirrten die Erzählungen während des Frühstücks durch den Kopf, auch die von gestern Abend und die vielen Eindrücke, Geschöpfe und Ereignisse. War es wirklich so gefährlich, wie Bertram sagte? Im Gebirge schien etwas Bösartiges zu lauern, aber mit eigenen Augen hatte Bertram keines dieser Geschöpfe gesehen, von denen er sprach. Zumindest nicht diejenigen, die Böses im Schilde führten. Wer weiß, was Jakob geschehen war. Er konnte sich genauso gut selbst verletzt haben. Es konnte ein Unfall gewesen sein. Mit einem Messer, beim Feuer machen für die Nacht zum Beispiel. Flynn durfte sich nicht beeinflussen lassen. Dennoch, er hatte auch die Verantwortung für Konrad. Der war nur wegen ihm hier. Flynn schüttelte die Gedanken ab. Es war noch unendlich weit bis zum Gebirge. Eine Menge Zeit also, bis es vielleicht ernst werden würde. Genau! Das war der Punkt. Es würde nur vielleicht ernst werden. Damit wollte sich Flynn Mut machen.

Bertram hielt Wort. Inzwischen waren sie einige Stunden marschiert und er war schweigsam mit ein paar Schritten Abstand gefolgt, wogegen Flynn wieder zu Konrad aufgeschlossen und mit ihm vorausgelaufen war. Die beiden hatten aber ebenfalls kaum miteinander gesprochen. Sie bewunderten die Vielfalt der Flora und hingen ihren Gedanken nach. Den Rucksack trugen sie ganz freundschaftlich immer abwechselnd.

Die Blumenfelder waren bald viel facettenreicher geworden. Nur noch hie und da war ein Gänseblümchen zu entdecken. Die Blumen wuchsen jetzt höher, in ganz verschiedenen Arten. Zum ersten Mal machte sich Bertram nützlich. Er erklärte ihnen, welche Blüten zum Beispiel Gerberas oder Lilien ähnelten und wusste sogar, wie Hornkraut oder Sternenmoos aussah. Man muss nicht extra erwähnen, dass diese Vielfalt durch zahlreiche Farbvariationen vollendet wurde. Sogar blühende Kakteen hatten sie einige Mal entdeckt. Das waren ganz bestimmt sehr bestechende Erinnerungen, überlegte Flynn und musste über sein gedankliches Wortspiel lachen.

»Haben wir eigentlich etwas zu essen eingepackt?«, wollte Konrad wissen.

Flynn zog eine Grimasse. »Eher nicht«, sagte er. »Aber eine Pause wäre trotzdem nicht schlecht, oder?«

Konrad nickte, nahm seien Rucksack von der Schulter und hockte sich auf den Boden.

»Warum nimmst du nicht die da?« Flynn deutete ein paar Meter weiter auf ein Bänkchen.

Es war umringt von einem Haufen schöner Glockenblumen. Konrad rappelte sich wieder auf und folgte Flynn.

»Gut, dass wir so ausgiebig gefrühstückt haben«, seufzte der, als Konrad sich zu ihm setzte.

»Mutti hätte uns bestimmt ein paar Knacker für unterwegs eingepackt«, träumte Konrad vor sich hin. »Warum denken Kinder nie selbst an sowas?«

Er richtete seinen Blick auf die herrlichen Glockenblumen um sich herum. Das lenkte ihn von seinem knurrenden Magen ab. Sie waren saftig grün und hatten einen frischen Glanz an ihren Blüten. Er bemerkte, dass ihre Stängel dicker waren als die von normalen Glockenblumen. Sie wirkten sehr stabil, fast wie Bambus. Er hatte in Memorien jedoch bereits wunderlichere Dinge gesehen und dachte sich nichts weiter dabei.

Ohnehin unterbrach Bertram seine Gedanken. »Zur Sicherheit würde ich mal in den Rucksack schauen.«

Konrad hatte keine Ahnung, was er dort finden sollte, tat ihm aber den Gefallen. Schon beim Öffnen der Schlaufe kam ihm der leckere Geruch seiner heißersehnten Knacker entgegen. Dazu lag frisches Brot und eine Trinkflasche mit Wasser darin. Er teilte brüderlich mit Flynn. Bertram fand einen eigenen Proviant in seinem eigenen Rucksack.

»Warum bist du die ganze Zeit so still?«, wollte Flynn von Konrad wissen.

»Du bist ja auch still«, konterte der sofort. »Es ist einfach alles so fremd und ungewiss«, setzte er aber nach.

»Wie weit ist es denn bis ins Omanagebirge?«, wandte er sich an Bertram.

»Das kann man nicht so präzise sagen«, erklärte der ihm. »Man weiß nämlich nie genau, was Memorien mit einem vorhat.« Geheimnisvoll zwinkerte er mit dem Auge.

Die Antwort war so nervig wie unnütz. Flynn überlegte, ob es nicht doch besser gewesen wäre, allein aufzubrechen. Er hatte aber auch eine Frage auf der Zunge, die er seit ihrem Aufbruch hatte stellen wollen.

»Was sind es denn für Pflanzen, die in den Höhlen von Ike die Erinnerungen bewahren? Dort kann doch schwer etwas wachsen. Sind das eine Art Nachtschattengewächse?«

Flynn hatte keine konkrete Vorstellung davon, was Nachtschattengewächse überhaupt waren, aber er hatte den Namen einmal aufgeschnappt und fand, dass er gut passen könnte.

Bertram lächelte. »Es sind nicht nur Pflanzen, in denen Erinnerungen bewahrt werden. Umso älter die Erinnerungen, desto fester sind sie eingeschlossen. Lasst euch überraschen.«

»Wenn du's nicht weißt, sag es doch einfach«, motzte Flynn, dem diese nebulösen Antworten gehörig auf den Zeiger gingen. Er stopfte die Trinkflasche und die Reste des Vespers zurück in den Rucksack und stand auf. Ohne zu sehen, ob Konrad und Bertram folgten, marschierte er von dannen.

Es war der fünfzehnte Tag, den sie unterwegs waren. Wobei das nicht ganz stimmte. Flynn hatte ja bereits am Anfang verstanden, dass es in Memorien gar keine Zeit gab. Zumindest nicht wie wir Menschen sie kennen. Natürlich gab es Zeit im Sinne einer Spanne, die man benötigt, um etwas zu tun. Aber niemand in Memorien hatte eine Ahnung davon, was eine Stunde oder ein Tag war, weil niemand je damit angefangen hatte, solche Zeitspannen zu messen. Flynn und Konrad wussten deshalb nicht, wie viele Stunden ein Tag in Memorien dauerte. Ein Tag war vielleicht nur ein halber oder sogar eine ganze Woche. Manchmal kam es Flynn tatsächlich so vor, als würden die Tage unendlich lange dauern. Da es aber regelmäßig hell und dunkel wurde, war es für sie am einfachsten in Tagen zu rechnen. Als Mensch ist man eben daran gewöhnt, sich eine Zeitspanne einzuprägen. Um es also nochmals zu betonen: Wenn hier von Tagen die Rede ist, dann kann vielleicht auch eine Woche oder ein Monat gemeint sein.

Abgesehen davon und den oftmals gleichen seltsamen Ereignissen, die den Reisenden bald schon nicht mehr seltsam vorkamen, hätte man denken können, sie befänden sich auf einer Urlaubsreise. Nachts schliefen sie in immer unterschiedlichen Unterkünften.

Damit ist nicht nur gemeint, dass die Quartiere an unterschiedlichen Orten standen oder die Wände in unterschiedlichen Farben gestrichen waren. Nein, sie waren ganz und gar unterschiedlich. Manche sahen aus wie Ritterburgen mit unheimlichen Kerkern als Zimmer, andere wie Schlösser und wieder andere wie moderne Bürotürme. Aber immer nur von innen. Von außen waren es stets kleine, moosbewachsene Häuschen mit Blumen auf dem Dach. Memorien sorgte bestens für sie und dennoch stieg mit jedem weiteren Tag die Sorge, niemals irgendwo anzukommen. Natürlich waren fünfzehn Tage (oder Monate), nicht besonders lang für das, was sie vorhatten. Es lag an der Eintönigkeit, die ihnen vorspielte, schon ewig unterwegs zu sein. Ihre Augen erblickten seit ihrer Ankunft in Memorien nichts weiter als nie enden wollende Blumenfelder. Flynn erinnerte sich, dass sie bei einem Schulausflug einmal zwei oder drei Stunden über Felder gewandert waren. Es war ihm unglaublich langweilig vorgekommen. Damals hatte er gedacht, es würde nie aufhören. Aber da kannte er eben Memorien noch nicht. Wenn man vor sich schaute, gab es nur den Pfad, der sich in einem endlosen Nichts verlor. Weder eine Biegung oder ein Berg versperrte den Blick in die Ferne. Am Abend lag derselbe Weg vor einem, auf dem man am Morgen gestartet war, und kein bisschen hatte sich verändert. Manchmal hatte Flynn das Gefühl, er würde auf der Stelle laufen. Es ist also mehr als verständlich, dass die Jungen irgendwann daran zweifelten, jemals an das Ende des Weges zu gelangen.

Eine Veränderung gab es aber doch und nur, weil diese so allmählich vonstattenging, dass sie ihrer kaum gewahr wurden, hielten sie die Veränderung nicht für wichtig. Sie war aber doch wichtig. Die Blüten saßen auf immer dicker werdenden Stängeln und das hing mit dem zusammen, was Bertram ihnen erklärt hatte. Umso älter die Erinnerungen, umso fester sind sie eingeschlossen. Da die Jungen aber nicht vorhatten, die Erinnerungen freizulassen, machten sie sich keine Gedanken darüber.

Doch auf einmal, an diesem fünfzehnten Tag, der vielleicht auch der fünfzehnte Monat oder irgendetwas dazwischen war, spürte Flynn den Drang, vom Weg abzuweichen und in eines der Felder zu laufen. Er gab nicht Bescheid, was er tat. Alles um ihn herum war wie ausgeblendet. Als Konrad den Kopf nach ihm drehte, war er einfach verschwunden.

»Flynn«, rief Konrad panisch, weil die Blumen in dieser Gegend so hoch wuchsen, dass man nicht über sie hinwegsehen konnte.

Bertram, der weiter hinten gelaufen war und alles genau beobachtet hatte, winkte ihn zu sich. »Er ist hier rein.«

Konrads Herz klopfte immer schneller, während er sich durch die Pflanzen zwängte. Die Stiele waren dick, wie von jungen Bäumen, und ließen sich kaum zur Seite drücken. Mühsam kämpfte er sich vorwärts.

»Flynn«, schrie er immer wieder und mochte gar nicht daran denken, ihn zu verlieren. Es wäre das Schlimmste, was passieren könnte. Ohne Freund gab es keine Rückkehr nach Hause. Er müsste in Memorien herumwandern, bis er alt und grau war und noch dazu ganz allein. Nie wieder würde er nämlich einen Kameraden wie Flynn finden. Konrad war kurz davor panisch zu werden, als er ihn erblickte. Wie hypnotisiert stand Flynn vor einem Feld rötlich-violetter Tulpen. Sie waren so hochgewachsen, dass man zu den Blüten emporsehen musste.

»Was ist los?« Konrad war zu ihm getreten und legte die Hand auf seine Schulter. »Du hast mir nen Schrecken eingejagt.«

Bertram hielt sich im Hintergrund. Er wusste, was hier passierte, weil er es selbst erlebt hatte. Damals, als sein Freund Jakob noch bei ihm gewesen war.

»Ich würde gerne sehen, was für eine Erinnerung hier eingeschlossen ist«, sagte Flynn monoton. »Hilfst du mir?«

Er sah Konrad dabei nicht an. Überhaupt machte er den

Eindruck, als wäre er weggetreten.

»Ich weiß nicht. Ich hab kein gutes Gefühl, wenn wir hier was kaputt machen«, flüsterte Konrad ängstlich.

»Sei nicht immer so ein Angsthase.« Flynn lächelte, als er das sagte. Er konnte einen spöttischen Unterton in seiner Stimme jedoch nicht verbergen.

Widerwillig legte Konrad seine Hand an den Stängel, den Flynn ebenfalls umgriffen hatte. Gemeinsam schafften sie es, ihn umzubiegen. Sie zerrten daran, bis er sich kaum mehr weiter knicken ließ. Mit einem Mal knirschte es. Der Stiel gab nach und mit einem Ruck brach er entzwei. Sofort stieg weißer Rauch heraus. Es bildete sich eine Wolke, die sich schnell in ein Bild verwandelte.

Flynn erstarrte.

Er blickte direkt in das Gesicht seines Vaters. Sein Pa lächelte und deshalb wusste Flynn, dass es schon eine Weile her sein musste. Er hatte seinen Vater nämlich lange nicht mehr lächeln sehen.

»Sobald es Frühling wird, werde auch ich dir ein Baumhaus daraus bauen«, hörte er ihn sagen. Seine Stimme klang weich und beruhigend.

Flynn spürte, wie sein Herz fröhlich zu hüpfen begann. Am liebsten hätte er den Moment festgehalten. Die Wolke war jedoch bereits im Begriff, sich aufzulösen.

»Haben wir sie schon gefunden?«, fragte er Konrad hoffnungsvoll.

»Es war deine eigene Erinnerung, nicht die deines Vaters«, sagte Konrad. »Du hast deinen Vater gesehen, also war es deine Erinnerung.«

Flynn wollte noch mehr. Schon hing er sich an den Stängel der nächsten Tulpe. Er brauchte Konrad diesmal nicht. Das Glücksgefühl der ersten Erinnerung verlieh ihm doppelte Kraft. Schnell brach der Stiel entzwei.

Die Wolke bildete sich und nun war es Konrad, der erstarrte. Ein Junge, vielleicht fünf oder sechs Jahre alt, war erschienen. Er selbst lachte vergnügt aus der Wolke und

Konrad erinnerte sich plötzlich, dass er früher viel unbefangener gewesen war, wenn er mit anderen spielte. »Wenn ich groß bin, werde ich ein berühmter Wissenschaftler und baue ein Raumschiff nur für uns beide. Dann können wir uns die Welt von oben ansehen«, versprach er. Konrad konnte sich nicht mehr daran erinnern, dass er das je zu Flynn gesagt hatte, aber er wusste genau, was sie sich immer ausgemalt hatten, und vor allem wusste er, wie glücklich er dabei gewesen war.

Flynn, der ebenfalls auf die Wolke starrte, erinnerte sich nicht nur. Er spürte auch das Glücksgefühl, und zwar ganz so, als würde es gerade eben passieren.

Der Rauch war verzogen.

Flynn behielt sich natürlich die Erinnerung, die er soeben gesehen hatte. Er bemerkte jedoch nicht, wie das in diesem Augenblick Geschehene den Platz der Erinnerung von damals eingenommen hatte. Auch die Glückswoge von früher war verschwunden.

»Lass uns aufhören damit.« Konrad hielt Flynn am Arm fest, als der bereits den nächsten Stängel abknicken wollte. »Ich habe kein gutes Gefühl dabei.«

»Kannst du dich nicht mal locker machen und dich für mich freuen? Ich finde es schön, in alten Erinnerungen zu schwelgen«, blaffte Flynn zurück.

»Konrad hat recht«, erklang Bertrams tiefe Stimme. Er war hinter sie getreten. »Du bist aus einem anderen Grund hier. Wenn du dich von deinen eigenen Erinnerungen vom Weg abbringen lässt, kannst du die Suche womöglich nie fortsetzen.«

Flynn sah beide an. Er schwankte zwischen dem Drang, der seinen ganzen Körper beherrschte und der Vernunft, die aus Bertrams Worten klang. Er hatte es aber satt, vernünftig zu sein. Er hatte es auch satt, einen Loser wie Konrad als Freund zu haben. Es war nur ein kleiner Funke Einsicht, der ihn davon abhielt, beide anzuschreien und ihnen genau das zu sagen. Es war der Blitz eines Gedankens, an seinen Vater, der lange genug in ihm verharrte, um ihn umkehren zu lassen. Er begann zu rennen. Er musste weg von hier. Denn, wenn er nicht augenblicklich von hier verschwand, würde er es sich anders überlegen. Er kämpfte sich zurück auf den Pfad und immer weiter, so lange, bis er sicher war, dass er nichts mehr von dem Sog spürte und ohne ihn nicht zu der Stelle zurückfinden würde. Erst dann wurde er langsamer und setzte sich auf eine Bank, die er sich herbeiwünschte, um zu verschnaufen.

Hatte er sich die ganze Zeit zu seinen Erinnerungen zurückgewünscht, verblasste das Gefühl nach und nach. Bald fragte er sich, was in ihn gefahren war.

In der Ferne tauchten Konrad und Bertram auf. Flynn wurde es unwohl. Er musste sich bei ihnen entschuldigen. Sein Verhalten war nicht fair gewesen, aber dort im Feld hatte sich alles so gut angefühlt. Die Erinnerungen so echt zu spüren war viel schöner, als sie nur im Hinterkopf vergraben zu haben.

Womöglich hätte man aber einen besseren Kompromiss finden können.

Jetzt ärgerte er sich doch wieder, dass Konrad nicht geschlossen auf seiner Seite gestanden hatte, und deshalb spürte der auch sofort, dass Flynns Entschuldigung nicht ehrlich war. Konrad machte sich aber nichts daraus, sondern war froh, dass der Vorfall gut ausgegangen war. Er hatte ja bemerkt, dass Flynn von einer Kraft geleitet wurde, die stärker war als dessen eigener Wille. Zum Glück hatte Bertram ihnen geholfen. Konrad war erschöpft und hungrig. Eine Sache, welche ihn mit Flynn wieder vereinte.

Sie durchsuchten ihren Rucksack nach Proviant und fanden noch reichlich Knacker darin.

»Hast du das Gefühl auch schon einmal gespürt?«, mampfte Konrad in die Stille.

Er sah Bertram fragend an. Der nickte.

»Aber du hast gesagt, dass du deine Erinnerungen nicht gefunden hast«, konterte Flynn misstrauisch.

»Nicht die Erinnerungen, die ich gesucht habe«, berichtigte Bertram. »Der Sog hat mich bei einem Feld erwischt, kaum einen Tagesmarsch von hier entfernt. Die Erinnerung war keine fünf Jahre alt. Es war nichts, an was ich mich unbedingt erinnern wollte. Für euch bedeuten fünf Jahre beinahe die Hälfte eures Lebens, für mich ist es nur ein kurzer Abschnitt, verstehst du?«

»Ja«, sagte Konrad.

Flynn schwieg. Irgendetwas stimmte mit Bertram nicht. Das spürte er.

»Dennoch hätte es fast dazu geführt, dass es meinen Freund Jakob und mich entzweite«, und mit einer kurzen Unterbrechung ergänzte er traurig: »Vielleicht war es der Beginn von dem, was später passiert ist.«

»Wie alt warst du eigentlich, als du nach Memorien gekommen bist?«, fragte Konrad.

»Einundfünfzig Jahre, acht Monate und drei Tage«, antwortete Bertram.

Er musste ziemlich genau darüber nachgedacht haben. Leider half Konrad die Antwort nicht weiter. Er konnte überhaupt nicht schätzen, wie alt Bertram jetzt war und fragen wollte er lieber nicht. Wahrscheinlich wusste es Bertram selbst nicht. In Memorien war Zeit ja ohnehin etwas anderes als zu Hause.

Flynn hörte nur zu und dachte sich seinen Teil. Wenn er es aber richtig verstanden hatte, würden sie irgendwann auf keine ihrer eigenen Erinnerungen mehr stoßen können. Bertrams Chancen, in den Sog älterer Erinnerungen zu geraten, würden dafür jeden Tag steigen. Er nahm sich vor, einfach weiterzugehen, falls das passierte.

Konrad hatte ganz andere Gedanken dazu. Ihm tat Bertram leid.

Das Omanagebirge

Kein Leser wird sich mehr wundern, dass der darauffolgende Tag dem nächsten glich und der wieder dem nächsten und so weiter. Flynn bestand darauf, jeden Morgen so früh wie möglich aufzubrechen und abends erst bei Einbruch der Dunkelheit eine Unterkunft herbeizuwünschen.

Es war öde und quälend.

Er wollte die Zeit aber so gut es ging nutzen, um endlich zum Omanagebirge vorzustoßen. Unterdessen waren weitere Wochen vergangen, von denen sie nicht wussten, ob es vielleicht Monate oder Jahre waren. Flynn war sicher, dass sie auf keine ihrer eigenen Erinnerungen mehr stoßen konnten. Vermutlich war das auch Konrad klar. Die Stängel der Pflanzen links und rechts des Pfades wuchsen immer höher und waren inzwischen dick wie Baumstämme. Die Blüten darauf thronten meterhoch über ihren Köpfen. Es war nicht länger, als würde man durch ein Blumenfeld laufen. Die Umgebung war zu einem Wald geworden. Einem Wald mit Bäumen ohne Äste und ohne Wipfel. Leider war die Farbenpracht dadurch vom Boden aus ebenfalls nicht zu erkennen. Aber wie an so viel Seltsames in Memorien hatten sie sich daran gewöhnt, oder es fiel ihnen gar nicht mehr auf.

Es fiel ihnen auch nicht auf, dass die Veränderung der trister und trister werdenden Landschaft zu ihrer Stimmung passte. Flynn war seit der Begegnung mit seinen Erinnerungen immer schweigsamer geworden. Konrad spürte, dass er allein sein wollte, und lief mit Bertram ein paar Schritte hinter ihm. Außerdem konnte er mit Flynns Tempo auch gar nicht richtig mithalten.

Flynn war es einerseits recht, andererseits wieder nicht. Er schätzte es in der Tat, in Ruhe gelassen zu werden. Mit Bertram konnte er ohnehin wenig anfangen. Andauernd hatte der irgendwelche Weisheiten parat, obwohl er nie etwas von alledem erlebt hatte. Scheinbar wusste er genau, wie der Hase lief in Memorien, nur selbst gesehen hatte er nichts davon. – Abgesehen von dem zugegeben schlimmen Erlebnis seines Freundes, aber sogar da war er nicht dabei gewesen. Was Flynn aber wirklich zur Weißglut brachte, war, dass Konrad auch noch auf Bertram hereinfiel. Wenn Flynn etwas sagte oder vorschlug, dann musste Konrad zuerst Bertram nach seinem Rat fragen. Flynn hoffte inständig, dass der Tag kommen würde, an dem er Konrad beweisen konnte, dass Bertram ein verweichlichter Feigling war, der nicht einmal genau wusste, wann sie endlich an das Omanagebirge kommen würden. Also blickte Flynn den ganzen Tag konzentriert in die Ferne, um ja nicht zu verpassen, falls es vor ihnen auftauchte. Inmitten der Blütenstämme konnte Flynn blöderweise nicht sehr weit vorausblicken.

Es gab da aber noch etwas. Etwas, das Flynn sogar mehr nervte als Bertrams Unfähigkeit und Konrads Gutgläubigkeit. Die beiden waren in einem solchen Schneckentempo unterwegs, dass man ihnen während des Laufens die Schnürsenkel hätte zusammenknoten können. Regelmäßig legte Flynn einen Zahn zu, was am Ende überhaupt nichts nützte, weil er irgendwann ohnehin wieder auf sie warten musste. Konnten sie nicht verstehen, dass er vorwärtskommen wollte?

Seit langer Zeit lächelte Flynn. Es wäre doch zu lustig, das mit den Schnürsenkeln auszuprobieren. Er stellte sich vor, wie Bertram, mit einem überraschten Gesicht, zu Boden stolpern und sich fragten würde, wie das hatte passieren können.

Wenn sie über das Omanagebirge wollten, musste es doch irgendwann auftauchen. Was Flynn nicht wusste, und Bertram scheinbar auch nicht, falls er es nicht absichtlich verschwieg: Sie hatten es längst erreicht. Unbemerkt lagen die Ausläufer des Gebirges bereits unter ihren Füßen. Der Weg war an dieser Stelle eben nur noch nicht sehr steil, so wie man es von einem Gebirgspfad erwarten würde. Umso größer die Entfernung zu einem höheren Punkt, umso geringer die Steigung des Weges. Manch einer wird das schon einmal gehört haben. Es war also einfach zu erklären, aber nicht so einfach zu bemerken. Das erste, was Flynn auffiel, war, dass sich der Untergrund veränderte. Das weiche Moos wurde fester und hie und da blitzten Kiesel- oder Granitsteine hervor. Flynn blieb stehen, um auf seine Freunde zu warten und ihnen von seiner Entdeckung zu berichten. Als er sich umdrehte, sah er sie in weiter Ferne. Wieder einmal waren sie zurückgefallen. Diesmal ärgerte er sich nicht darüber. Sein Herz hüpfte vor Freude. Konrad und Bertram waren nämlich nicht nur hinter ihm, sie waren auch ein Stück unter ihm. Flynn konnte das Zeichen sofort richtig deuten. Endlich hatten sie das Gebirge erreicht und würden dieses öde Blumenbeet, das inzwischen ein Wald war, verlassen. Flynn konnte es kaum erwarten, bis seine Freunde zu ihm aufgeschlossen hatten.

»Ich fürchte, deine Euphorie ist unangebracht. Das Omanagebirge ist kein Grund zur Freude!«, warnte Bertram.

Flynn fragte sich, wie er etwas anderes hatte erwarten können.

Konrad machte sogleich ein Gesicht, als würde er am liebsten schreiend davonrennen. Das macht nur diese Gesellschaft von Bertram, ärgerte sich Flynn. Ihm gegenüber war er ja meistens zurückhaltend, aber er konnte sich gut ausmalen, was der Konrad so alles erzählte, wenn sie allein waren.

»Wir werden es mit diesen Geschöpfen schon aufnehmen. Sie sind aus Träumen. Wie schlimm können sie sein?«, antwortete Flynn beleidigt. »Hauptsache, wir haben diesen öden Weg hinter uns.«

Konrad war auf Bertrams Seite. Ihm war dieser öde Weg ganz recht gewesen. So wusste er wenigstens, dass sie weit weg von den Kreaturen waren, die Jakob getötet hatten. Allzu deutlich zeigen wollte er es aber nicht. Flynn war sein Freund und er spürte dessen Aufatmen. Zumindest darüber konnte er sich freuen, zumal sich an der Eintönigkeit des Weges erst einmal noch nicht sehr viel änderte.

Flynn ließ es – in der Gewissheit, seinem Ziel ein ganzes Stück näher gekommen zu sein – gemächlicher angehen. An Konrads Seite ging er weiter. Er tat das nicht ohne Absicht. So konnte ihm Bertram wenigstens nicht noch größere Angst einjagen, als er es ohnehin schon gemacht hatte. Das Flynn wieder bei ihm war, machte Konrad glücklich, und so hatte es auch für ihn sein Gutes, die Berge erreicht zu haben.

»Es hat sich doch keiner eine Herberge gewünscht, oder?«, stutzte Flynn, als vor ihnen ein Haus auftauchte. Es war von außen nicht größer als all die bisherigen Unterkünfte, aber es sah ganz anders aus. Das Dach zog sich bis zum Boden hin und war aus Stein. Weder Moos noch Blumen wuchsen darauf. Es sah aus wie ein Miniaturgebirge.

»Das ist das Omanahaus. Man muss es sich nicht wünschen. Es ist immer da«, sagte Bertram. »Es ist die letzte Herberge vor dem Gebirge. Danach überschreiten wir die Grenze, hinter der Memorien keinen Einfluss mehr hat.«

Selbst Flynn musste sich nicht überreden lassen hier zu übernachten, obwohl es noch nicht dunkel geworden war. Es machte sicher Sinn, gestärkt und ausgeschlafen den Weg durch das Gebirge anzutreten.

Ein schmaler Felsspalt führte ins Innere.

»In einem so riesigen Land wie Memorien könnte man ruhig etwas großzügiger bauen«, alberte Flynn, als er sich hineinzwängte.

Hatte bisher immer ein aufgeregtes Treiben geherrscht, wenn die Wanderer eine Herberge betraten, war es im Omanahaus beinahe totenstill. Lediglich in der hintersten Ecke, neben einem kleinen Wasserfall, der vom Dach ins Innere lief und einfach im Boden versickerte, hockte ein Falabell auf seinen Hinterläufen und beäugte matt die Ankömmlinge. Es hatte Wunden und sein Fell war an vielen Stellen ausgerissen. Der Wirt, ein Krake, der mit seinen langen Tentakeln jeden Winkel des Gastraumes erreichen konnte, wies zu einem Tisch, auf dem eine Kerze brannte und bereits ein Willkommenstrunk bereitstand. An seinen Saugnäpfen konnte er gleich mehrere Gläser auf einmal befestigen und zu den Tischen, Sesseln und Schalen befördern, die jedoch allesamt leer und verwaist waren. Flynn, Konrad und Bertram nahmen Platz. Es bedurfte keiner Bestellung. Der Krake bediente sie mit genau den richtigen Speisen, auf die sie, in diesem Moment, Lust empfanden. Die Stimmung war ungewöhnlich. Wenn sie sich bisher in den Unterkünften, mit den zahlreichen Geschöpfen um sich herum, von der Eintönigkeit des Tages ablenken konnten, war es heute genau umgekehrt. Vor ihnen lag der aufregende Weg durch das Gebirge, hier drin dafür die drückende Stille einer großen Leere. Nur der Wasserfall und das Knarzen vom Haus waren zu hören, und ab und an der Krake oder das Falabell, welches seine Wunden leckte.

»Ganz schön beklemmend hier«, flüsterte Konrad, dem die Atmosphäre am meisten zusetzte.

Flynn zuckte mit der Schulter, während Bertram bedeutsam nickte.

»Ich habe euch ja gesagt, dass sich die schrecklichsten der Kreaturen Memoriens ins Gebirge zurückziehen. Es geht niemand da hin, wenn es nicht unbedingt sein muss. Wir sollten ab jetzt auf der Hut sein.«

Da war sie wieder. Bertrams Schwarzseherei, die Flynn so sehr auf den Keks ging.

»Hast du überhaupt schon mal so ne Kreatur gesehen?«, entgegnete er deshalb schnippisch.

Bertram antwortete nicht. Stattdessen knöpfte er sein Hemd auf und zog es weit über seiner Brust auseinander. Eine lange Narbe erstreckte sich von unterhalb des Herzens bis zum Bauchnabel. Flynn schluckte, als er die Verletzung sah.

»Tut mir leid«, sagte er, weil ihm sein Vorwurf durch

den Anblick leidtat.

Bertram hob die Augenbrauen. »Es muss dir nicht leidtun. Ich war genau wie du und hab es nicht ernst genommen. Man fühlt sich in Sicherheit, wenn man den weiten beschaulichen Weg hinter sich hat und denkt, Memorien beschützt einen. Aber dafür ist hier die Grenze. Ab morgen sind wir auf uns allein gestellt.«

»Vielleicht sollten wir uns ausruhen«, schlug Konrad ganz leise vor.

Er hätte es ruhig laut sagen können, denn seine Weggefährten waren derselben Meinung.

Auch in den Zimmern spürte man, dass etwas anders geworden war. Anstelle eines Fensters nach draußen gab es kleine Schlitze, die Luft hereinließen. Auf einer Kommode brannte eine Öllampe, daneben standen eine Schale und ein Krug Wasser. Auf den schmalen Betten lagen einfache Decken und ein kleines Kissen. Die Wände waren feucht und der Geruch von modrigem Stein drang in ihre Nase.

Flynn verzog das Gesicht, ließ sich aber müde auf eine der Pritschen plumpsen.

»Ich habe Angst«, klagte Konrad, dem es seit dem Anblick von Bertrams Narbe mulmig zumute war. »Wir haben doch gar keine Chance, falls uns etwas angreift. Wir sind nur Kinder. Ich kann überhaupt nicht kämpfen.« Seine Stimme klang weinerlich.

»Ich hab auch Angst«, gab Flynn ehrlich zu. »Aber wir müssen mutig sein. Vielleicht sollten wir uns etwas zulegen, mit dem wir uns verteidigen können.«

»Was denn?«, jammerte Konrad.

Flynn zuckte mit der Schulter und stand auf. »Sehen wir uns um, ob es was gibt, das wir zu einer Waffe machen können.«

Er zog die Schubladen der Kommode auf. Gähnende Leere schlug ihm entgegen. Im selben Moment wurde ein Tumult laut. Vom Flur hörten sie schnelle Schritte und durch die Schlitze drangen Schreie zu ihnen ins Zimmer.

»Was ist da los?«, wimmerte Konrad, der sich auf seinem Bett zusammenkauerte.

Flynn sprang zu einem Spalt und blickte nach draußen. Es war dunkel. Nur schemenhaft konnte er erkennen, wie schwarze Schatten um das Gebäude schlichen.

»Da ist irgendwas«, sagte Flynn.

Hektisch setzte er seine Suche nach einer brauchbaren Waffe fort. Sein Blick fiel auf zwei krumme Wanderstöcke, die in einer Ecke des Zimmers lehnten. Er griff einen davon und testete, wie stabil er war. Wundersamerweise lag das Stück Holz leicht in der Hand und war trotzdem hart wie Stein. Er gab den Stab an Konrad.

»Warte hier.« Flynn versuchte, seine Stimme möglichst ruhig klingen zu lassen. »Ich geh in den Gastraum, nachsehen.«

Er nahm sich den zweiten Stock und öffnete die Tür gerade so weit, dass er mit einem Auge hinauslinsen konnte. Der Flur war leer. Allerdings drangen deutliche Schreie an sein Ohr. Flynn schlüpfte auf den Gang. Mit Herzklopfen tapste er barfüßig und auf Zehenspitzen den Korridor entlang. Immer lauter wurden die Geräusche. Sie rührten eindeutig von einem Kampf her. An die Wand gepresst, spähte er vorsichtig in den Speisesaal.

Dort, wo sie noch vor wenigen Minuten in aller Ruhe zu Abend gegessen hatten, stand jetzt eine Gruppe dunkler Gestalten. Sie waren gekrümmt und trugen rote Jacken, deren Kapuzen sie über die Köpfe gezogen hatten. Flynn zählte vier Eindringlinge. Sie waren von den Tentakeln des Kraken umzingelt, der an jedem seiner Saugnäpfe Messer hielt. Im Kerzenlicht blitzen die Klingen gefährlich auf. Das Falabell hatte sich hoch aufgebäumt und schlug mit seinen Hufen warnend nach den Angreifern.

Rücken an Rücken standen die Gestalten beieinander. So konnte man sie kaum überwältigen. Ihre Gesichter lagen im Schatten unter den Kapuzen verborgen. Waren das die Wesen aus den Alpträumen? Ein tiefer, blutrünstiger Schrei war zu vernehmen. Flynn durchfuhr ein Schauder, der ihn beinahe zu lähmen schien. Als wäre es das Zeichen zum Angriff, hoben die Gestalten ihre Arme. An den Händen hatten sie jeweils nur drei Finger, aus denen Krallen hervorschossen. Sie waren lang und spitz wie Schwerter. Ein zweiter Schrei ertönte. Er war noch unerträglicher, als der erste und unvermittelt ließen sie ihre Klingen auf die Tentakel des Kraken herabsausen. Unter Schmerzensschreien versuchte er sich vor dem Angriff zu schützen und gleichzeitig die Kapuzenmänner in Schach zu halten. Mutig rückte das Falabell näher, um dem Kraken zu helfen. So, wie die Sache allerdings stand, hatten sie keine Chance.

Flynn musste etwas tun. Er konnte nicht nur dastehen und zusehen, wie die beiden abgeschlachtet wurden, aber was konnte er ausrichten? Es war glatter Selbstmord, sich diesen Geschöpfen im Kampf gegenüberzustellen. Er spürte, wie sich seine Finger um den Wanderstock klammerten. Eine seltsame Kraft nahm von ihm Besitz. Als würde sie ihn in den Gastraum zerren, stolperte er vorwärts. Er war barfuß und hatte kein einziges Geräusch dabei gemacht. Dennoch hatten ihn die dunklen Gestalten wahrgenommen. Sie drehten ihre Köpfe und sahen zu ihm herüber. Der Krake versuchte, die Gelegenheit zu nutzen, und hieb mit seinen Messern auf einen der Kapuzenmänner ein. Der getroffene stieß einen markerschütternden Schrei aus. Ohne sich von Flynn abzuwenden, rammte er dem Kraken seine drei Krallen in die Tentakel. Schmerzverzerrt ließ der von ihm ab. Langsam kamen die Gestalten auf Flynn zu. Das Falabell und der Krake hatten ihn jetzt ebenfalls bemerkt. Flynn fixierte nur die Angreifer. Noch immer konnte er unter den Kapuzen nur Schatten entdecken. Die Flammen der Kerzen flackerten um ihre Köpfe. Die roten Kapuzen wurden davon erleuchtet.

Doch den Schatten ihrer Gesichter konnten sie nicht auflösen. Flynn wunderte sich darüber, dass sie ihn nicht längst angegriffen hatten. Er war nur ein Junge und bei weitem nicht so mutig wie der Krake und das Falabell. Sein Blick wanderte unentwegt über die vier Schattenmänner.

Sein Stock hob sich.

Ihr habt richtig gelesen. Nicht Flynn hob seinen Stock, es war umgekehrt. Er umklammerte ihn fest und spürte Wärme, die durch das Holz ging. Danach passierten viele Dinge auf einmal. Eine der Gestalten gab ihre Defensive auf und sprang ihm entgegen. Blitzschnell hatte sich der Stab gegen den Angreifer gerichtet und bohrte sich in dessen Brustkorb. Ein blauer Blitz erhellte für kurze Zeit den Gastraum. Der Stock begann so stark zu vibrieren, dass Flynns Finger weh taten. Seine Hände spannten sich verkrampft um das Holz. Er wusste, dass er jetzt auf keinen Fall loslassen durfte. Wenn doch, wäre er verloren. Die Kreatur sackte zusammen. Flynn trotze den Schmerzen. Tapfer richtete er den Stab auf die anderen Gestalten, die augenblicklich zurückwichen. Das Geschöpf auf dem Boden brüllte. Flynn fuhr herum und hob kampfeslustig den Stock. Das Biest rappelte sich verletzt auf. Es griff aber nicht noch einmal an. Geschlagen machte es kehrt.

Argwöhnisch beäugten der Krake und das Falabell den Rückzug. Mit einem letzten Schrei verschwanden die Eindringlinge durch den Felsspalt nach draußen.

Es war geschafft.

Flynns Stab erlosch und ungläubig starrte er auf die Stelle, wo die Bestien entflohen waren. Es war wieder ganz still im Gastraum. Flynn konnte es kaum glauben. Hatte wirklich *er* diese furchtbaren Kreaturen in die Flucht geschlagen? Nachdem er schwer atmend einen Moment gebraucht hatte, um zur Besinnung zu kommen, eilte er zu dem Falabell. Es war verletzt neben dem Wasserfall zusammengebrochen.

»Was kann ich tun?«

Aus einer klaffenden Wunde quoll Blut. Es war zähflüssig

und leuchtete violett. Gebannt starrte Flynn darauf, weil es so schön aussah. Dann wurde er gewahr, dass das Falabell im Begriff war, zu verbluten.

Das Tier sah ihn aus großen Augen an. Es schnaubte dankbar, als Flynn seine warme Hand auf sein Fell legte.

»Du kannst nicht helfen.«

Erschrocken fuhr Flynn herum. Bertram stand hinter ihm. Mitleidig sah er auf sie herunter. Zorn stieg in Flynn auf. Die ganze Zeit hatte man Bertram nicht gesehen und jetzt kam er daher, um ihm Anweisungen zu erteilen. Dieser erbärmliche Angsthase. Wahrscheinlich hatte er seine Narbe von einer Blinddarmoperation und nicht von einem Kampf in Memorien.

»So wie du, oder?« Flynn sprang wütend auf. »Warum hast du nicht gekämpft? Es war ja wohl laut genug, um es mitzubekommen.«

Bertram hielt Flynns Blick zunächst stand. Es schien, als würde er antworten wollen. Dann wandte sich Bertram allerdings ab und verließ stumm den Gastraum.

»Memme«, murrte Flynn und kniete sich wieder zu dem Falabell hinunter. Alle Wut wich aus seinem Gesicht. »Er hat nicht recht, oder? Du wirst nicht sterben«, flüsterte Flynn dem Tier zu.

Es öffnete seine großen Augen.

»Wie heißt du?«, sagte Flynn.

»Mein Name ist Abrasax«, hauchte es mit schwacher, aber stolzer Stimme.

»Das ist ein schöner Name, Abrasax.« Flynn beugte sich ganz nah zu ihm. »Bitte stirb nicht, ja!«

»Bestimmt wird ein Traum kommen, der mich wieder lebendig macht«, sprach das Falabell zuversichtlich. »Ich danke dir, dass du dich um mich sorgst. Erlaubst du mir, dass ich dir einen Ratschlag gebe?«

»Natürlich«, nickte Flynn.

»Mach ihn dir nicht zum Feind!«, sagte Abrasax erschöpft.

»Wen meinst du? Bertram? Der ist ein Feigling«, schimpfte Flynn.

Doch das Falabell sprach nicht weiter. Es hatte die Augen geschlossen.

»Lass es schlafen«, war wieder eine Stimme zu hören. Diesmal gehörte sie dem Kraken, der aus einiger Entfernung die Szene beobachtet hatte.

Flynn nickte. Er streichelte über das warme Fell des Falabell, bevor er sich erhob und schweigend zum Flur hinüberlief. Er warf einen letzten Blick zurück durch den Gastraum. Friedlich lag er im Dunkel, als wäre nichts geschehen.

Im Zimmer hockte Konrad angstvoll auf seinem Bett. Den Wanderstab hielt er so fest in seinen Händen, dass sich die Knöchel seiner Finger weiß färbten. Mit angezogenen Beinen beobachtete er unruhig die Tür. Als Flynn endlich zurück war, ließ er erleichtert die Schultern sinken. Konrad war froh gewesen, dass Flynn gesagt hatte, er solle im Zimmer bleiben. Dennoch schämte er sich. Es fühlte sich an, als hätte er ihn im Stich gelassen. Flynn machte ihm keinen Vorwurf. Konrad war eben Konrad und ein bisschen war Flynn sogar stolz, dass er sein Beschützer sein würde. Er setzte sich zu ihm und erzählte von dem Kampf. Vor allem davon, was der Wanderstock getan hatte.

»Ich denke, es sind Kampfstöcke«, sagte Flynn. »Sie werden uns verteidigen. Glaub mir!«

»Aber ich kann nicht kämpfen«, wiederholte Konrad, was er vorher schon einmal zu ihm gesagt hatte.

»Das musst du nicht. Der Stock tut es für dich. Du musst nur ein kleines bisschen mutiger werden.«

Flynn lächelte aufmunternd. Über Bertram verlor er kein Wort. Er wusste, dass Konrad ihn mochte und sah nicht viel Sinn darin, ihn schlecht dastehen zu lassen. Das Falabell hatte recht. Er würde sich bei Bertram entschuldigen. Es war nicht gut, sich jemanden zum Feind zu machen, mit dem man Tag ein Tag aus zusammen war und der einem vielleicht das Leben retten konnte. Eventuell würde ja der unwahrscheinliche Fall eintreten, dass Bertram seine Feigheit überwand und das nächste Mal nicht davonlief.

Die beiden Jungen schliefen unruhig in dieser Nacht. Jedes noch so kleine Geräusch ließ sie aufschrecken. Die Angreifer schmiedeten allerdings andere Pläne. Sie würden zurückkehren, aber nicht mehr heute.

Konrad fühlte sich wie sonst immer mittwochs, wenn er Sportunterricht hatte. Er wusste dann schon beim Aufstehen, dass der Tag schrecklich werden würde. An diesem Morgen war es ihm zwar noch etwas unheimlicher, aber im Prinzip war es genau so. Als er die Augen öffnete, kniete Flynn zwischen den Pritschen und schnürte bereits seine Bergstiefel.

»Morgen«, machte sich Konrad bemerkbar.

»Beil dich«, sagte Flynn, ohne aufzusehen. »Ich geh schon mal in den Speisesaal vor.« Flynn hatte etwas zu erledigen, das Konrad nicht unbedingt mitbekommen musste. »Vergiss den hier nicht!« Flynn hob einen der Wanderstöcke – die unbestritten Zauberkräfte besaßen – in die Höhe und verließ das Zimmer.

Wie erhofft war Bertram ebenfalls bereits munter. Er saß am Tisch und kaute schweigsam auf einem Stück Brot herum. In der Ecke lag ein Rucksack, dahinter lehnte ein Stock an der Wand. Er sah haargenau aus wie ihre beiden.

»Es tut mir leid«, sagte Flynn, noch bevor er sich gesetzt hatte. Je schneller es gesprochen war, umso besser. »Ich habe kein Recht, dir Vorwürfe zu machen.«

Bertram musterte Flynn eine Weile. »Du musst dich nicht entschuldigen«, antwortete er. »Es stimmt, dass ich früher hätte eingreifen müssen.«

»Ich will nur, dass wir aufeinander aufpassen, und das geht besser, wenn wir Freunde sind!«

»Das will ich auch«, bestätigte Bertram.

»Guten Morgen.« Konrad hatte sich wirklich beeilt, nicht weil er ernsthaft befürchtete zurückgelassen zu werden, aber er wollte das Restrisiko ausschließen. »Von was redet ihr?«

»Davon, dass es heute nur Brot zum Frühstück gibt!«, erfand Flynn eine Notlüge.

Bertram warf ihm einen Blick zu, den er nicht deuten konnte. So sehr sich Flynn vorgenommen hatte, ihm zu vertrauen, es gelang nicht.

Wie zum Beweis für Flynns Worte stand der Krake hinter ihm und stellte einen Laib Brot auf den Tisch. Diesmal hatte er auch Butter und Schmalz mitgebracht. Flynn nickte ihm freundlich zu und wunderte sich, warum er herübergekommen war. Er hätte die Sachen ja ohne Weiteres mit seinen langen Tentakeln von der Theke aus servieren können. Er wurde auf einen Beutel aufmerksam, in den der Krake etwas gewickelt hatte.

»Das ist eure Wegzehrung«, sagte er mit ruhiger Stimme und legte das Paket zwischen Konrad und Flynn auf den Tisch. Nichts deutete darauf hin, dass der Krake gestern in einen schweren Kampf verwickelt gewesen war, bei dem er sogar verletzt wurde. »Es ist Farnis«, erklärte er auf das Bündel blickend. »Eine Fingerkuppe davon ist so sättigend wie ein ausgiebiges Mittagessen. Passt gut darauf auf. Ihr werdet nichts Essbares finden auf eurem Weg. Trinken könnt ihr bedenkenlos aus den Quellen im Gebirge. Derer gibt es reichlich.«

»Geht es Abrasax gut?«, wollte Flynn wissen.

Der Krake sah den Jungen an. Er schien zu überlegen, was er antworten sollte. »Abrasax wird zurückkommen«, antwortete er schließlich. »So wie du.« Der Krake drehte seinen Kopf zu Bertram. »Du warst schon einmal hier, oder trübt mich meine Erinnerung?«

Bertram nickte.

»Wo ist dein Freund?«

»Er hat es nicht durch das Gebirge geschafft. Deshalb bin ich umgekehrt.«

Der Krake schloss die Augen. »Das tut mir leid. Seid ihr nicht zusammen gegangen?«

Bertram schüttelte den Kopf.

»Das war nicht sehr schlau, nachdem ihr schon keine Waffen mitgenommen hattet.«

»Wir waren viel zu leichtfertig und haben das alles unterschätzt«, gab Bertram zu.

»Dürfen wir die Zauberstöcke wirklich mitnehmen?«, mischte sich Flynn ein. Er spürte, dass Bertram nicht wohl war in seiner Haut. Er hätte eigentlich nicht danach gefragt, aber zur Ablenkung war ihm auf die Schnelle nichts Besseres eingefallen. Er hielt den Atem an. Was, wenn der Krake ihnen die Stäbe wieder wegnahm? Sie wären dann völlig schutzlos.

»Natürlich«, erlöste ihn der Krake freundlich aus seinen Bedenken. »Sie wurden ja extra für euch gebracht.«

»Gebracht? Für uns?«

Flynn hatte gedacht, die Stöcke wären einfach im Zimmer vergessen worden. Bevor er den Mund aufmachen konnte, um zu fragen, wer ihnen das Geschenk gemacht hatte und all die anderen Dinge, die ihm noch auf der Seele lagen, würgte ihn der Krake schon ab.

»Geht jetzt!«, sagte er. »Ich könnte euch ohnehin nicht alles erzählen, was ihr wissen müsst, deshalb ist es Zeitverschwendung. Nutzt den Tag, um bis zu den ersten Felsvorsprüngen zu gelangen. Dort könnt ihr den besten Schutz finden, um die Nacht zu überstehen. Für den Rest der Reise wünsche ich euch viel Glück!«

Lautlos zog sich der Krake hinter seinen Tresen zurück.

Es war also Zeit aufzubrechen. Sie packten die wenige Ausrüstung zusammen. Flynn legte das Bündel mit dem Farnis behutsam zuunterst in den Rucksack und schulterte ihn.

Den Zauberstock umklammernd, zwängte er sich durch den Eingangsspalt ins Freie. Ein kühler Wind schlug ihm entgegen. Der türkisfarbene Himmel war von dunklen Schatten durchzogen, welche der Tag bislang nicht ganz wegzuwischen vermochte. Er spürte, dass sich ihre Wanderung verändert hatte. Es ging nicht mehr darum vorwärtszukommen. Eine unsichtbare Bedrohung lag über ihnen, die gestern bereits einmal aus ihrem Versteck gekrochen war. Konrad trat neben ihn. Sein Gesicht war nicht fröhlich. Es war auch nicht traurig. Er spürte das Unheil, welches auf sie wartete.

Obwohl der Pfad nicht sehr steil war, fühlten sich ihre Beine bald schwer an. Sie waren einfach nicht gewohnt, bergauf zu gehen. Zusätzlich machte die Trübsal ihre Körper kraftlos. Als sie eine Zeit gelaufen waren, begann die Landschaft links neben ihnen schroff abzufallen. Anfangs war es wie eine flache Senke gewesen, inzwischen wurde es immer mehr zu einer Schlucht. Der Pfad verwandelte sich zu einem Gebirgssteig. Die Pflanzen rechts des Weges wurden zunehmend kümmerlicher. Auf der anderen Seite wuchsen sie den Abgrund hinunter bis weit in die Tiefe. Bald war die kleine Wandergruppe so hoch gestiegen, dass keine der Blüten mehr die Sicht versperrte. Weder nach rechts über die Ebene noch nach links, wo sie jetzt ungehindert das endlose Tal überblicken konnten. Soweit das Auge reichte, sahen sie Blumenfelder, welche in Millionen von Farben und Formen leuchteten. Allerdings nur da, wo der Himmel nicht von einem grauen Schleier verdeckt war. Etwas machte Flynn Sorgen: Die Felsformationen des Gebirges waren noch immer weit entfernt. Sie kamen viel langsamer vorwärts als gedacht.

»Lasst uns eine Pause einlegen«, rief Bertram von hinten.

Missmutig hielt Flynn an. »Ich halte das für keine gute Idee. Wir sollten zusehen, dass wir weiterkommen«, murrte er, obwohl er selbst die Erschöpfung spürte. Aber es war jetzt nicht mehr der Spaziergang wie bisher und dann musste man eben mal auf die Zähne beißen.

»Darüber wollte ich mit euch reden«, sagte Bertram, als er bei den Jungen angekommen war. »Ich fürchte, wir werden nicht weit genug kommen, um einen Unterschlupf zu erreichen, bevor die Nacht hereinbricht«, sagte er. »Vielleicht ist es besser, wenn wir uns in sicherer Entfernung vor dem Gebirge schlafen legen. Was meint ihr?«

Konrad nickte, während Flynn überhaupt nicht einverstanden war. »Ich denke, wir sollten uns zusammenreißen und tun, was der Krake geraten hat. Es ist noch eine ganze Weile hell. Wir werden es schon schaffen.«

»Und falls nicht? Wenn wir unsere ganzen Kräfte aufbrauchen und das Gebirge doch nicht erreichen, sind wir im Schlaf ein leichtes Opfer.« Er sah Flynn fest an. »Wenn wir Ruhe bewahren und vor allem unsere Kräfte, können wir nachts Wache halten und uns notfalls verteidigen. Solange wir die Ebene um uns haben, können wir Angreifer doch viel früher entdecken.«

Flynn schnaufte einmal durch und sprang über seinen Schatten. Er wollte lieber weitergehen, aber was Bertram sagte, war nicht von der Hand zu weisen. »Na gut, aber ein Stück gehen wir noch weiter. Dann verbringen wir die Nacht, wie du vorgeschlagen hast.«

Konrad war erleichtert und Bertram legte seine Hand freundschaftlich auf Flynns Schulter. »Eine gute Entscheidung«, sagte er.

Flynn mochte dieses Getue überhaupt nicht. Wortlos wandte er sich ab.

Als der ohnehin bereits dunkle Himmel zu dämmern begann, musste auch Flynn einsehen, dass es hoffnungslos war. Es gab keine Pflanzen, die Schutz boten und so rollten sie ein paar größere Findlinge zusammen, zwischen denen sie sich auf die nackte Erde kauerten. Ihre Stöcke hielten sie fest umklammert. Sie saßen mit den Rücken aneinander gelehnt. So konnten sie ihre Körperwärme gegenseitig ausnützen und ihren Blick über die Ebene schweifen lassen. Sie lauschten in die Nacht und warteten auf einen erholsamen Schlaf, der sie nicht überkommen wollte. Zu unheimlich waren all die Laute, die an ihre Ohren drangen.

Ein Ruck durchfuhr Flynn und schlagartig war er wach geworden. Benommen blickte er um sich und lauschte. Es war aber alles still. Erleichtert setzte er sich auf. Konrads Kopf war auf dessen Brust gesunken und er schien tief und fest zu schlafen. Bertram bewegte sich ebenfalls.

»Warst du die ganze Zeit wach?«, fragte Flynn.

»Bin gerade zu mir gekommen.«

Sie weckten Konrad, und Flynn verteilte Farnis aus seinem Rucksack. Für jeden eine Fingerspitze als Ration. Obwohl es inzwischen Tag war, wollte es nicht richtig hell werden. Dunkle Wolken zogen vom Rand des Gebirges zu ihnen herüber und brachten Kälte mit sich.

»Gehen wir weiter.« Flynn verschloss seinen Rucksack und schulterte ihn. »Noch eine Nacht ohne Schutz sollten wir nicht riskieren.«

Er trat aus dem Steinkreis, um seine Weggefährten zum Aufbruch zu drängen.

Tatsächlich schafften sie es, ausgeruht und gestärkt, dem Gebirge schnell ein deutliches Stück näher zu kommen. So nah, dass sich bald schroffe Felsformationen vor ihnen aufbäumten. Gleichzeitig begann ein eisiger Wind um ihre Köpfe zu wehen. Statt der Ebene türmte sich langsam eine Felswand zu ihrer Rechten auf. Ohne anzuhalten, liefen sie weiter, bis sie geraume Zeit später den Einstieg in das felsige Massiv erreicht hatten. Die Schlucht war so tief, dass einem schwindelig wurde, wenn man hinabblickte, und auf der anderen Seite ragte jetzt der Fels in die Höhe. Der Pfad war nur noch Stein und Geröll. Konzentriert setzten sie jeden Tritt, um nicht abzurutschen. Unter den dicken Sohlen ihrer Wanderstiefel knirschte der Kies. Schwarze Wolken hingen über ihnen, wie drohende Vorboten dessen, was sie erwartete. Der Anstieg war gemächlich und machte den Anschein, dass sie den Berg nie überwinden könnten. Seit sie das Omanahaus verlassen hatten, fühlte es sich an, als würden sie auf der Stelle gehen. Der Gipfel vor ihnen ragte tausende von Metern in die Höhe und wirkte unpassierbar. Zu allem Überfluss begann es zu schneien. Zunächst nur wenige Flocken, aber bald wurden sie immer dichter und schließlich konnte man kaum mehr die Hand vor Augen ausmachen. Ehe die drei sich versahen, war der Pfad mit einer dicken Schneeschicht überzogen.

Konrad liebte Schnee. Wenn es auf den Winter zuging und die Nächte immer kälter wurden, sah er täglich in den Wetterbericht, um den ersten Schneefall nicht zu verpassen. Er stand dann ganz zeitig auf und klingelte Flynn mindestens eine halbe Stunde früher aus dem Bett als notwendig, nur um über die verschneiten Gehwege zur Schule gehen zu können, bevor sie geräumt wurden. Konrad mochte vor allem das Geräusch, welches die Schuhe in frischem Schnee machten.

Daran dachte Konrad in diesem Moment nicht. Er hatte Angst und ihm war kalt. Bertram stapfte voraus und trampelte Tritte im Firn fest, sodass seine beiden Begleiter einigermaßen sicher hinter ihm herlaufen konnten. Ihre Wanderung war beschwerlich geworden und sie waren müde. Immer wieder verharrten sie einen kurzen Augenblick um durchzuschnaufen, gingen dann aber weiter, aus Furcht, der Schnee könnte sie einschließen. Der eisige Wind schnitt Flynn in die Wangen und die Tröpfchen, die aus seiner Nase rannen, froren auf der Oberlippe fest. Seine Füße in den Bergstiefeln spürte er kaum noch. Er musste sich konzentrieren, um nicht auszurutschen und in die Tiefe zu stürzen. Obwohl sie alle erschöpft waren, blieb ihnen keine andere

Wahl als weiterzugehen und zu hoffen, einen Felsvorsprung zu finden, der für die Nacht wenigstens ein bisschen Schutz vor der Kälte bot.

Die Wolken sanken immer tiefer auf sie herab. Nur schemenhaft konnte Flynn Bertram erkennen, der vor ihm herlief.

Mit einem Mal drangen Geräusche durch den Schneefall.

Flynn erschrak. Er erkannte, dass es sich um das gleiche Geheul handelte, welches er beim Angriff im Omanahaus gehört hatte. Instinktiv klammerte sich seine Hand fest um den Wanderstock. Bertram hatte es ebenfalls gehört und blieb stehen. Der Weg war gerade so breit, dass Flynn neben ihn treten konnte. Er spürte Bertrams Hand auf seiner Brust, die ihn zurückhielt, den Weg fortzusetzen.

»Bleib hier!«, raunte Bertram.

Starr versuchte Flynn durch das Schneetreiben etwas zu erkennen. Sein Herz schlug vor Anspannung. Der Wind pfiff und verzehrte alle Geräusche um sie herum, aber sie hatten sich nicht getäuscht. Auf dem Weg vor ihnen lauerte eine Gefahr. Adrenalin schoss durch Flynns Körper.

Und da sah er es.

Aus dem Nebel lösten sich dunkle Umrisse. Rote Jacken und rote Kapuzen wurden sichtbar. Dahinter eine weitere Gestalt, eine noch größere, welche die anderen vor sich herdrängte, als würde sie diese anstacheln.

»Was ist das«, flüsterte Konrad von hinten, der die Bewegungen ebenfalls wahrnahm.

»Unser wahrgewordener Alptraum«, raunte Flynn zurück. »Halte deinen Wanderstock gut fest und bleib in Deckung. Er wird dich führen. Hab Mut!«

Schon tauchte ein Blitz den Pfad in ein blaues Licht. Bertram hatte zugestoßen und dem ersten Angreifer seinen Stock in die Brust gerammt. Brüllend taumelte der zurück, aber auch Bertram strauchelte. Er rempelte Flynn, der mit seinem Bein wegrutschte. Zu nah am Abgrund, fand er keinen Halt mehr und stürzte. In letzter Sekunde klemmte er seinen Wanderstock zwischen einen Felsvorsprung. Ein zweiter Blitz. Bertram verschaffte Flynn den nötigen Freiraum, um sich zurück auf den Weg zu hangeln. Zum Glück hatte der Gesteinsbrocken nicht nachgegeben. Die Kreaturen drängten immer weiter auf sie zu. Bertram stieß ein drittes Mal zu. Flynn war wieder bei ihm. Er wollte helfen. Von seinem Stab spürte er ein wenig Wärme, die in seine Hand strömte. Ansonsten rührte er sich jedoch nicht. Was war los, erkannte sein Stock die Gefahr nicht? Unbeholfen fuchtelte er vor seinen Gegnern herum. Nichts geschah. Er fühlte sich schwach und hilflos.

»Jetzt mach schon«, schrie er verzweifelt, um seinen Zauberstock aufzuwecken.

Nichts!

Konnte es sein, dass er seine Magie verloren hatte?

Das Kapuzenwesen trat aus dem Schneegestöber, direkt vor ihn. Es bewegte sich, als würde es von der Kälte nichts wahrnehmen. Seine langen Krallen hob es weit über den Kopf und holte zu einem Schlag aus. Endlich schnellte Flynns Stock nach oben. Sofort drückte er ihn wie eine Harpune gegen seinen Angreifer. Ein blauer Blitz bohrte sich in dessen Rumpf. Durch die Kraft des Stoßes wurde die Gestalt angehoben. Das Holz begann so stark zu vibrieren, dass Flynn Angst hatte, es könne zerbrechen. Auch Bertram neben ihm kämpfte immer weiter. Der Weg war aber zu schmal für ihren Kampf. Flynn musste Bertram auszuweichen, dass er ihn nicht wieder den Abhang hinunterstieß. Er stolperte. Ruckartig löste sich sein Stab aus dem Körper seines Gegners. Flynn fiel rücklings auf den Weg. Reflexartig nahm er den Stock schützend vor sich, als er sah, wie sich der Schatten über ihn hinwegbewegte. Ohne dass er es verhindern konnte, schoss der auf Konrad zu. Flynn konnte gerade noch erkennen, dass auch dessen Wanderstab zum Leben erwachte.

»Du musst zustoßen«, schrie Flynn aus Leibeskräften.

Es war zu schnell gegangen. Zu seinem Entsetzen musste

er mit ansehen, wie sich der Stab aus Konrads Hand losriss und zu Boden fiel. Er hatte ihn nicht fest genug gehalten. Ehe sich Flynn aufrappeln konnte, holte die Schattengestalt aus und hieb, unter einem durchdringenden Aufschrei Konrads, seine Krallen in dessen Oberkörper.

»NEIN«, brüllte Flynn.

In Sekundenschnelle war er bei der Gestalt. Mit voller Wucht hämmerte er seinen Stab gegen das Wesen, das noch immer über Konrad gebeugt war. Blaue Blitze rissen den Körper von Konrad weg. Ein stechender Schmerz bohrte sich in Flynns Seite. Er war selbst getroffen worden. Mit letzter Kraft schnellte er herum, um sich zu verteidigen.

Bertram versuchte zu helfen, indem er mit seinem Stab unentwegt Blitze auf immer neue Angreifer sandte. *Er wird das nicht lange durchhalten*, dachte Flynn, dem bereits schwarz vor Augen wurde. Trotzdem probierte er sich aufzurichten. Es ging nicht. Kraftlos sank er zu Boden. Er konnte kaum sehen, was sich um ihn herum ereignete. Nur der Umriss von Konrads Körper zeichnete sich vom Schnee ab, der bewegungslos auf dem Pfad lag.

Flynn wollte nach ihm rufen, brachte aber nur krächzende Laute hervor. Er konnte nicht unterdrücken, dass ihm Tränen über die Wangen liefen. Er wollte zu ihm, aber er war zu schwach. Immer mehr Gestalten bedrängten Bertram.

Es war zu Ende.

Allein hatte der keine Chance und er selbst war geschlagen. Von Anfang an war er das. Nie in seinem Leben zuvor hatte Flynn sich in einem solch ernsthaften Kampf verteidigen müssen. Er schloss die Augen und wünschte sich, dass er nie schlecht über Bertram gedacht hätte. Jetzt war er selbst der Feigling und wartete ergeben darauf, dass ihn eine der Krallen durchbohren würde, so wie sie Konrad durchbohrt hatte. Ohne seinen Freund hatte es keinen Sinn zu überleben. Er würde nie wieder in seine Welt zurückkehren können. Um so schneller es vorbei war, umso besser.

Wärme erfüllte sein Herz. Angenehme, wohlige Wärme. Seine Lider färbten sich rosa. Die Dunkelheit musste einem hellen Licht gewichen sein. Er wollte dem Tod mit offenen Augen entgegenblicken und blinzelte. Der Pfad war in einen grellen Schein getaucht. Plötzlich war alles zu sehen. Konrad, der mit geschlossenen Augen im Schnee lag. Eine rote Lache hatte sich unter ihm gebildet. In seiner Jacke war ein langer Riss. Man sah eine klaffende Wunde, aus der Blut floss. Neben ihm lag Bertram. Flynn konnte keine Verletzung erkennen, aber er regte sich nicht. Die Kapuzengestalten waren verschwunden, stattdessen kniete ein anderes Wesen bei ihm. Es war von einem hellen Licht umgeben und trug einen silbernen Umhang. Es hatte Menschengestalt.

»Bleib ganz ruhig«, flüsterte es, ohne dass es die Lippen bewegte. Sanft wurde er emporgehoben. Wie eine Lichterkette schlängelten sich Lichtpunkte den Bergpfad nach oben. Es sah wunderschön aus. Das Leuchten kam von einer Unzahl an Wesen. Jedes einzelne von ihnen war von einem wundersamen Schein umgeben, dessen Ursprung nicht zu erklären war. Nicht alle hatten Menschengestalt, aber jedes von ihnen trug einen silbernen Umhang.

»Meine Freunde!« Flynn streckte mit letzter Kraft den Arm in Konrads und Bertrams Richtung. Sie waren ebenfalls von diesen seltsamen Leuchtwesen umringt. »Ich gehe nicht ohne sie«, versuchte er sich aufzubäumen.

»Sie werden mit uns kommen. Bleib ganz ruhig«, erklang eine Stimme, die so beruhigend war, dass er erschöpft zurücksank und sich wegtragen ließ.

Flynn schlug die Augen auf. Er wusste nicht, wie lange er ohnmächtig gewesen war. Der verhaltene Rhythmus seiner Träger wog ihn sanft auf einer Bahre. Sie hatten keine Mühe, damit über den schmalen Pfad bis tief in das Gebirge zu wandern. Auf was hatte man ihn nur gebettet? Er spürte weder eine Unterlage noch eine Berührung an seinem Körper. Nie war er so samtweich auf etwas gelegen. Im Takt der Bewegung fiel Flynn erneut in einen ruhigen Schlaf.

Kaum zu sagen, wie oft er aufgewacht und wieder eingeschlafen war. Als er diesmal um sich spähte, wurde er über ein flaches Gelände getragen. Das Gebirge ragte links und rechts steil auf und säumte den Kessel, soweit man den Horizont erblicken konnte. Es war Tag geworden und alles lag hell beschienen vor ihm. Der türkisfarbene Himmel spiegelte sich in einer schimmernden Schneedecke. Eine endlose Prozession silbrig glänzender Wesen verlor sich in der Ferne. Weit weg, von der gegenüberliegenden Seite der Ebene, schritt eine ähnliche Schlange auf sie zu. Flynn blinzelte. Dort, wo sich die beiden Karawanen begegneten, schienen sie im Nichts zu verschwinden. Er musste sich täuschen, schließlich konnten sich die Gestalten ja nicht in Luft auflösen. Die Stelle war weit weg. Sicher spielte ihm sein Verstand einen Streich. Womöglich träumte er das alles. Als sie näherkamen, wurde es immer deutlicher. Die beiden Prozessionen verschwanden tatsächlich im Nichts.

Gerade als Flynn von der Bahre springen wollte – er hatte nämlich nicht vor, sich einfach aufzulösen oder in ein Loch geworfen zu werden – bemerkte er eine hohe silberne Mauer, die sich von der Ebene ablöste. Ihre Oberfläche war so makellos, dass sie alles um sich herum widerspiegelte und damit verschmolz. Die andere Karawane war also das Spiegelbild ihrer eigenen. So schön die Mauer auch gearbeitet war, Flynn begriff ihren Sinn nicht. Man konnte links und rechts ungehindert daran vorbeigehen. Wer baute eine Wand, mitten auf einem Schneefeld, wenn man nichts damit schützen wollte?

Mit einem Mal verstand er. Die Mauer gehörte zu einem Gebäude. Es waren die Außenwände eines ganz und gar silbernen Bauwerks, das nur zu entdecken war, wenn man sehr genau hinsah oder wusste, wo es sich befand. Flynn war zu erschöpft, die Augen offen zu halten. Erst als sie näherkamen und das imposante Gebilde so hoch vor ihm aufragte, dass er es nicht mehr ansehen konnte, ohne restlos geblendet zu werden, wurde er wieder aufmerksam. Die Mauern reflektierten das Licht der Gestalten zusammen mit dem leuchtenden Schnee, so dass er seine Augen zu Schlitzen verengen musste, um etwas zu erkennen.

Das Gebäude umgab ein Wassergraben. Er war so breit, dass ihn nur wenige Menschen hätten durchschwimmen können. Die Wesen aber gingen einfach darüber hinweg. Es musste Zauberei sein, anders konnte sich Flynn nicht erklären, wie so etwas möglich war.

Eine Zeitlang genoss Flynn das gleichmäßige auf und ab seiner Trage. Schließlich schlief er erneut ein. Der Weg über den Graben dauerte so lange, dass sie die ganze Nacht und den kompletten nächsten Tag marschieren mussten. Es begann bereits wieder zu dämmern, als sie die Mauer erreicht hatten. Durch ein Tor, das nicht größer war als eine gewöhnliche Zimmertür und in dem gewaltigen Gebäude deshalb winzig klein aussah, gelangten sie ins Innere des palastartigen Bauwerks. Zuerst durchschritten sie einen langen Tunnel. Zumindest kam es Flynn so vor. In Wirklichkeit war es einfach nur die Mauer, die so dick war, dass sie keine Macht der Welt hätte zum Einstürzen bringen können. Sie war aus purem Silber und brachte diese Zuflucht zu unschätzbarem Wert.

Flynn würde aber noch lernen, dass es nicht der Preis des Silbers war, der diesen Ort unbezahlbar machte. Geld bedeutete in Memorien nämlich gar nichts.

Nachdem sie die Mauer durchschritten hatten, waren sie angekommen. Die Lichter der Wesen erloschen, sogleich sie ins Innere des Gebäudes traten. Ein eindrucksvoller Saal tat sich vor Flynn auf. Über ihm erhob sich eine mit feinen silbernen Ornamenten verzierte Decke. Die Wände waren in Rauten geschliffen. Das Silber glänzte wie Diamanten und warf das Licht der ringsum brennenden Kerzen strahlend zurück. Unzählige Flammen spiegelten sich überall wider. Der Anblick war dermaßen bezaubernd, dass Flynn der Mund offen stehen blieb.

»Was ist mit Konrad?« Im nächsten Moment erinnerte er sich an seinen Freund, der blutüberströmt neben ihm gelegen hatte. In ihm keimte Hoffnung, dass diese Wesen ihn vielleicht retten konnten, und da sah er ihn. Mit geschlossenen Augen wurde er an ihm vorbeigetragen. Sein Körper schwebte über einer silbernen Bahre. Das Blut war verschwunden, er sah jedoch blass und leblos aus.

»Lebt er?«

»Die nächsten Stunden werden entscheiden«, sagte eines der Wesen. Niemand hatte sich zu ihm gedreht. Flynn konnte nicht ausmachen, wer gesprochen hatte. »Du bist selbst verletzt und musst dich ausruhen!«

Erst jetzt erinnerte sich Flynn, dass er auch von einem der Angreifer verletzt worden war. Er griff an die Stelle, spürte aber keinen Schmerz. Ein dicker silberner Verband lag über der Wunde. Es ging ihm gut, befand Flynn.

»Ich will zu Konrad«, sagte er mit fester Stimme. »Konrad braucht mich!«

Er wollte von der Liege aufstehen. Eine angenehme Wärme durchströmte ihn. Sein Körper begann zu kribbeln. Erst an den Zehen, dann schlich es über die Beine hinauf bis in seine Brust. Ein wohliges Gefühl legte sich um sein Herz und dessen Schläge wurden langsamer. Er sank zurück. Widerstandslos ließ er sich wegtragen. Das Kribbeln hatte seinen Kopf erreicht. Er dachte nicht mehr an Konrad, die dunklen Gestalten oder an Memorien.

Er fiel in einen tiefen Schlaf – einen tiefen Schlaf der Heilung.

Flynn war zurück. Er stand vor seiner Haustür. Mit zittrigen Händen legte er seinen Zeigefinger auf den Scanner neben dem Eingang. Es summte. Sein Herz klopfte, als er den Fuß ins Haus setzte.

»Mutti, Vati?«, rief er in den kahlen, fast schon sterilen Flur.

Niemand antwortete.

Neben der Kommode standen zwei Koffer zur Abreise bereit. Oder war jemand zurückgekommen?

Mutti, dachte Flynn. Das Klingeln unterbrach seinen Reflex, ins Haus zu rennen und nach ihr zu sehen. Er wollte den Hörer der Sprechanlage nehmen. Sein Vater kam ihm zuvor, eilte aus dem Wohnzimmer und drückte den Türöffner. Flynn würdigte er dabei keines Blickes, tat als wäre er gar nicht da.

Vor der Tür tauchte ein Mann in Lederjacke und Jeans auf. »Ihr Taxi«, sagte er überflüssigerweise, weil das elfenbeinfarbene Fahrzeug, mit dem gelben Schild auf dem Dach gut zu erkennen, hinter ihm am Straßenrand parkte.

»Laden sie schon mal ein«, sagte Flynns Vater und deutete auf die Koffer. »Christine, das Taxi ist da!«, rief er die Treppe nach oben.

»Ich werde nicht fahren«, drang die leise, weinerliche Stimme von Flynns Mutter nach unten. »Du hast kein Recht, mich hinauszuwerfen. Wir sind immer noch verheiratet.« Sie hörte sich entschlossen, aber schwach an.

»Wir haben das lang und breit besprochen. Du kannst hierbleiben, wenn du dich in einer Klinik behandeln lässt«, schrie Vater zurück. Er hastete die Treppe hinauf.

Zurückhaltend schob sich Flynn durch den Türspalt zu den beiden ins Schlafzimmer. Auf dem Bett saß seine Mutter. Sie hatte geweint – und getrunken. Vater zerrte an ihrem Arm, um ihr aufzuhelfen.

»Hast du dir die Erinnerung daran weggesoffen?« Vaters Augen funkelten zornig. »Jetzt, wo du es auch noch geschafft hast, unseren Sohn aus dem Haus zu treiben, wirst du dir helfen lassen oder nie wieder zurückkehren. Es ist deine Entscheidung.«

»Aber ich bin hier!«, mischte sich Flynn in das Gespräch.

Erneut klingelte es an der Haustür.

»Bin ich denn hier im Irrenhaus?«, schimpfte Flynns Vater. »Komm jetzt!«

Er bugsierte seine Ehefrau – die er einmal sehr geliebt hatte – an Flynn vorbei aus dem Zimmer hinaus. Er tat wieder, als hätte er seinen Sohn nicht bemerkt. Seine Mutter hatte es vermutlich wirklich nicht. Vielleicht glaubte sie in ihrem Zustand sogar, er wäre nur Einbildung.

»Ich bin nicht wegen Mutti weggegangen.« Zornig hatte Flynn seine Stimme erhoben und lief den beiden hinterher, die Treppe nach unten, zurück zur Haustür. »Mutti ist an überhaupt nichts schuld. Nur du!«

Noch nie hatte Flynn so mit seinem Vater gesprochen. Der schien aber gar nicht zuzuhören. An zwei Polizeibeamten vorbei, brachte er seine Frau aus dem Haus und setzte sie ins Taxi. Flynn sah durch die offene Haustüre, wie er dem Fahrer Geld in die Hand drückte, einige Worte mit ihm wechselte und dann die Autotür zuschlug. Schon war es aus seinem Blickfeld verschwunden. Wo auch immer Vater sie hingeschickt hatte, er fand nicht einmal die Mühe, sie dorthin zu begleiten. Flynn war unfähig, sich zu bewegen. Er stand einfach da und musste es geschehen lassen. Dicke Tränen liefen über seine Wange. Warum hatte er nicht helfen können? Was war überhaupt passiert? Wie war er zurückgekommen und wo war Konrad?

»Sie kommen wegen meines Sohnes?« Vater sprach mit den beiden Polizisten, die nickten.

Er führte sie hinein und schloss die Haustür. Ohne auch nur einen Moment innezuhalten oder dem Anflug einer Geste, dass ihm leidtat, was soeben passiert war, oder es ihm vor den Polizisten unangenehm war, ging er an Flynn vorbei. Noch immer nahm er keine Notiz von ihm. Ihm Wohnzimmer setzte er sich auf seinen Stammplatz. Flynn wurde bewusst, dass er ihn noch nie woanders hatte sitzen sehen in diesem Raum. Die Polizisten sahen sich unsicher an. Keine Geste des Dankes, dass sie da waren oder sich setzen sollten.

»Wie lange ist ihr Sohn jetzt verschwunden?«, unterbrachen sie die peinliche Situation.

»Seit gestern Mittag«, sagte Vater. Er überlegte. »Oder vielleicht auch seit gestern Abend. Meine Frau weiß das leider nicht mehr so genau.«

Die Polizisten machten stirnrunzelnd ein paar Notizen. »Wissen sie, wo er sich aufhalten könnte?«

Vater schüttelte den Kopf. »Der Junge, mit dem er sich meistens herumtreibt, Konrad Funke, ist auch verschwunden. Sie wissen bestimmt davon.«

Die Beamten nickten. »Seine Mutter fürchtet, dass den Jungen etwas zugestoßen sein könnte.«

»Unsinn!« Vater hob genervt die Augenbrauen. »Sicher sind sie nur abgehauen, weil Flynn es nicht länger bei seiner Mutter ausgehalten hat. Ich werde dafür sorgen, dass er in ein Internat kommt, wenn sie ihn gefunden haben. Ich selbst kann mich leider nicht kümmern«, sagte er kalt.

Die Polizisten sahen sich betreten an. »Bitte händigen sie uns ein möglichst aktuelles Bild von ihrem Sohn aus.«

Der Beamte hatte ›Sohn‹ so eindringlich betont, als wolle er ihn an diesen Umstand erinnern. Vater zeigte keine Reaktion darauf. Er nahm einen Bilderrahmen von der Kommode, auf dem Flynn höchsten neun Jahre alt war. Mutter hatte es dort hingestellt. Die Polizisten versprachen, alles menschenmögliche zu tun und verabschiedeten sich.

Stille senkte sich über das Haus. Vater schenkte sich ein Glas Wein ein, holte die Tageszeitung aus seinem Büro und setzte sich zurück, unter die Stehlampe. Es war bereits dunkel geworden.

»Warum ignorierst du mich?«, sagte Flynn mit erstickter Stimme. Ein dicker Kloß hatte sich in seinem Hals festgesetzt. Als sein Vater wieder nicht antwortete, versuchte er es anders. »Sie ist meine Mutter. Warum schickst du sie weg?«

Auch darauf keine Reaktion. Sein Vater blätterte die Zeitung um und schien ihn einfach ignorieren zu wollen.

»SIEH MICH AN!«, schrie Flynn, so laut er nur konnte.

Diesmal sah Pa auf, zog die Stirn in Falten und für einen kurzen Atemzug kreuzten sich ihre Blicke. Sein Vater stutzte. Er schloss die Augen, schüttelte den Kopf und widmete sich wieder seiner Zeitung.

»Warum?«, flüsterte Flynn und sank zu Boden. Er war einfach zu schwach.

Ihm wurde schwarz vor Augen.

Manjara

Musik drang in sein Unterbewusstsein. Sie klang so lieblich, dass er verzaubert lauschte. Seine schmerzlichen Gedanken, von der Melodie weggetragen, lösten sich in einer Woge unendlicher Freiheit. Seine Kraft und Zuversicht, die er im Schnee auf dem Gebirgspfad gelassen hatte, kehrte in seinen Körper zurück.

Als er erwachte, waren viele Tage vergangen. Er lag in einem Raum ohne Fenster. Die Decke war hoch, die Wände kahl. Ein milchig weißes Licht strahlte um ihn, dessen Quelle er nicht ausmachen konnte. Es schien, als würde es aus ihm selbst herausstrahlen. Sein Bett war eine einfache Pritsche, die er nicht berührte. Wie auf einem warmen Luftstrom schwebte er über ihr. Ein dünnes Laken bedeckte seinen nackten Körper. Nach und nach kehrte die Erinnerung zurück. Der Aufbruch, ihre Suche, der Überfall – Konrads Verwundung. Mit einem Mal war Flynn hellwach. Wie ging es Konrad? Er setzte sich auf. Das Laken rutschte von seinem Oberkörper. Eine wohlige Wärme umgab ihn. Leichtfüßig sprang er aus dem Bett, nahm den silbrigen Umhang, der an einem Haken hing und schlich aus dem Zimmer. Er musste keine Tür öffnen. Ein dicker Türbogen trennte sein Krankenzimmer vom Korridor. Er war so in die Wand gebaut, dass man vom Zimmer unmöglich auf den Flur blicken konnte und umgekehrt auch nicht.

Weit und breit war niemand zu entdecken. Flynn wählte einfach eine Richtung und tappte bis zum nächsten Durchlass.

»Darf ich hereinkommen?«, kündigte er sein Erscheinen an, um nicht die Privatsphäre eines anderen zu stören. Als keine Antwort kam, linste er vorsichtig hinein. Konrad! Sein Herz hüpfte. Er erinnerte sich, wie Konrad das letzte Mal ausgesehen hatte. Seine Augen waren geschlossen und er war totenbleich gewesen. Seine Augen waren immer noch geschlossen, aber seine Wangen waren rosig und Flynn sah sofort, dass es ihm besser ging. Aufgeregt schlich er an das Bett. Er sah, wie sich Konrads Brustkorb hob und senkte. Er lebte. Flynn wollte ihn augenblicklich umarmen, traute es sich aber nicht. Womöglich hatte er noch Verletzungen, die nicht berührt werden durften.

»Umarme ihn ruhig. Du kannst ihm nicht weh tun«, hörte Flynn eine Stimme hinter sich und fuhr herum.

Ein Mann war eingetreten. Seine Haut glänzte hell und wirkte mit dem silbernen Umhang beinahe durchsichtig. Er war genau wie Flynn barfuß. Zusammen mit seiner Glatze wirkte er wie eine Art Einsiedler. Seine Hände hatte er vor dem Bauch verschränkt und lächelte.

»Wird er gesund?« Flynn deutete auf Konrad.

Der Mann nickte.

»Wo sind wir hier?«

»Das hier ist Manjara. Es ist ein Zufluchtsort im Omanagebirge.« Die Stimme klang sanft und freundlich.

»Hat Memorien euch zu unserem Schutz geschickt?«

Der Mann schüttelte den Kopf. »Manjara kann weder erscheinen noch verschwinden. Es war bereits lange da, bevor die ersten Menschen nach Memorien kamen, um nach ihren Erinnerungen zu suchen. Aber es stimmt, es ist zu eurem Schutz hier, genau wie zum Schutz aller, die nach Memorien kommen.«

»Wer sind diese ganzen Wesen mit ihren silbernen Mänteln?«

»Wir sind die Bewohner von Manjara. Manche nennen uns auch die Heiler, aber so weit würde ich nicht gehen.« Er sah Flynn ruhig an. Er bemerkte, dass ihm die Antwort noch nicht genug war. »Wir sind wie alle Wesen in Memorien aus Träumen zurückgeblieben. Manchmal träumen Menschen von jemandem oder etwas, das sie einmal sehr geliebt haben und das weggegangen oder verstorben ist – nicht immer nur ein Mensch – und manchmal verschwimmen die Gestalten in ihren Träumen. Jeder hier in Manjara ist aus so einem Traum. Deshalb leuchten wir, sobald wir diesen Ort verlassen. Der Traum von etwas, dass man sehr geliebt hat, ist so stark, dass er sich nicht einfach auflösen kann. Er haftet als Aura für immer an uns.«

Flynn staunte über das, was der Mann ihm erzählte. Er versuchte, seine Gedanken zu ordnen, und dachte über die vielen Wesen nach, die er in Memorien bereits kennengelernt hatte. Von allen waren diese hier, in Manjara, die faszinierendsten. Er erinnerte sich an die furchtbaren Gestalten, gegen die sie gekämpft hatten. »Was waren das für Typen, die uns angegriffen haben?«

Der Einsiedler schmunzelte. Flynn war sich nicht sicher, ob Einsiedler der richtige Begriff für die Bewohner von Manjara war. Aber der Gedanke gefiel ihm und schließlich hatte der Mann selbst gesagt, dass sie keine Heiler sein wollten.

»Die Typen sind Traumflieher und Spitzriesen«, sagte der Einsiedler. »Sie machen Jagd auf Menschen, weil sie in Wirklichkeit Angst vor ihnen haben – genauer gesagt vor den Alpträumen der Menschen. Durch eure Träume entstehen Geschöpfe, die es nicht geben dürfte. Sie sind von Zeit zu Zeit so schauderhaft, dass sie sich hier in Memorien gegenseitig Angst einjagen. Deshalb verstecken sie sich hinter Kapuzen und unter ihren Umhängen. Sie machen Jagd auf Menschen, nur um zu verhindern, dass noch mehr Alpträume nach Memorien kommen.«

Flynn verstand nicht ganz, was er da hörte. Wollte ihm der Einsiedler gerade erklären, dass man Mitleid mit diesen Bestien haben sollte? Der Mann lächelte.

»Ich habe nur auf deine Frage geantwortet. Du musst selbst entscheiden, was du mit der Information anfängst. Aber es ist faszinierend, was dabei herauskommt, wenn man sich mit seinem Gegenüber beschäftigt. Oberflächlichkeiten führen oftmals zu falschen Urteilen.«

Konnte der Einsiedler Gedanken lesen? Flynn erinnerte

sich daran, dass er es schon beobachtet hatte, als sie auf dem Bergpfad gerettet worden waren. Die Wesen bewegten ihre Lippen nicht.

»Wie unterhalten wir uns?«, sprach er ihn direkt darauf an.

»Zu reden ist die unvollkommenste Art miteinander in Kontakt zu treten. Wir kommunizieren in einer Art, die ihr Menschen verlernt habt zu nutzen. Worte sind sehr verfänglich, zuweilen sogar verletzlich. Viele Missverständnisse entstehen durch sie. Manchmal meint man das Richtige, sagte aber das Falsche. Wir in Manjara konzentrieren uns auf alles, was unser Gegenüber ausmacht. Seiner Mimik, den Gesten und natürlich seinem Geist ist ehrlicher zu entnehmen, was er mitteilen möchte als jedem Wort, das aus seinem Mund käme. So ist es auch umgekehrt. Du denkst, mich reden zu hören und wunderst dich, warum sich meine Lippen nicht bewegen, aber es ist anders. Mein Geist und dein Geist haben sich so fest miteinander verschmolzen, dass es gar keiner Sprache bedarf, um sich gegenseitig zu verstehen.«

»Bewegen sich meine Lippen etwa auch nicht, wenn wir reden? Warum kann ich das?«, wollte Flynn wissen.

»Das liegt an Manjara. Die Mauern geben die nötige Ruhe und Zeit, sich aufeinander einzulassen. Außerhalb dieses Ortes wird es um ein Vielfaches schwieriger sein, sich so tief besinnen zu können, dass es klappt.«

Flynn spürte tatsächlich, dass er sich wesentlich ruhiger fühlte als sonst. Manchmal schwirrten eine Menge Gedanken in seinem Kopf herum, sodass er sie kaum ordnen konnte. Es gelang ihm dann nur schwer, sich auf eine Sache zu konzentrieren. Hier war es ganz anders. Während er mit dem Einsiedler sprach, hatte er zum Beispiel keinen Gedanken an Konrad gehabt, oder Bertram, oder wie es mit Memorien weiterging. Es war immer nur die gegenwärtige Frage, die ihn beschäftigte und dann wieder die gegenwärtige. Es war angenehm still in seinem Inneren, und so konnte er auch die Antworten vernehmen, die ...

»Wie heißt du eigentlich?«

»Mein Name ist Kiteshri«, stellte sich Kiteshri vor.

»Bist du der Boss hier?«, wollte Flynn wissen.

»So etwas kennen wir nicht in Manjara. Wir empfinden uns als eine Einheit. Es gibt niemanden, der wichtiger ist als alle.« Er sah Flynn eindringlich an. Dann gab er seiner Versuchung nach. »Ein bisschen bin ich der Boss«, lächelte Kiteshri.

»Wie meinst du das, keiner ist wichtiger als alle?«, bohrte Flynn nach.

»Es ist schwer zu verstehen, wenn man aus der Menschenwelt kommt«, sagte er. »Aber versuche, es dir so vorzustellen: Wenn du dir ein Bein brichst, dann ist eigentlich nur eine kleine Stelle an deinem Körper nicht in Ordnung. Dennoch wirst du nicht sagen, das ist nur ein Stück eines Knochens. Es geht mich nichts an. Du wirst den Schmerz bemerken und alles an dir ist in Mitleidenschaft gezogen. Obwohl es dir unangenehm ist und dir nicht gefällt, wirst du das Bein nicht einfach abschneiden, da du weißt, dass es wichtig für dich ist. Du nimmst die Schmerzen in Kauf und pflegst dein Bein, bis es wieder ganz gesund ist. So ist es auch mit einer Gemeinschaft. Jeder bringt seinen Teil für das Ganze. Ein Einzelner kann nie wichtig sein und kann nie ohne den anderen. Manchmal macht jemand etwas, dass dir nicht gefällt, aber trotzdem ist er ein Stück von allem. Er ist da, ob du willst oder nicht und du bist da, ob jemand anderer will oder nicht. Es ist viel einfacher, einander Achtung zu schenken und die Stärken eines jeden gemeinsam zu nutzen. Es macht keinen Sinn, etwas zu bekämpfen, das Teil von einem selbst ist. Es macht auch keinen Sinn, sein eigenes Ich wichtiger zu nehmen als die Gemeinschaft. Wenn man immer nur sich selbst sieht, ist man auch immer auf sich allein gestellt. Allein kann man nie stärker sein als eine Gemeinschaft. Du hättest kein Bein, das dich tragen kann oder keinen Arm, der dich beschützt. Was wäre dein Ich, ohne all die wunderbaren Gedanken, die sich darin aufhalten. Was würde dich beschützen, wenn die schlimmen Gedanken in dir dich nicht das Fürchten lehren würden. Du brauchst alles, um sein zu können, und innerhalb allem ist dein eigenes Ich so klein, dass es nicht mehr so wichtig ist. Menschen sollten sich mehr als Gemeinschaft und nicht als Individuum verstehen, findest du nicht?«

Flynn hatte keine Ahnung. Es verwirrte ihn, was Kiteshri gesagt hatte. »Die Kreaturen sind doch aber trotzdem böse.«

»Weil etwas da war, das sie böse gemacht hat.« Kiteshri begann zu lächeln. »Es ist dennoch besser, deren Beine abzuschlagen, bevor sie dir deins abschlagen.« Er zwinkerte ihm zu. »Ruhe dich aus und denke darüber nach. Es lohnt sich.«

»Das mache ich, versprochen! Kann ich noch etwas bei Konrad bleiben?«

»So lange du möchtest.« Kiteshri machte eine kleine Verbeugung und verschwand.

Konrad sah sensibel und verletzlich aus, wie er da lag. Ganz plötzlich überkam Flynn ein großer Kummer. Vor seinem inneren Auge tauchte das Blumenfeld auf. Die Erinnerungen, welche er gesehen hatte. Konrad, der ihn groß ansah und versprach, ihm die Erde zu Füßen zu legen. Sie waren immer beste Freunde gewesen, und er, Flynn, hatte ihn verraten. Auch wenn er es nur in Gedanken getan hatte, schämte er sich dafür. Er schämte sich so sehr, dass er zu weinen begann. Niemals wieder würde er Konrad dafür verurteilen, weil er etwas nicht zustande brachte. Denn das Wichtigste, was ein Freund zustande bringen musste, war da zu sein und das konnte Konrad von allen Menschen, die er kannte, am besten.

Jeden darauffolgenden Tag saß Flynn an Konrads Bett. Stunde um Stunde harrte er bei seinem Freund aus. Er wollte auf keinen Fall verpassen, wenn Konrad die Augen aufschlug. So war Flynns Lächeln das Erste, was dieser nach sehr langer Zeit zu sehen bekam.

Konrad war noch verwirrter als Flynn. Im Gegensatz zu ihm hatte er ja rein gar nichts mitbekommen, nicht einmal, dass sie gerettet worden waren. Deshalb erzählte Flynn alles haarklein und Konrad staunte nicht schlecht über diesen außergewöhnlichen Ort. Flynn hatte nämlich auch von Kiteshri erzählt, noch bevor Konrad ihn selbst kennengelernt hatte.

Aber auch Flynn wusste längst noch nicht alles über Manjara. Zum Beispiel ahnte er nichts von all den wundersamen Räumen, die es hier gab. Allerdings war Flynn mächtig neugierig und jedes Mal, wenn Konrad schlief – weil er weiterhin sehr schwach war – begann Flynn in Manjara umherzustreifen. Die verschiedenen Räume zu beschreiben würde keinen Sinn ergeben. Sie waren nämlich alle gleich. Genaugenommen waren die Schlafräume alle gleich und sämtliche anderen Räume waren alle gleich. In diesen anderen Räumen gab es Kerzenhalter an den Wänden, deren Flammen sich tausendfach in den rautenförmig geschliffenen Glasfronten widerspiegelten. Die Decken waren hoch und kunstvoll verziert. Was die Räume wirklich voneinander unterschied, war ihr Innerstes, und damit war nicht deren Einrichtung gemeint. Jeder Raum war erfüllt von einer Aura, die nur dem einen Zweck diente, für den der Raum gedacht war.

Flynn durchquerte die prächtige Halle. Sofort legte sich Willkommensfreude über ihn. Gleichzeitig spürte er die Trauer des Abschieds, dann wieder das Glücksgefühl eines Festes. Verwirrt ging er weiter und wandte sich dem ersten

Türbogen zu, der vor ihm auftauchte. In dem Zimmer saßen neun Einsiedler in einem Kreis, jeder auf einem, mit schönen Stickereien versehenen, Kissen und jeder der Einsiedler hatte eine andere Gestalt. Zwei von ihnen sahen aus wie menschliche Wesen, die anderen sahen zum Teil Tieren ähnlich, andere waren eine Mischung aus Mensch und Tier und wieder andere waren weder dem einen noch dem anderen zuzuordnen. Sie alle waren stumm wie Fische und selbst in ihren Gedanken konnte Flynn keine Regung bemerken. Er spürte selbst, wie sich eine Glocke des Schweigens über ihn senkte.

»Du warst im Raum der Stille. Man besucht ihn, um seinen Geist zu befreien«, erklärte im Kiteshri später, und dass er ruhig erneut vorbeigehen solle, um es am eigenen Leib auszuprobieren.

Also kehrte Flynn am nächsten Tag zurück in den Raum. Er setzte sich zu den Einsiedlern in die Runde und hielt Stille. Es war sehr faszinierend. Noch nie hatte Flynn etwas Vergleichbares erlebt. Es war so still im Raum, dass sich Flynn nicht traute zu atmen. Die Stille übte einen unsichtbaren Druck auf seinen Körper aus. So begriff Flynn, dass es in seinem ganzen Leben bisher nicht ein einziges Mal richtig still gewesen war. Das zu erleben fühlte sich einzigartig an. Mit der Zeit konnte er tatsächlich spüren, wie sich sein Kopf befreite, und für einen kurzen Augenblick dachte er wirklich an gar nichts. Auch an vielen weiteren Tagen besuchte Flynn den Raum. Er wurde nicht der allerbeste im still sein und hielt es meist nicht so lange aus, aber er war irgendwann ganz gut darin, seinen Kopf zu leeren. Immerhin.

In einem anderen Raum traf Flynn auf Einsiedler, die nachdachten. Sie waren auch still, aber sie wollten mit der Stille das Gegenteil von den anderen Einsiedlern. Sie wollten ihren Kopf nicht frei machen, sie wollten ihre Gedanken darin ordnen. Die Einsiedler hatten ihm erklärt, dass es wichtig war, etwas zu Ende zu denken und genauso fühlte sich der Raum an. Er war voller Gedanken und Eindrücke, die sich in wundersamer Weise nur dem offenbarten, der es zuließ. Man musste die Gedanken nicht unbedingt in seinen Geist lassen, man spürte nur, dass sie da waren.

»Nur wenn etwas zu Ende gedacht ist, kann dein Verstand davon loslassen. Die meisten Menschen denken über etwas nach und sind der Meinung, dass man sofort zu einem Ergebnis kommen müsse und wenn das nicht der Fall ist, wendet man sich etwas anderem zu. Sie verkennen dabei, dass es immer in ihrem Kopf bleiben wird. Vielleicht unterbewusst, aber es bleibt da. Manchmal dauert es sehr lange, bis man eine Erkenntnis gewonnen hat und die Geduld müsse man eben haben«, hatte ein Einsiedler einmal zu ihm gesagt. »Es müsse natürlich nicht unbedingt an einem Stück sein«, hatte er beruhigenderweise hinzugefügt.

Flynn hatte ihm entgegnet, dass nicht jeder so viel Zeit zum Nachdenken hätte, worauf ihn der Einsiedler seltsam ansah. Er wollte von Flynn wissen, wie er das meinte, schließlich gäbe es Zeit doch im Überfluss und keiner müsse eine Gegenleistung für Zeit erbringen.

»Aber man kann doch immer nur eine Aufgabe auf einmal erledigen und es stehen ja eine Menge Sachen an, die zu tun sind. Da muss man sich doch genau überlegen, mit was man seine Zeit verplempert«, hatte Flynn gesagt.

Das sah der Einsiedler ein. »Muss man nicht trotzdem erst ein Ding zu Ende führen, bevor man etwas Neues beginnt?«

Danach hatten sowohl der Einsiedler als auch Flynn etwas, über das sie nachdenken konnten. Der Einsiedler etwas länger als Flynn, weil der bald durch andere Ereignisse abgelenkt wurde.

Heute hatte Flynn, nach dem Besuch bei Konrad, die Bibliothek entdeckt. Er trat durch einen tiefen Torbogen und stellte fest, dass doch nicht alle Räume gleich waren. Er fand sich auf einer Galerie wieder. Ringsum an den Wänden standen Bücher, so weit das Auge blicken konnte. Flynn hatte noch nie in seinem Leben eine so große Halle gesehen. Von der Galerie gab es Treppen, über die man weit hinab auf den Boden der Bibliothek steigen konnte. Jedes Buch konnte man in den Regalen, von jeder dreizehnten Stufe aus, über einen schmalen Steg erreichen. Jedes Buch hatte außerdem einen eigenen Einband bekommen, der aus silbernem Garn gewebt war. Der jeweilige Titel stand auf einem Silberplättchen, das darunter am Regal befestigt war. So hatte jedes Buch seinen festen Platz und würde nie verrückt werden. Die Bücher verließen die Bibliothek nie. Man las darin, an einem der Tischchen auf den Galerien, oder setzte sich in eines der Sofas. In einer Nische entdeckte Flynn sogar ein Bett. Es war für diejenigen, die eben gerne im Bett lasen. Nach jeder Benutzung kam einer der Einsiedler und wechselte das Laken. In der Bibliothek in Manjara war es besonders wichtig, sehr still zu sein. Frau Bergmann, aus der Bibliothek in Hausen, wo Flynn wohnte, hätte ihre helle Freude gehabt. Sie hatte ihn und Konrad einmal hinausgeworfen, nur weil sie sich über ein Buch mit Sternenbilder unterhalten hatten. Viel zu laut, wie sie befand. Der Grund, warum es in Manjara noch wichtiger war, still zu sein, war der, dass viele der Einsiedler über ihrer Lektüre plötzlich in eine tiefe Überlegung fielen. Sie zu stören wäre sehr unangebracht gewesen. Denn einmal aus den Gedanken gerissen, mussten sie von vorn beginnen und manchmal war es viele Tage her, seit sie begonnen hatten. Andererseits hatte der Begriff Zeit keine Bedeutung und deshalb gab es – wenn doch einmal eine Störung passierte – darüber keinen Ärger.

Flynn wurde auf eine wallende rote Haarmähne, die über einen der Tische gebeugt war, aufmerksam. Das Mädchen trug einen silbernen Umhang, wie jeder hier, war aber eindeutig kein Einsiedler. Woran Flynn das erkannte? Das wusste er selbst nicht genau. Es war trotzdem eindeutig. Aufgeregt sauste er die Treppen hinunter und ging zu ihr. Sie musste ein Menschenbesucher Memoriens sein.

»Hey, ich bin Flynn«, stellte er sich vor.

Jetzt war es gut, dass er gelernt hatte, in Manjara nicht sprechen zu müssen, wenn man sich mit jemandem unterhalten wollte. So wurde durch seine Kontaktaufnahme niemand gestört. Das Mädchen blickte von ihrem Buch auf. Ihre wunderschönen roten Lippen lächelten nicht. Stattdessen sah Flynn in leuchtend grüne Augen. Flynn bekam Gänsehaut. Es kam nicht oft vor, dass er in ähnlich grüne Augen blickte, wie er sie selbst hatte. Kurz meinte er ein leichtes Zucken wahrgenommen zu haben. Wenn auch das Mädchen die Gemeinsamkeit bemerkt hatte, ließ sie sich nichts weiter anmerken.

»Fritza«, sagte sie ernst.

Flynn kicherte laut los. Obwohl er sah, dass es dem Mädchen nicht gut ging, hatte er diesen Namen noch nie bei einem Mädchen gehört und fand ihn witzig. Sie wandte sich wieder ihrer Lektüre zu.

»Sorry«, sagte Flynn schnell. Natürlich war er unhöflich gewesen, aber es war ihm eben so herausgerutscht. »Ich hab dich nicht ausgelacht. Bist du allein hier?«

Wieder unterbrach das Mädchen ihre Lektüre und nickte. Flynn hatte seine Frage einfach nur so, ohne besondere Absicht, gestellt. Aber mit der Antwort wusste er sofort, warum das Mädchen traurig war. Wenn sie ein Mensch war, konnte sie nicht allein gekommen sein und das wiederum bedeutete, dass etwas Schlimmes geschehen war.

»Die Traumflieher?«

Wieder nickte das Mädchen. »Sie haben uns auf dem Pfad erwischt. Es ging so schnell, ich konnte Marie nicht helfen, dabei ging sie doch direkt hinter mir. Ich weiß nicht, warum sie Marie angegriffen haben und nicht mich.«

»Das tut mir leid«, sagte Flynn einfach. Er wusste nicht, wie er sie hätte trösten können. Er dachte an Konrad und sah ihn vor sich, wie er auf dem Pfad in seinem Blut lag. Zum Glück war es bei ihnen gut ausgegangen. Er unternahm keinen Versuch, Fritza aufzumuntern. Wenn Konrad umgekommen wäre, könnte man ihn nämlich auch nicht trösten.

»Und jetzt ist nicht nur Marie verloren, sondern auch ich«, weinte sie.

Flynn setzte sich einfach zu ihr und leistete ihr Gesellschaft. Obwohl sie weinte, sah sie wunderschön aus, fand Flynn. Ihre blasse Haut mit einigen Sommersprossen, gaben dem Mädchen etwas Zerbrechliches. Etwas, das man beschützen musste, weil es so kostbar war. Die roten Haare hingegen ließen sie stark und unverwundbar wirken. Fritza las weiter in ihrem Buch oder tat zumindest so. Flynn spürte, dass sich ihre Gedanken schneller bewegten, als man ein Buch lesen konnte. Er beobachtete sie, ohne darauf zu achten, wie lange er so bei ihr saß.

»Warum seid ihr denn nach Memorien gekommen?«, unterbrach er die Stille nach einer Weile.

»Meine Eltern haben sich scheiden lassen«, sagte Fritza. »Ich wollte, dass sie sich an die schönen Zeiten erinnern.«

»Fast wie bei mir«, seufzte Flynn und erzählte seine Geschichte. »Wenn du magst, dann komm doch einfach mit uns«, bot er ihr spontan an. Er tat es nicht, weil sie ihm leidtat. Er mochte Fritza und vor allem vertraute er ihr. Das hatte Flynn noch nie erlebt. Normal dauerte es sehr lange, bis er einem Menschen richtig vertrauen konnte. »Mein Freund Konrad ist sicher bald wieder auf den Beinen, dann brechen wir auf zu den Höhlen von Ike und da ist auch noch Bertram, der uns begleitet. Er hat ebenfalls seinen Freund verloren.«

Das Mädchen sah ihn mit großen Augen an. Ein Leuchten huschte über ihr Gesicht.

»Überleg's dir«, sagte Flynn und stand auf.

Es war immer besser, Menschen allein zu lassen, wenn sie nachzudenken hatten. Er war außerdem sicher, dass er Fritza in Kürze wiedersehen würde.

Viele Tage vergingen. Allmählich war Konrad kräftig genug, dass er Flynn auf seinen Streifzügen begleiten konnte. Dabei trafen sie immer wieder auf Fritza. Anfangs mehr zufällig, doch bald schon verabredeten sie sich beinahe täglich mit ihr. Es dauerte nicht sehr lange, bis die beiden Jungen sie ganz ins Herz geschlossen hatten. Sie schafften es, dass man Fritza auch immer häufiger lächeln sah. Bertram hingegen hatte sich ziemlich rar gemacht. Nur ab und an sahen sie ihn. Meist saß er dann, in Gedanken versunken, in einer Ecke oder war im Gespräch mit einem der Einsiedler vertieft.

Längst hatten Flynn und Konrad ein gemeinsames Zimmer. Als sie heute nach dem Mittagessen zurückkamen, um sich auszuruhen, fanden sie eine Nachricht vor.

›Ich erwarte euch im Raum der Energien. Kiteshri‹

»Da steht nicht wann«, wunderte sich Konrad, der den Zettel in Händen hielt.

»Ich schätze, dann meint er jetzt gleich. Er wollte noch nie was von uns. Komm, wir sehen nach, ob er da ist.«

Flynn rannte voraus den Gang entlang, Konrad hetzte hinterher. Es war ein langer Weg. Der Raum der Energien lag unterhalb der Bibliothek in einem Seitenflur.

»Er hätte uns den Zettel wirklich an den Teller legen können«, maulte Konrad.

Der Speisesaal lag nämlich auf halbem Weg. Sie waren gerade wieder daran vorbeigekommen. Natürlich musste man die Bibliothek nicht betreten, um in den Seitenflur zu gelangen. Man konnte einfach über einen breiten Weg, der mit einem gemächlichen Gefälle in die Tiefe führte, außen herum gehen. So gelangten sie direkt in den Seitengang, an dessen Ende ein Türbogen in den Raum der Energien führte. Flynn und Konrad stürmten hinein. Kiteshri saß in der Mitte des Zimmers auf einem kunstvoll verzierten Sitzkissen. An den Wänden hingen Teppiche, gewebt aus feinsten Garnen. Der Boden war nicht aus Silber. Er war aus Holz und trug verschiedene Zeichen und Linien. Allmählich wurde es doch noch eine stattliche Anzahl an Räumen, die sich nicht ähnelten. Dieser hier erinnerte Flynn beinahe an die Turnhalle zu Hause. Kiteshri hatte die Beine übereinandergeschlagen und einen Stock quer auf seinen Schoss gelegt. Fritza saß bereits vor ihm in derselben Haltung. Ihre Unterlage war eine einfache Gummimatte. Links und rechts von ihr lagen zwei weitere, darauf zwei weitere Stöcke. Sie sahen den Wanderstöcken zum Verwechseln ähnlich, welche Flynn und Konrad aus dem Omanahaus mitgenommen hatten. Neugierig, was das hier werden sollte, setzten sie sich. Als Letzter betrat Bertram den Raum.

»Vielen Dank, dass ihr gekommen seid«, suchte Kiteshri Blickkontakt mit seinen Schützlingen. Bislang hatte er abwesend gewirkt und starr in die Luft gesehen. »Eure Körper haben sich erholt und es ist an der Zeit, mit dem Training zu beginnen.«

Flynn sah an Fritza vorbei in das verdutzte Gesicht von Konrad. Der Nachmittag versprach spannend zu werden.

»Ihr müsst lernen, wie man sich auf dem schwierigen Weg durch das Omanagebirge schützen kann«, sagte er mit angenehmer Stimme. »Die Stöcke, die man euch geschenkt hat, sind magische Waffen. Wir nennen sie Magikandi. Ihre Zauberkraft habt ihr bereits kennengelernt. Sie können ihre volle Wirkung aber nur entfalten, wenn ihr sie zu beherrschen lernt. Bislang sind sie nur dann zum Leben erwacht, wenn die Gefahr unmittelbar bevorstand.«

Flynn erinnerte sich leidlich an die letzten Erlebnisse mit

dem Zauberstock und nickte, genau wie Konrad.

»Das ist auch Sinn der Sache. Der Magikandi soll niemandem Leid zufügen, weil der Besitzer ihn nicht benutzen kann, gleichwohl aber in letzter Not zur Hilfe eilen. Für denjenigen jedoch, der ihn zu führen vermag, ist er von unschätzbarem Wert.«

Kiteshri machte eine Pause, bevor er weitersprach. »Während der Zeit hier in Manjara konntet ihr euren Geist befreien und habt gelernt zu beobachten. So könnt ihr den Magikandi am besten führen. Fixiert eure Gegner, habt ihre Bewegungen stets im Blick und durchschaut, was sie als Nächstes tun. Der Magikandi wird ihre Gedanken erkennen. Lasst euch von ihm führen und er wird sich von euren Gegnern führen lassen.«

Flynn brummte jedes Mal der Schädel, wenn Kiteshri so sprach. »Hört sich kompliziert an«, sagte er.

»Keineswegs«, widersprach Kiteshri, ohne ihm böse zu sein, dass er dazwischengeredet hatte. So war er sich wenigstens sicher, dass seine Schützlinge zuhörten. »Wenn ihr eins werdet mit eurem Magikandi, geht alles andere von selbst.«

Flynn nickte.

»Er hat auch noch eine zweite Funktion«, fuhr Kiteshri fort.

»Ist ja wie ne Bedienungsanleitung für nen Staubsauger«, flüsterte Konrad Fritza ins Ohr, die neben ihm saß. Beide mussten kichern.

»Er kann Schmerzen zufügen«, schmunzelte Kiteshri. Sein Gesichtsausdruck passte so gar nicht zu dem, was er gesagt hatte, aber der freche Einwand von Konrad, hatte ihn ebenfalls amüsiert.

»Aber Vorsicht!« Jetzt wurde er sehr ernst. »Bislang hat er nur dann Böses getan, wenn wirklich schändliche Kreaturen in der Nähe waren. Nach eurem Training werdet ihr ihm befehlen können, was immer ihr wollt. Ihr tragt also eine große Verantwortung, denn die Verletzungen des Magikandi sind ausnahmslos tödlich.«

Nachdem er erneut eine lange Pause gemacht hatte, erhob er sich. »Steht auf!«, sagte er zu seinen Schülern. »Wir beginnen mit der ersten Übung, den Magikandi zu lenken.«

Kiteshri zeigte ihnen, mit welchen Gedanken sie ihren Stab am besten leiten konnten.

»Autsch«, war ein Aufschrei von Konrad zu hören. Er hatte sich den Magikandi versehentlich gegen das Schienbein gedonnert.

Es gab Emotionen, die der Magikandi besser verstand als andere. Auch bei den Bewegungen war es so. Am einfachsten konnte der Magikandi folgen, wenn die Hände einen fließenden Ablauf schafften. So gelang es am Ende fast automatisch, den Geisteswillen mit dem Stab zu verbinden und ihn ohne Mühe dergleichen tun zu lassen. Ungleich schwieriger war es, die Schmerzensblitze zu kontrollieren. Es erforderte ein hohes Maß an Mut, Konzentration und auch Kraft, den Magikandi blau leuchten zu lassen. Kiteshri sorgte dafür, dass die Funken niemanden verletzten. Nur einmal verbrannte sich Konrad ein wenig an einem besonders starken Blitz, den Flynn hervorgebracht hatte. Die Verletzung war nicht der Rede wert, aber zeigte allen deutlich, wie gefährlich und mächtig ihr Verteidigungswerkzeug war.

»Ich denke, es wird Zeit, dass ihr schlafen geht«, sagte Kiteshri nach dem Vorfall. »Wir alle sind müde.«

Enttäuscht stellte Flynn seinen Stab in die Ecke. »Aber wir können nicht annähernd genug, um dort draußen zu bestehen.«

»Geduld ist auch eine sehr wichtige Fähigkeit«, lächelte Kiteshri. »Kommt morgen nach dem Mittagessen wieder her. Ihr werdet sehen, dass ein ausgeruhter Geist besser trainiert als ein begieriger Geist.«

Als sie Kiteshri aus dem Raum geschoben hatte und sie bereits auf dem Weg in ihre Schlafräume waren, fiel Flynn etwas ein. Kiteshri hatte gesagt, dass die Verletzungen des Magikandi immer tödlich seien. Bei Konrad war es aber gar nicht schlimm gewesen. Morgen würde er ihn dazu noch mal fragen müssen.

Sie trainierten viele weitere Wochen mit dem Magikandi. Immer stärker verschmolzen sie mit ihrem mächtigen Verteidigungswerkzeug. Heute allerdings saß Kiteshri, ganz ohne Stab, in der Mitte des Raumes der Energien. Flynn hatte schon seit einigen Tagen etwas gespürt. Es war Zeit geworden aufzubrechen. Er ahnte deshalb, was Kiteshri ihnen sagen wollte.

»Morgen wird ein großes Fest zu euren Ehren stattfinden«, lenkte Kiteshri seinen Blick auf die vier Anwesenden. Er machte eine Pause und atmete tief durch, als müsse er selbst bald aufbrechen. »Zugleich ist es ein Abschiedsfest.«

Traurig blickte Konrad zu Flynn. Natürlich hatte auch er gewusst, dass sie nicht ewig hierbleiben würden, dennoch wollte er ungern zurück in diese schauderhafte Welt vor den Toren Manjaras.

Flynn, der mit dem Aufbruch gleich morgen auch nicht gerechnet hatte, beugte sich zu ihm. »Wir beeilen uns einfach die Erinnerungen meines Vaters zu finden, dann sind wir ganz schnell wieder zu Hause«, machte er ihm und sich Mut. »Werden wir dann übermorgen aufbrechen?«, wandte er sich an Kiteshri.

Der nickte. »Für eure Suche möchte ich euch noch etwas mit auf den Weg geben«, sprach er weiter. »Ihr wisst ja bereits, dass das Omanagebirge selbst aus einer Unzahl an Erinnerungen entstanden ist. Es ist der Ort in Memorien, der am meisten stetig weiterwächst.«

»Ich verstehe das nicht«, sagte Flynn. »Wie kann das Gebirge denn immer größer werden? Menschen sterben doch und mit ihnen auch deren Erinnerungen.«

Kiteshri neigte den Kopf. »Ja und nein.« Er lächelte sein

überaus weises Lächeln, was Flynn bei jedem anderen blöd gefunden hätte. Kiteshri aber nahm er ab, dass er wusste, von was er sprach und der bewies es ihm. »Natürlich können Erinnerungen vergehen und solche werden auch in Memorien für immer ausgelöscht, aber es ist nicht so einfach, wie man sich das vielleicht vorstellt. Hat dir dein Opa je von seiner Kindheit erzählt?«

Flynn nickte.

»Er hat also eine seiner Erinnerungen mit dir geteilt!«, fuhr Kiteshri fort. »Sie wurde auch zu deiner Erinnerung, verstehst du?«

Flynn nickte. »Wenn ich sie einmal meinen Kindern erzählen würde, wären sie sogar die ihren.«

»Du hast es verstanden«, freute sich Kiteshri. »Und da haben wir noch nicht von solchen Erinnerungen gesprochen, die über Generationen hinweg weitergetragen, vielleicht sogar aufgeschrieben wurden. Wie viele Zeitzeugen von Kriegen in eurer Welt haben zum Beispiel ihre Erlebnisse aufgeschrieben und mit Millionen von Menschen geteilt. Es wird ja sogar an euren Schulen unterrichtet. All diese Erinnerungen landen in Memorien. Immer und immer wieder.«

Flynn überlegte. »Meinst du, die Menschen sollten aufhören, so etwas zu tun?«

Kiteshris Reaktion kam schnell. »Bloß nicht«, sagte er. »Was ich gesagt habe, war nur die Antwort auf deine Frage. Es gibt ohnehin genügend Erinnerungen, die vergessen werden. Sei es, weil sie die Menschen verdrängen möchten oder sie schlicht und einfach nicht im Herzen behalten. Andere werden krank und können sich nicht erinnern. Wenn das passiert, werden die Erinnerungen zerstört. So sind die Höhlen von Ike entstanden. Das Omanagebirge existiert, weil mehr Erinnerungen neu entstehen, als jene die vergessen werden. Es darf sich auf keinen Fall ändern. Das Omanagebirge ist doch der geheimnisvollste Ort, den man sich vorstellen kann.« Man konnte seine Begeisterung dafür regelrecht spüren.

»Wenn man es überlebt!«, platzte Konrad heraus.

Kiteshri musste herzlich lachen. »Aber das Omanagebirge kann nichts dafür, dass die Traumflieher und die Spitzriesen ihr Unwesen in ihm treiben.«

Konrad verzog die Mundwinkel. Kiteshri hatte zwar recht, dennoch konnte er dessen Meinung über geheimnisvolle Orte nicht teilen.

»Du musst wissen, dass schöne Erinnerungen auch immer etwas Schönes hervorbringen. Deshalb ist es wichtig, viel mehr schöne Erinnerungen zu sammeln als traurige«, erklärte ihm Kiteshri dazu weiter.

Nun wollte Flynn noch eine Frage stellen. Seine wichtigste:

»Und was ist mit den Erinnerungen, die zwar da sind, aber man vergessen hat, sie schön zu finden?«, sagte er ohne aufzusehen. Niemand sollte mitbekommen, wie schwer ihm der Gedanke fiel.

Kiteshri blickte ihn bewundernd an. »Es ist eine sehr weise Frage für einen Zwölfjährigen, die du da stellst«, sagte er. »Und noch dazu eine Frage, die alle Erinnerungen betrifft und ein wichtiges Rätsel berührt.« Kiteshri machte eine geheimnisvolle Pause. »Um deinem Vater zu helfen ist es nämlich nicht genug, eine Erinnerung zu finden, die ihm die Vergangenheit zeigt. Es ist unumgänglich, dass er diese Erinnerung auch spüren muss. Sie muss ihm durch Mark und Bein gehen, dasselbe Kribbeln verursachen, das er gespürt hat, als die Erinnerung entstanden ist. Sie muss sein Herz hüpfen lassen, so wie damals, als kleiner Junge.«

Flynn wunderte sich, woher Kiteshri wusste, nach was er suchte. Andererseits hatte er in seiner Zeit in Manjara genügend darüber gelernt, wie man sich ohne Sprache austauschen konnte. Er zweifelte nicht an Kiteshris Fähigkeiten, Gedanken zu lesen.

»Ist das überhaupt möglich?«, wollte Flynn viel lieber wissen. »Vielleicht macht es gar keinen Sinn, die Höhlen von Ike aufzusuchen?«

»Das vermag ich nicht mit Gewissheit zu sagen«, antwortete Kiteshri nachdenklich. »Es gibt dort einen Hüter, der euch in dieser Frage besser weiterhelfen kann. Es wird also bestimmt kein Fehler sein. Tut, was euer Herz euch sagt, dann kann eure Mission gelingen«, meinte er geheimnisvoll.

Flynn schwieg, um darüber nachzudenken.

Noch jemand anderes war nachdenklich geworden. Bertram. Er hatte gehofft, eine Erinnerung zu finden, die ihm zeigte, wer er früher war. Die Worte Kiteshris hatten ihm gezeigt, dass er diese Erinnerungen alle in sich trug. Er hatte nur verlernt zu spüren, wie es sich anfühlte, wirklich glücklich zu sein. In diesem Moment beschäftigte ihn die Frage, ob er überhaupt hätte herkommen müssen.

»Eine letzte Sache, für die euer Magikandi gut sein wird«, erhob Kiteshri erneut das Wort. »Er kann eine Erinnerung aus dem Fels befreien. Richtet ihn auf einen Stein, und er wird seine Arbeit tun.«

»Warum schickst du mich auch weg?«, war plötzlich die leise Stimme Fritzas zu hören. Sie hatte die ganze Zeit geschwiegen, aber aufmerksam zugehört. »Ich habe alles verloren und es ist hoffnungslos für mich.«

Kiteshris Lippen umspielte wieder dieses wundersame Lächeln, als hätte er genau gewusst, dass Fritza diese Frage stellen würde.

»Niemand schickt dich fort«, sagte er. »Genau wie auch niemand Konrad, Bertram oder Flynn fortschickt. Es ist eure Bestimmung zu gehen. Allein durch diese Bestimmung ist bereits entschieden, dass es nicht hoffnungslos ist. Es heißt nicht, dass es gelingen wird, aber es gibt Hoffnung. In Memorien geschieht alles nach Regeln, die seit tausenden von Jahren befolgt werden, aber niemand kann die Regeln bis ins letzte Detail durchschauen. Folge deiner Absicht, warum du gekommen bist. Erst dann kannst du wissen, wie es enden wird.«

»Danke, dass ich mit euch gehen kann«, wandte sich Fritza an Flynn, Konrad und Bertram.

»Ruht euch nun aus«, sagte Kiteshri, der wusste, dass alle Fragen gestellt waren. Alle, bis auf eine, aber die würde ihm Flynn alleine stellen wollen.

Als Fritza, Bertram und Konrad den Raum verlassen hatten, blieb Flynn noch einmal stehen und wandte sich zu Kiteshri. Der war in der Mitte des Raumes sitzen geblieben und lächelte wissend.

»Warum habt ihr uns das Kämpfen nicht bereits im Omanahaus beigebracht, anstatt nur die Wanderstöcke zu schicken, dann wäre Konrad nicht so schwer verletzt worden und Marie, Fritzas Freundin, könnte noch leben.« Flynn versuchte so wenig Vorwurf wie möglich in seiner Frage mitschwingen zu lassen.

Kiteshri fühlte sich keineswegs angegriffen. Er verstand, wie das Vorgehen für Flynn aussehen musste. »Memorien hat euch die Stöcke gebracht, nicht wir«, begann er zu erklären. »Die Magie der Magikandi ist die einzige Kraft Memoriens, die über die Grenzen in das Omanagebirge hineinreicht. Umgekehrt können wir nicht aus dem Gebirge hinaus nach Memorien wandern. Du erinnerst dich vielleicht an die Aura, die uns umgibt und warum sie da ist?« Kiteshri sah Flynn an.

Der nickte. »Weil ihr aus Träumen von etwas seid, das die Menschen geliebt haben.«

Kiteshri lächelte. Er freute sich, dass Flynn das behalten hatte. »Außerhalb des Omanagebirges würde die Aura erlöschen und wir selbst mit ihr.«

Flynn zögerte. »Bitte entschuldige, Kiteshri. Wahrscheinlich habe ich kein Recht das zu sagen, aber ihr hättet uns doch entgegenkommen können und uns sicher durch das Gebirge führen.«

»Das sind wir«, sagte Kiteshri milde. »Wir konnten euch jedoch erst ausmachen, nachdem ihr die Grenze überschritten hattet. Ihr wart zu schnell – oder wir zu langsam, wie du es sehen möchtest.«

Flynn nickte. »Es tut mir leid, ich wollte euch keine Vorwürfe machen.«

»Das hast du nicht«, sagte Kiteshri. »Es ist ganz normal, dass du dir solche Fragen stellst. Sei immer mutig genug, sie auszusprechen.«

»Das werde ich«, antworte Flynn. Er hob die Hand zum Abschied. Auf dem Flur begann er zu rennen, um Konrad einzuholen.

Am nächsten Morgen wurden Flynn und Konrad von einem Einsiedler geweckt. Er hatte die Gestalt einer Eule. Sein Gefieder hatte leuchtend rote und orangene Federn, die unter seinem silbernen Umhang hervorstachen, den er sich übergeworfen hatte. Die Augen blitzten in einem herrlichen Grün. Ruhig und elegant schwebte er vor ihren Betten, um sie zum großen Fest abzuholen. Es würde den ganzen Tag dauern und schließlich waren die Jungen, genau wie Fritza und Bertram, die Ehrengäste.

Die Halle, in der das Fest stattfand, war bereits von unzähligen Einsiedlern gefüllt. Obwohl Flynn schon einige wunderliche Sachen in Manjara erlebt hatte, blieb er am Eingang stehen. Es herrschte eine unvorstellbare Stille. So viele verschiedene Wesen bevölkerten den Raum und man sollte meinen, dass es ein ziemliches Geplapper geben müsste, oder zumindest ein wenig Geraschel von Gewändern oder dergleichen – aber man konnte nicht das geringste Geräusch wahrnehmen. Nicht einmal ein verhaltenes Husten oder Räuspern. Es war so still, dass es in den Ohren beinahe wehtat. Nichts zu hören ist nämlich noch ungewöhnlicher als nichts zu sehen.

In der Mitte war eine freie Fläche. Auf einem roten Kissen mit wunderschön gestalteten Ornamenten, die mit silbernem Faden aufgestickt worden waren, saß Kiteshri. Flynn wollte sich mit seinen Freunden zu den anderen Einsiedlern setzen, worauf die Eule aufgeregt vor ihnen auf und ab flatterte. Es war das erste Geräusch, das zu hören war und es war der Eule sichtlich unangenehm. Es war jedoch ihre Aufgabe, die vier Ehrengäste auf die vorbereiteten Plätze zu bugsieren. Links und rechts von Kiteshri waren je zwei weitere Kissen gelegt worden. Bertram und Fritza nahmen auf der einen, Flynn und Konrad auf der anderen Seite Platz. Es erklangen Melodien, die so schön und lieblich anzuhören waren, dass man ganz darin versank. Flynn erinnerte sich, dass er diesen Gesang bereits bei seiner Ankunft gehört hatte. Alle im Raum fielen in eine tiefe Verbindung mit den Reisenden, die ihnen Kraft und Stärke mit auf den Weg geben sollte. Tatsächlich fühlte Flynn eine außergewöhnliche Energie in seinen Körper strömen.

Die Musik erstarb und Kiteshri erhob sich. Er sprach Gebete und Segenswünsche für die Scheidenden, danach war die Zeremonie beendet. Mit ihr die Stille. Einige der Einsiedler verließen den Raum und kamen alsbald mit allerlei Töpfen und Silberplatten zurück. Sie tischten die köstlichsten Speisen auf, welche Flynn und Konrad je gegessen hatten. Dabei gab es natürlich kein Fleisch, denn egal an welche Speise man denken konnte, sie wäre, als Geschöpf oder zumindest als entfernter Verwandter eines der Geschöpfe, unter den Einsiedlern vertreten gewesen. Den Gaumenfreuden tat das keinen Abbruch. Es gab das wohlschmeckendste Obst, welches man sich nur vorstellen konnte. Gemüse, zubereitet mit feinen Gewürzen und süße Leckereien, von denen Flynn und Konrad noch lange träumen würden. Die Stimmung war fröhlich und ausgelassen, dennoch wurde nicht wild durcheinandergeredet oder gelacht. Jeder spürte die Freude in den Herzen aller. Es war nicht notwendig, das auszutauschen oder zur Schau zu stellen. Das Glück war vollkommen, in jedem von ihnen, und so war weder jemand ausgeschlossen noch hervorgehoben. Sie waren alle eins, so wie Kiteshri es Flynn gleich am ersten Tag erzählt hatte.

Da aber auch das schönste Fest einmal zu Ende geht, kehrte Kiteshri am Abend zurück auf sein prunkvolles Kissen und bat die vier Scheidenden ein letztes Mal an seine Seite. Zum Abschied sprach er ihnen Kraft zu und versprach, sie in Gedanken zu begleiten. Als alles still war, erhob sich Bertram von seinem Polster.

»Lieber Kiteshri, liebe Bewohner von Manjara, ich weiß nicht, ob es mir zusteht zu euch zu sprechen, aber ich fühle den tiefen Wunsch, es zu tun«, sagte Bertram.

Nach dieser ganzen Zeit der Stille war es ungewöhnlich, eine Stimme zu hören.

»Ihr habt uns gerettet, gesundgepflegt und in den letzten Wochen auf das vorbereitet, was uns ab morgen vor den Mauern eures Zufluchtsortes erwarten wird.« Er machte eine Pause, ohne dass sich in der Halle etwas regte. Jeder wusste, dass Bertram noch nicht zu Ende gesprochen hatte. »Ich denke jedoch, dass ihr uns etwas geschenkt habt, das einen höheren Wert hat als Gold und Silber. Nämlich, auf die innere Stimme zu hören, nicht nur auf die eigene. Zu hören, was jemand sagt, auch wenn er es nicht ausspricht. Zu erkennen, was in jemandem vorgeht und Hoffnung zu schenken. Dafür möchte ich von ganzem Herzen danken!«

Niemand im Saal reagierte auf seine Ansprache, aber das mussten sie nicht. Bertram spürte eine besondere Wärme, die sich um seinen Bauch legte und von dort aus seinen Körper bis in jede einzelne Pore durchströmte. Das war das Zeichen, dass die Einsiedler mit ihm verbunden waren. Sie wünschten ihm Glück und bedankten sich.

Flynn war erstaunt, dass Bertram so etwas einfiel. Er war aber gleichzeitig genervt davon, dass er sich in den Mittelpunkt drängte. Kiteshris Worte hallten in seinem Kopf wider und Flynn besann sich darauf, dass auch Bertram Teil von allem war. Tief in seinem Inneren keimte jedoch erneut das Misstrauen, welches er von Beginn an gehabt hatte. Flynn war zerrissen. Er wollte Bertram nicht unrecht tun und er wollte versuchen, Kiteshris Ratschläge umzusetzen. Aber es war schwierig.

Er wischte den dummen Gedanken weg und lächelte Bertram zu, aber das war nur die Oberfläche.

Am Morgen wurde Flynn früh wach und verspürte unversehens einen starken Willen, Manjara zu verlassen. Ohne den geringsten Anflug von Müdigkeit sprang er von seinem Nachtlager. Anstelle der silbernen Umhänge hingen T-Shirt, Pullover und Jacke am Haken. All das, was er bei seiner Ankunft getragen hatte. Die Sachen waren aber nicht mehr dreckig und zerrissen, sondern hingen dort wie neu. Auch seine Hose lag parat, auf einem Stuhl neben dem Türbogen, davor die geputzten Bergstiefel.

»Wach auf«, ging er zu Konrad, der ihm träge zublinzelte. »Raus aus den Federn.« Flynn zog ihm die Decke weg.

Schweigsam kleideten sich die beiden Freunde an und griffen nach ihren Magikandi, um beinahe feierlich durch den Türbogen auf den Gang zu schreiten. Verwundert trafen sie Fritza und Bertram, die ebenfalls so früh wach waren. Noch erstaunter waren sie, dass die Halle bereits wieder dicht bevölkert war. Flynn hatte mit einem einsamen Aufbruch gerechnet. Vor dem Durchgang ins Freie wartete jedoch ein Begleittross, der sie über den Wassergraben bringen würde. Allen voran Kiteshri. Seine Aura begann hell zu leuchten, sobald er zwischen die Mauern trat. Dasselbe passierte mit den anderen Einsiedlern. Flynn, Konrad, Fritza und Bertram betraten als letzte den Durchgang. Er war wegen der Einsiedler von Licht erfüllt. Bald hatten sie die andere Seite erreicht. Vor ihnen lag der Wassergraben in seiner unglaublichen Weite. Der Zug der Einsiedler hatte ihn schon betreten. Flynn und seine Weggefährten erfasste eine unsichtbare Kraft, die sie über die Oberfläche trug. So setzten sie in feierlicher Stille darüber hinweg.

Am Abend – das andere Ufer würde noch lange nicht in Sicht kommen – tauchte etwas vor ihnen auf. Zeltspitzen und Pavillons erhoben sich. Die Einsiedler hatten mitten auf dem Wasser ein Nachtlager errichtet. In der Mitte der Zeltstadt brannte ein Lagerfeuer. Flynn und die anderen wurden zu einem Zelt geführt. Eine Mahlzeit stand bereit. Der Weg über das Wasser hatte sie angestrengt und sie fielen alsbald in einen tiefen, erholsamen Schlaf. Der Letzte für eine lange Zeit.

Es dämmerte noch nicht, als die vier bereits wieder geweckt wurden. Die Zeltstadt war verschwunden und die Eskorte hatte sich schon längst in Bewegung gesetzt. Wie zuvor folgten sie dem Zug als Schlusslicht.

Es war fast Mittag, bis das andere Ufer am Horizont erschien. Kiteshri stand dort und erwartete sie.

Nun war es soweit. Der Schutz, den sie bis hierher genossen hatten, würde genau hier enden.

»Könnt ihr uns nicht begleiten«, traute sich Flynn zu fragen, bevor er sich endgültig verabschiedete. Er fühlte sich gut vorbereitet, aber mit Kiteshri und den Einsiedlern an seiner Seite würde er viel beruhigter sein.

Kiteshri schüttelte den Kopf. »Ich bin mir sicher, dass ihr keine Angst haben müsst. Es gibt noch andere Besucher des Omanagebirges, die unsere Hilfe benötigen. Dringender, als ihr sie inzwischen benötigt. Schaut nicht zurück«, riet er. »Geht und findet, was euer Herz so sehnlich sucht.«

Flynn neigte den Kopf. »Danke«, sagte er und wandte sich ab.

Er ging voran. Der Himmel war wolkenverhangen. Flynn wusste, dass es keinen Sinn ergab, sich zurückzusehnen. Der Abschied würde nur noch schwerer. Tapfer lief er also Schritt für Schritt über die Ebene auf die Schneise zu, die den Gebirgspfad kennzeichnete. Dort würden sie ihren Weg fortsetzen.

Es begann zu schneien. Erst unmerklich, dann mit immer größeren Flocken.

Der Überfall

»Ich übernehme die erste Schicht.«

Entschlossen drückte Flynn den Kragen seiner Jacke fest an seinen Hals.

Sie waren bis zum Abend dem schmalen Pfad, steil bergauf, tief in das Gebirge hinein gefolgt. Die Steilhänge drängten sich an den Weg. Erst als es dunkel war, fanden sie eine flache Felsspalte, in die sie hineinkriechen konnten. Es war nicht bequem, aber trocken und windstill. Flynn war auf die Idee gekommen, ihre Magikandi als Wärmequelle zu verwenden. In der Mitte der Nische hatten sie die Stöcke wie ein Dreibein ineinander verkeilt und ihre Spitzen zum Leben erweckt. Sie schimmerten orange und eine wohlige Wärme ging von ihnen aus. So war die klägliche Behausung beinahe noch angenehm geworden. Nur Flynn hielt seinen Magikandi fest umklammert, während er sich an die Öffnung setzte. Es war keine Frage, dass sie Wache halten mussten. Bislang hatte sich kein Traumflieher, Bergriese oder eine andere Kreatur blicken lassen. Es beruhigte die vier Wanderer nicht. Im Gegenteil. Die verdächtigte Ruhe besorgte sie. Also kauerte Flynn im Eingang ihrer kleinen Höhle und lauschte in die Dunkelheit. Es dauerte eine Weile, bis seine Weggefährten in einen unruhigen Schlaf gefallen waren. Die dunklen Wolken hatten sich verzogen und Flynn blickte in den Nachthimmel. Zu Hause saß er oft am Fenster und sah in den Sternenhimmel. Er kannte sogar einige Sternbilder. In Memorien gab es keine Sterne. Dafür wurde der pechschwarze Himmel von einem türkisblauen Schleier durchzogen. Es war, als würde der Tag ein bisschen seiner Existenz der Nacht schenken, und vor allem sah es wunderschön aus.

Flynn lauschte.

Er glaubte, Geräusche gehört zu haben. Ganz fest

konzentrierte er sich, um die Laute des Berges von anderen zu unterscheiden.

Ja, da war es wieder.

Sein Griff festigte sich um seinen Magikandi. Er konzentrierte sich auf die Verbindung zu ihm und spürte, wie Leben in das Holz kam. Es war weder ein Zucken oder Beben, wie er es früher wahrgenommen hatte. Das war schon lange vorbei. Er spürte die Wärme des Stabs und in seinen Gedanken dessen Bereitschaft. Er wusste, dass er bei ihm war und ihm zuhörte.

»Sie sind da«, flüsterte er ihm tonlos zu. »Sie belauern uns, aber sie haben Angst.«

Flynn dachte nach.

Ob sie merken, dass wir stärker geworden sind und deshalb zögern?

Eine Ewigkeit passierte nichts.

Immer wieder hörte Flynn ein leises Wispern. Sollte er in die Offensive gehen? Sehen konnte er allerdings nichts. Es wäre zu riskant anzugreifen, obwohl er die Gefahr nicht einschätzen konnte. Hier in dem Spalt war der beste Ort, um eine Attacke abzuwehren. Er könnte die anderen aufwecken, aber was sollten sie tun? Es war besser, wenn sie sich weiter ausruhten.

Die Wache war anstrengend und Flynn hatte noch nicht eine Minute geschlafen.

Flynn schrak auf. Wieder lauschte er ins Dunkel. Er musste eingenickt sein. Erleichtert stellte er fest, dass die Geräusche verschwunden waren. Vorsichtig rappelte er sich auf. Er war müde und würde Fritza wecken. Sie übernahm die zweite Wache. Ihm war kalt und er freute sich, näher an die wärmenden Magikandi kuscheln zu können. Ein wenig Schlaf würde ihm guttun. Er erzählte Fritza nichts von dem Wispern, das er gehört hatte, um ihr nicht zusätzliche Angst zu machen. Tapfer setzte sich das Mädchen, mit ihrem Magikandi, an den Eingang des Unterschlupfes und sah in die Dunkelheit.

Flynn blinzelte. Es war noch immer Nacht. Am Eingang der Nische saß Konrad. Flynn hatte lange genug geschlafen, dass Fritza ihre Schicht bereits übergeben hatte. Der orangene Schimmer der Magikandi tauchte Konrads Silhouette in ein unheimliches Licht. Ihn und Bertram, der bei ihm saß. Die beiden schienen sich gut zu verstehen. Flynn hatte allerdings den Eindruck, dass Bertrams Freundlichkeit nicht ehrlich war. Dafür lächelte er viel zu oft und es wirkte aufgesetzt.

»Alles ruhig?«

Flynn war aufgestanden und hatte sich zu ihnen gesellt. Er ließ sich nicht anmerken, wie misstrauisch er gegenüber Bertram war.

»Alles ruhig«, bestätigte Konrad.

Flynn legte den Arm auf seine Schulter. »Bei meiner ersten Wache habe ich ein paar Geräusche und Wispern gehört«, erklärte er. »Irgendwo da draußen sind sie!«

»Meinst du?« Konrad sah erst Flynn, dann Bertram verunsichert an.

»Ich denke, sie sind wieder weg, weil sie spüren wie viel stärker wir geworden sind«, beruhigte ihn Flynn.

»Oder das Wispern war der Wind, der über die Felsen strich.« Bertram lächelte. Es war kein freundliches Lächeln.

»Es war nicht der Wind«, protestierte Flynn, der sich nicht bloßstellen lassen wollte. Viel lieber würde er allein mit Konrad hier sitzen. »Du solltest dich vielleicht besser ausruhen. Der Weg wird sicher nicht leichter morgen«, sagte er deshalb und sah Bertram scharf an.

Er hatte sich gerade noch verkneifen können, auf sein Alter anzuspielen. Bertram hielt Flynns Blick stand und lächelte. Flynn rechnete damit, dass Bertram ihn zurechtweisen würde – endlich sein wahres Gesicht zeigte.

Bertram nickte aber, wandte sich ab und schlich zu seinem Schlafplatz.

Flynn wartete eine Weile, saß neben Konrad und sah in die Nacht hinaus.

»Was wollte er denn von dir?«, fragte er Konrad, als er sicher war, dass Bertram schlief.

»Was soll er gewollt haben? Ich weiß, du magst ihn nicht, aber du täuschst dich, er ist ein netter Kerl«, sagte Konrad trotzig.

Flynn spürte, dass es besser war, nicht weiter nachzuhaken. Dennoch, Bertram führte etwas im Schilde, dessen war er sich sicher.

Elf Tage (man muss natürlich die ungewissen Memorien-Zeitspannen berücksichtigen) seit ihrem Aufbruch aus Manjara waren vergangen, als sie den höchsten Gipfel des Omanagebirges erreichten.

Sie wussten es nicht, als sie ihn überschritten.

Erst am Nachmittag desselben Tages, als sich der Nebel verzogen hatte, welcher sie seit einer Woche einhüllte, stellten sie fest, dass sie die Bergkette überwunden hatten. Es machte keinen Unterschied auf dieser trostlosen Wanderung. Auch heute würden sie wieder in einer kalten Felsnische übernachten und darauf warten, angegriffen zu werden. Flynn erinnerte sich daran, wie sehr er sich das Gebirge herbeigesehnt hatte und wie gelangweilt er von den endlosen Blumenfeldern gewesen war. Manchmal waren Dinge in ihrer Vorstellung einfach viel erstrebenswerter als in Wirklichkeit. Jetzt wünschte er sich, dass der Abstieg schneller gelang als der Aufstieg. Außer den äußeren Umständen gab es da noch etwas, das in ihm nagte. Er fühlte sich mehr und mehr von der Gruppe isoliert. Konrad schien viel lieber mit Bertram unterwegs zu sein als mit ihm, und Fritza schätzte Konrads Gesellschaft mehr als die seine. Es drehte ihm die Eingeweide um darüber nachzudenken. Schließlich war er es gewesen, der Fritza überhaupt erst eingeladen hatte, sie zu begleiten, ihn und Konrad, seinen besten Freund. Er hatte es aber nicht nötig, um deren Zuneigung zu betteln. So ging er oft allein voraus und wenn sie Rast machten, beteiligte er sich nicht an den Gesprächen der anderen. Es war wie verhext. Umso weniger er sich in die Gruppe einbrachte, umso mehr sonderten sich die anderen von ihm ab und umso mehr sich die anderen absonderten, umso weniger brachte sich Flynn ein.

»Kannst du mir mal sagen, was eigentlich los ist?«

Es war einer der seltenen Momente, in denen Flynn und Konrad allein waren. Bertram und Fritza waren etwas zurückgeblieben.

»Was meinst du?«, fragte Konrad, konnte sich aber schon denken, um was es ging.

»Stell dich nicht blöd. Du hast seit Tagen kein Wort mehr mit mir geredet«, wurde Flynn deutlich.

»Falsch«, sagte der schnippisch. »*Du* hast seit Tagen kein Wort mit *mir* geredet.«

»Weil du nur noch mit Bertram zusammenhängst. Schnallst du das nicht? Der führt doch was im Schilde, oder warum glaubst du, ist er so nett zu dir?«, wurde Flynn wütend. Er konnte nicht fassen, wie naiv sich Konrad verhielt.

»Wir verstehen uns halt gut«, blaffte Konrad zurück. Er ließ sich von Flynn nicht beeindrucken. »Vielleicht hat er meine Gesellschaft einfach nur gern, schon mal darüber nachgedacht?«

Jetzt schlug es dreizehn. Was sollte das denn bitte bedeuten? »Ja klar, das wird's sein.« Flynn klang viel verächtlicher, als er eigentlich wollte, aber er ärgerte sich. »Bertram ist gern in der Gesellschaft eines kleinen Jungen wie dir!«

Im selben Moment, als der Satz seine Lippen verlassen hatte, wollte er ihn schon wieder zurücknehmen. Aber es ging nicht.

Konrad sah ihn an, wie er ihn noch nie angesehen hatte. In seinem Blick lagen Enttäuschung, Wut und Fassungslosigkeit zugleich. Ohne eine Antwort ließ er Flynn stehen.

»Warte«, ging der ihm sofort nach. »So hab ich das nicht gemeint.«

Es war zu spät. Jetzt sprach Konrad wirklich kein Wort mehr mit ihm.

Flynn trug schwer daran, was passiert war. In derselben Nacht bemühte er sich deshalb, nicht einzuschlafen. Als Konrad Fritza von ihrer Wache ablöste, wartete Flynn geduldig ab, bis alles still war in der Mauernische. Fritza atmete ruhig und tief, Bertram ließ ein verhaltenes Schnarchen verlauten. Vorsichtig schlich sich Flynn zu Konrad. Der rutschte demonstrativ zur Seite, als sich Flynn zu ihm setzte.

»Es tut mir leid«, flüsterte Flynn.

Konrad verzog keine Miene und tat so, als würde er nach Angreifern Ausschau halten.

»Ich wollte damit doch nicht sagen, dass man nicht gern mit dir zusammen sein will. Du bist mein bester Freund«, betonte Flynn.

»Hätte nicht gedacht, dass Bertram dermaßen richtig liegt«, spottete Konrad. »Er wusste gleich, dass du dich entschuldigen kommst. Ohne mich bist du nämlich aufgeschmissen und kommst nicht mehr zurück.«

Flynn erkannte Konrad nicht wieder. »Jetzt hör doch mal mit dem dämlichen Bertram auf«, zischte er. »Das kann doch echt nicht wahr sein. Merkst du nicht, dass er einen Keil zwischen uns treiben will!«

Konrad sah ihn finster an. »Hör du auf, ständig nach etwas zu suchen, was Bertram falsch macht. *Du* machst doch alles kaputt. Was sollte Bertram denn für einen Grund haben, unsere Freundschaft zu zerstören?«

»Was weiß ich. Vielleicht will ja *er* mit dir zurück, weil sein eigener Freund auf der Strecke geblieben ist.«

»Du bist doch paranoid«, schimpfte Konrad. »Hörst du dir mal selber zu? Früher hast du nie so über andere gesprochen. Wenn du so weiter machst, ist mir Bertram bald wirklich lieber als Freund.«

Jetzt war es Flynn, der keine Worte mehr fand.

»Meinst du das im Ernst?«, sagte er nach einer Weile.

Konrad war froh, dass Flynn den Anfang machte. »Nein, natürlich nicht«, murmelte er.

»Dann sind wir jetzt quitt mit Dingen, die wir uns eigentlich nicht sagen wollten?«, fragte Flynn versöhnlich nach.

Konrad nickte.

»Freunde?«, sagte Flynn und hielt ihm die Hand entgegen.

»Freunde«, sagte Konrad und schlug ein.

Flynn legte demonstrativ den Arm um seine Schulter und leistete ihm während seiner Wache Gesellschaft. Er wollte auf keinen Fall, dass Bertram heute Nacht noch einmal allein mit Konrad war.

»Sieh mal!« Konrad zeigte zum Himmel.

Der türkisfarbene Streifen, der den Nachthimmel durchzogen hatte, begann zu flimmern. Immer stärker durchbrach er an zahlreichen Stellen das Schwarz. Zuerst wie tausend kleine Sterne, die immer größer und heller wurden, vereinten sie sich schließlich mit dem hellen Band. So wurde der ganze dunkle Horizont vom türkisenen Tageslicht aufgezehrt, bis der Himmel ein vollendetes Türkisblau auf sie strahlte. Auf sie und auf die dicke Wolkenschicht, die im Tal schwelte. Es sah schön und geheimnisvoll aus. Allerdings würde dort unten Schnee oder Regen auf sie warten. Sie würden den Nebel nicht vor Nachmittag erreichen. Dann würde es aber ungemütlich werden, wie so oft, seit sie aus Manjara aufgebrochen waren.

Flynn war trotzdem optimistisch. Er hatte sich bei

Konrad entschuldigt und mit der Gewissheit, jeden Tag dem Tal näher zu kommen, war seine Laune viel besser als seit Langem.

»Komm, lass uns vorausgehen.«

Flynn hatte sein Lachen wiedergefunden und zog seinen Kumpel mit sich. Ihm entging nicht, dass Konrad Bertram einen entschuldigenden Blick zuwarf, bevor er sich jedoch, ohne weiter zu murren, von ihm mitreißen ließ.

Bald war von Konrads Unsicherheit nichts mehr zu spüren. Er hüpfte ausgelassen mit Flynn über den Pfad, scherzte mit ihm und die beiden Freunde schwelgten sogar in Kindheitserinnerungen.

»Weißt du noch, als wir unsere Fahrräder zu Schrott gefahren haben, weil wir genauso cool sein wollten wie die älteren Jungs mit ihren BMX-Rädern.«

Beide lachten.

»Spaß gemacht hat's trotzdem. Leider nur, bis uns deine Mutter mit den Schutzblechen in der Hand die Straße entlangkommen sah.«

Wieder mussten beide lachen. Damals war die Standpauke der Eltern nicht witzig gewesen, aber mit etwas Abstand betrachtet, blieb eine absolut coole Erinnerung.

So überlegten sie eine Geschichte nach der anderen und vergaßen für eine Zeitlang, wo sie waren und welche Gefahr nach wie vor über ihnen schwebte. Deshalb bemerkten sie auch nicht, wie Fritza und Bertram, die viel langsamer hinter ihnen hergegangen waren, außer Sichtweite gerieten.

»Lass uns mal ne Pause machen«, sagte Flynn unvermittelt.

Er wollte Konrad zeigen, wie rücksichtsvoll er sein konnte. Als sich die beiden umdrehten, war hinter ihnen niemand.

»Wo sind die hin?« Flynn starrte Konrad ungläubig an. Er hatte sofort ein mulmiges Gefühl. »Da stimmt was nicht!«

Ohne, dass es eines Kommandos bedurfte, rannten sie los,

hasteten den Weg zurück, keuchten Biegungen um Biegung immer weiter bergauf, bis sie eine lange Gerade vor sich hatten.

»So krass können wir die doch nicht abgehängt haben«, schnaufte Flynn, und da sah er es:

Ein gutes Stück entfernt hatten dunkle Gestalten mit roten Kapuzenjacken den Weg eingenommen. Dazwischen waren blaue Blitze zu sehen. Obwohl sie Fritza und Bertram nicht erkennen konnten, war sich Flynn sicher, dass die beiden überfallen worden waren. So schnell sie nur konnten, stürmten sie den Pfad hinauf. Flynn spürte, wie sich der Magikandi an seine Hand schmiegte und zu leuchten begann. Ehe er den Kampfplatz erreicht hatte, schossen bereits lange Blitze daraus hervor. Noch drei kräftige, lange Sprünge und er war bei ihnen. Mit aller Kraft stürzte er sich auf den ersten Traumflieher, der ihm den Rücken zuwandte. Er stieß ihm seinen Magikandi in die Hüfte und mit einem tiefen Brüllen wich dieser zur Seite. Jetzt erst bemerkte er, dass auch Spitzriesen unter den Angreifern waren. Mit ihren großen Klauen drohten sie, Bertram die Brust zu zerquetschen. Ein anderer Traumflieher, der Fritza mit seinen Krallen verletzten wollte, fuhr herum, als er den Schrei gehört hatte. Sofort ließ er von Fritza ab. Anstatt sich jedoch auf Flynn zu stürzen, drängte er die Gruppe der Angreifer von ihren Opfern weg. Flynn hatte sich auf eine gefährliche Schlacht eingestellt, sogar befürchtet, dass sie unterliegen könnten, auf Grund der zahlenmäßigen Übermacht. Aber der Kampf war beendet, ohne dass er richtig begonnen hatte. Die Kreaturen verschwanden über die steilen Hänge des Gebirgszuges. Sie blickten sich nicht einmal nach ihnen um. Erleichtert sackten Fritza und Bertram auf ihre Knie.

»Seid ihr verletzt?«, fragte Konrad sorgenvoll.

»Danke«, seufzte Fritza. »Das war in letzter Sekunde, lange hätten wir denen nicht mehr standgehalten.«

»Warum habt ihr nicht gerufen? Wir haben überhaupt nichts mitbekommen«, sagte Flynn.

Das Adrenalin in seinem Körper ließ langsam wieder nach.

»Sind wir daran jetzt auch noch schuld?« Bertram hörte sich aggressiv an. »Wir konnten eben nicht so schnell wie ihr.«

Flynn erschrak nicht über die Reaktion. Er hatte die ganze Zeit gespürt, dass ein Groll in Bertram schwelte, seit er sich mit Konrad wieder besser verstand. Aber er musste ruhig bleiben. Wenn er sich jetzt mit Bertram stritt, war alles umsonst, was die letzten Tage zwischen ihm und Konrad gut geworden war. Außerdem gab es eine Sache, die hier im Gebirge wichtiger war als alles andere. Sie mussten zusammenhalten.

»Das war doch kein Vorwurf«, beschwichtigte er Bertram deshalb. »Du hast recht, wir müssen besser aufeinander achten und in der Gruppe bleiben. Die Traumflieher haben offenbar nur darauf gewartet, dass wir auseinanderbrechen. Zu viert sind wir, wie es scheint, zu stark für die.«

»Wäre ich jetzt nicht draufgekommen«, murmelte Bertram. Eingeschnappt ließ er Flynn mit den anderen stehen.

»Jetzt warte doch, Bertram«, rief Konrad und lief ihm nach. »Wir haben es wirklich nicht bemerkt.«

»Wenn es ein Mal schön ist«, seufzte Flynn und sah Fritza an.

Die nahm ihn tröstend bei der Hand. »Na komm, lassen wir die zwei nicht allein«, sagte sie.

Flynn lächelte. Er spürte die Wärme ihrer Hand und sah in ihre Augen, die ebenfalls Wärme ausdrückten. Das und was sie gesagt hatte, machte ihm Mut, dass er nicht der Einzige war, der Bertram misstraute.

Flynn stellte fest, dass es keinen Unterschied machte, ob man jeden Tag an herrlichen Blumenwiesen entlanglief oder vorbei an schroffen Felsformationen. Wenn es jeden Tag dasselbe war, wurde irgendwann beides öde und entmutigend. Es gab nur eine Sache, die ihn nicht verzweifeln ließ. Der

Gedanke an die Höhlen von Ike. Hinter jeder Biegung hielt er Ausschau nach etwas, das wie der Eingang in die unterirdischen Labyrinthe aussah und hoffte, dass sie nicht längst daran vorbeigelaufen waren. Es waren viele Nächte vergangen seit ihrem Streit. Viele Nächte, in denen sie Wache vor den Traumfliehern und Spitzriesen gehalten hatten. Obwohl sich Flynn nach wie vor darum bemühte, Konrad als seinen Freund zu behandeln, fand er ihn wieder viel öfter an Bertrams Seite. Bertram hingegen spielte seine Rolle als gekränkter Gefährte ganz und gar filmreif. Umso mehr Bertram auf die Tränendrüse drückte, desto mehr suchte Konrad seine Nähe, und umso mehr Bertram erkannte, wie wunderbar seine Masche funktionierte, umso öfter wandte er sie an. Es war so offensichtlich, was Bertram für ein Spiel spielte. Wie konnte Konrad bloß darauf hereinfallen? Flynns Ärger keimte von Neuem und brennender auf als je zuvor. Er sagte dazu allerdings nichts mehr. Zumindest zu Konrad. Mit Fritza konnte er sich aussprechen. Sie war ein kluges und einfühlsames Mädchen. Sie hatte sogar ein paar Versuche unternommen, auf Bertram und Konrad Einfluss zu nehmen. Sie appellierte daran, dass die Gruppe am besten als Einheit überstehen konnte. Bertram lenkte auch jedes Mal ein, aber nur, um bei nächster Gelegenheit erneut die Mitleidskarte auszuspielen. So hatten Fritza und Flynn es schließlich aufgegeben und machten gute Miene zum bösen Spiel. Flynn versuchte, Konrad zumindest ab und zu allein zu treffen, was ihm manchmal auch gelang. So unbefangen wie an diesem einen Vormittag, kurz vor dem Überfall, waren sie indessen nicht mehr miteinander.

Was Flynn noch wichtiger war, als mit Konrad zusammen zu sein, war vorauszugehen. Er konnte nicht mit Bestimmtheit sagen warum, aber er wollte als Erster bei den Höhlen ankommen. Kiteshri hatte von einem Wächter gesprochen und Flynn wollte nicht, dass Bertram vor ihm mit dem weisen Mann sprach.

Die Höhlen von Ike

Es dauerte zwei weitere Tage, bis sie am Nachmittag auf eine Felsformation stießen, die Flynns Interesse weckte. Sie waren der Talsohle inzwischen so nahegekommen, dass sich die triste Gebirgslandschaft nur noch in ihrem Rücken abzeichnete. Der Blick voraus fiel bereits wieder auf unüberschaubare Blumenfelder, wenn auch die Art der Pflanzen eine andere war als jene von dort, woher sie kamen. Die Blüten im Tal vor ihnen wuchsen kreuz und quer durcheinander wie bei einer Wildwiese. Der Eindruck wurde verstärkt, weil sich dazwischen weite Flächen von baumlangen Grashalmen erstreckten. Im Moment wurde Flynns Blick aber von etwas anderem angezogen. Am Ende einer schmalen Einbuchtung zeichneten sich dunkle, fast schwarze Felsen ab. Ihre Bruchkanten schimmerten im Licht, als wären sie mit kleinen Diamanten besetzt. Flynn versicherte sich, dass seine Begleiter bemerkten, dass er den Pfad verließ, und ging darauf zu. Umso näher er kam, desto mehr hatte er das Gefühl, mitten in einen Sternenhimmel zu laufen. Er spürte, dass er angekommen war. Sein Herz begann zu klopfen, immer schneller, genau wie seine Schritte, die er auf die Höhle zu machte. Schon stand er davor. Er versuchte, hineinzuspähen. Im Inneren war kein Glitzern zu sehen. Genaugenommen war gar nichts zu sehen. Flynn blickte in ein dunkles Loch ohne Konturen. Es war, als würde jegliches Licht vom Schimmer der Felsen aufgesogen, so dass nichts davon für das Auge übrigblieb. Gerade hatte er sich entschlossen, einen Schritt hineinzumachen, als eine Gestalt aus dem Schatten trat. Ein Hüne, der Flynn um das Doppelte überragte, baute sich vor ihm auf. Sein Körper war mit Fell bedeckt. An Händen und Füßen hatte er lange Krallen. Von Weitem hätte man ihn vielleicht für einen Bären halten können, sein

Fell war jedoch dunkelblau und sein Gesicht hatte die Gestalt eines Büffels. Auch zwei runde Hörner, wie bei einem Büffel, wuchsen ihm aus dem Schädel. Aus seinen Nasenlöchern trat dampfender Atem in die kühle Bergluft. Flynn kniete sich auf ein Bein und senkte den Kopf. Er hatte keine Ahnung, warum er das tat. Aber es schien ihm angebracht. Kiteshris Worten nach zu urteilen, konnte der Wächter von großem Nutzen sein. Vielleicht war es besser, wenn er ihn sich auf diese Weise zum Freund machte.

Tatsächlich begann der Hüne wohlwollend zu nicken. »Da seid ihr ja endlich!«, sagte er mit einer brummenden Stimme, die so tief war, dass es Flynn im Magen grummelte.

»Du hast uns erwartet?« Flynn war überrascht.

»Was denkst du denn? Glaubst du, in Memorien kann irgendwer herumspazieren, ohne dass ich davon weiß?«

»Wahrscheinlich nicht«, gab Flynn ohne Umschweife nach. »Bist du der Erinnerungswächter, von dem Kiteshri gesprochen hat?«

Flynn war sich jetzt sicher, dass alles irgendwie zusammenhing und die beiden sich kannten oder zumindest von ihrer gegenseitigen Existenz wussten.

Der Büffelkopf schnaubte. »Mein Name ist Customoria. Ich bin der Bewahrer dieses trostlosen Ortes«, brummelte er.

Flynn überlegte, ob er darauf eingehen sollte. Es klang bedrückt und sicher hatte es der Büffel nicht einfach nur so gesagt. Wenigstens wollte er ihn also bedauern.

»Es tut mir leid, dass hier nicht mehr los ist«, sagte Flynn deshalb aufrichtig. »Aber jetzt hast du ja mal Abwechslung.«

Ein Ruck ging durch Customoria. Flynn konnte nicht genau sehen, ob es ein Lächeln war, aber wie es schien, hatte er zumindest nichts Falsches gesagt. Deshalb sprach er weiter.

»Kannst du mir helfen, die Erinnerungen meines Vaters zu finden? Es müssen aber unbedingt Erinnerungen an seine Kindheit sein.« Flynn freute sich, dass sein Plan aufgegangen war. Er war der Erste, der mit Customoria gesprochen hatte, und es lief genau wie vermutet. Customoria schenkte den anderen Ankömmlingen überhaupt keine Beachtung, sondern nur ihm. Zumindest vorerst. Leider schüttelte der aber auch den Kopf.

»Ich bin der Bewahrer der Höhlen von Ike, nicht der Fremdenführer«, spöttelte er. Es schien ihm Spaß zu machen, Flynn zu enttäuschen. »Du musst mich gar nicht so dümmlich ansehen«, kam er langsam in Fahrt.

Es war außerdem gut, dass Flynn sich nicht umdrehte. Auch Bertram hatte ein höhnisches Grinsen im Gesicht. Leider bemerkte Konrad es ebenfalls nicht.

»Aber wie soll ich jemals ohne Hilfe diejenigen Felsen finden, hinter denen sich die richtigen Erinnerungen verbergen?«

Flynn ärgerte sich selbst darüber, wie weinerlich er klang. Seine Enttäuschung war aber viel zu groß, als dass er es hätte verbergen können.

»Du brauchst eine Erinnerung, die dich leiten kann«, half ihm Customoria nun doch weiter. »Es ist zwar leichter, nach eigenen Erinnerungen zu suchen«, fuhr er fort. »In deinem Fall muss eben eine Erinnerung genügen, die dir dein Vater erzählt hat. Etwas, an das er gern zurückdenkt. Eine der Geschichten, mit denen Eltern euch Menschenkinder immer nerven, wie ihr so schön sagt.«

Der Wächter ließ ein Schnauben vernehmen, was wohl ein Lachen darstellen sollte, und noch mehr Dampf kam aus seinen Nasenlöchern.

Die Worte trafen Flynn so hart wie ein Pressschlag beim Fußball. Er fühlte sogar den körperlichen Schmerz, den ihm die Worte zugefügt hatten. Er senkte den Kopf. Seine Stimme war kaum mehr zu hören.

»Aber genau deshalb bin ich doch gekommen. Genau weil sich mein Vater an nichts gern erinnert, was mit seiner Kindheit zu tun hatte.«

Der Büffelkopf zog die Stirn in Falten. »Das ist bedauerlich«, sagte er verdutzt, und nach einer Pause, »ohne den

Gedanken an eine Erinnerung ist es aussichtslos.«

»Problem erkannt?«, war es nun Flynn, der schnippisch wurde.

Zu seiner Erleichterung spürte er eine Hand auf seiner Schulter. Sie gehörte Konrad. Wenn der ihm helfen wollte, schien wenigstens nicht alles hoffnungslos.

»Dein Opa hat doch immer davon erzählt, wie er mit deinem Vater auf diesem Erfinder-Wettbewerb gewesen ist?«, raunte Konrad ihm zu.

Flynn sah ihn an. »Du meinst den Wettbewerb, bei dem sich ein Freund von Vati angemeldet hat und sich dann nicht traute hinzugehen.«

»Genau«, schmunzelte Konrad. »Er hat deinem Opa vorgespielt, dass es seine Erfindung ist.«

In Flynns Augen trat ein Hoffnungsschimmer. »Du hast recht. Später hat Opa behauptet, er hätte von Anfang an gewusst, dass es nicht Vatis Erfindung ist. Stolz war Vati trotzdem, hat er immer gesagt.«

Customoria trat zur Seite. »Versucht euer Glück«, befahl er. »Behalte die Erzählung in deinen Gedanken und sie wird dir den Weg weisen.« Der Blick des Büffelkopfs war übertrieben geheimnisvoll.

»Danke«, sagte Flynn.

Er meinte nicht Customoria, sondern Konrad.

Plötzlich war es auch wieder Konrad, der an seiner Seite in die Höhle eintrat. Vielleicht weil er sich erinnert hatte, warum sie hier waren, oder weil das Ziel zum Greifen nahe schien. Flynn war es egal. Er war einfach nur froh darüber.

Fritza und Bertram folgten dichtauf. Alle vier hatten ihre Magikandi aufleuchten lassen, um sich orientieren zu können. Der Stollen vor ihnen war deshalb in ein orangenes Licht getaucht. Konrad drehte sich immer wieder um, weil er sich vergewissern wollte, dass Fritza und Bertram auch folgten. Flynn verkniff es sich, ihm zu sagen, wie überflüssig er das fand. Nicht zuletzt, weil es ihm nichts ausgemacht hätte, Bertram zu verlieren.

Langsam stolperten sie vorwärts. Der Stollen war gesäumt von Felsbrocken, die von den Wänden und der Decke heruntergefallen waren. Der Weg führte mit leichtem Gefälle immer tiefer in die Höhle. Sie stiegen über kleine Rinnsale, die von Wasser genährt wurden, welches von der Decke tropfte.

»Meinst du, hier drin gibt es Traumflieher?«, fragte Konrad mit heiserer Stimme. Seine Anspannung war förmlich zu greifen.

»Das kann ich mir nicht vorstellen«, versuchte Flynn seinen Freund zu beruhigen. »Wenn diese wahrgewordenen Alpträume Angst vor sich selbst haben, dann erst recht vor einer Höhle voller Erinnerungen, meinst du nicht?«

»Hoffen wir's«, murmelte Konrad.

Hatten sie sich anfänglich noch über das ein oder andere ausgetauscht, wurden sie mit der Zeit immer stiller. Sie hätten es sich denken können, aber es jetzt zu erleben war beklemmend. Kein Windhauch, kein Lichtlein und nichts, was irgendwie an etwas Lebendiges erinnerte, war hier drin. Nur schroffe Felsen über ihnen, unter ihnen und neben ihnen. Jeder Schritt klang dumpf von den Wänden wieder.

»Unheimlich«, sagte Konrad nach einer Weile. Das Einzige, was ihm im Moment einfiel.

»Das kannst du laut sagen«, antwortete Flynn, der genauso angespannt war.

»UNHEIMLICH«, schrie Konrad in die Stille hinein.

Die Jungen mussten augenblicklich kichern.

Als wieder Ruhe eingekehrt war, hörten sie ein Knirschen von den Wänden.

»War das vorher schon da?«, fragte Konrad kleinlaut.

»Keine Ahnung. Meinst du, hier kann was einstürzen?«, war Flynn ebenso verunsichert.

»Das fragst du mich? Du bist der Mutige«, konterte Konrad.

»Hör auf, dich kleiner zu machen als du bist. Ich bin nicht mutiger, ich trau mich nur manchmal mehr.«

Wieder kicherten sie und wieder drang ein Knarzen von den Wänden.

»Unheimlich«, flüsterte Konrad. Diesmal war es ihm nicht zum Lachen.

Gleichzeitig blieb Flynn stehen. »Und jetzt?« Er zeigte auf eine Weggabelung vor ihnen. Links zweigte ein schmaler Gang ab in die Tiefe. Er war kaum mehr mannshoch und so eng, dass man sich einzeln hindurchzwängen musste. Geradeaus ging der Weg weiter, auf dem sie sich befanden. Statt weiter nach unten, stieg er aber leicht bergan. Im Vergleich zu der anderen Möglichkeit war er jedoch besser zu bewältigen.

»Customoria hat gesagt, du sollst dich führen lassen. Spürst du nichts?«

Flynn musste sich eingestehen, dass er die ganze Zeit gar nicht an die Geschichte seines Vaters gedacht hatte. Schnell rief er sie sich in Erinnerung. Er nahm sich Zeit, aber egal wie genau er sich alles ins Gedächtnis rief, er spürte nichts, was ihn in irgendeiner Weise beeinflusste.

»Ich habe keinen blassen Schimmer«, seufzte er.

»Aber *du* musst es entscheiden«, bestand Konrad darauf.

Flynn sah zu Fritza und Bertram. Zu seiner Verwunderung nickten auch die beiden. Zumindest von Bertram hatte er erwartet, dass Widerworte kommen würden. Er wunderte sich ohnehin, dass Bertram schon die ganze Zeit, ohne zu murren, hinter ihnen herlief.

»Vati würde sagen: Der einfache Weg ist nie der richtige«, entschied Flynn. »Gehen wir da rein!«

Er deutete nach links auf die schmale Öffnung und bückte sich, um hineinzuschlüpfen. Vorsichtig, schließlich konnte man nicht sehen, wie weit es in die Tiefe ging, tastete er sich Schritt für Schritt vorwärts. Er achtete nicht darauf, ob seine Begleiter ihm folgten. Kaum zehn Schritte später spürte er, dass sich die Decke über ihm schon wieder öffnete. Er hielt seinen Magikandi mit ausgestrecktem Arm vor sich in die Dunkelheit. Der Durchlass führte nicht in einen neuen Gang, er war in Wahrheit der Eingang zu einer riesigen Kammer. Das orangene Licht seines Stabes wurde glitzernd von den Wänden zurückgeworfen. Es war dasselbe Gestein, welches sie am Höhleneingang vorgefunden hatten. Von der Decke, die sich weit über ihm emporhob, hingen spitze Tropfsteine, ähnlich wie Eiszapfen. Sie ragten bis fast in einen unterirdischen See, der sich in der Mitte der Grotte auftat. Der Pfad selbst wandte sich nach rechts. Er war gesäumt von Steinspitzen, wie sie über dem See von der Decke hingen, nur wuchsen sie hier in die Höhe. Der Weg lief an der Felswand entlang in die Tiefe. Er verschwand in einer undurchdringlichen Schwärze.

»Wahnsinn«, sagte Konrad, der neben ihn getreten war. Der zusätzliche Schein seines Magikandi verstärkte das Flimmern der Wände und den Widerschein der feucht glänzenden Tropfsteine. So standen sie eine Weile verzaubert da und bewunderten die Schönheit des Augenblicks.

»Das müssen wirklich tolle Erinnerungen sein«, sagte Konrad träumerisch.

Flynn lächelte. Darüber hatte er gar nicht nachgedacht, aber Konrad hatte sicher recht damit.

Langsam trat er an den See heran. Er lag ganz still vor ihm und die Oberfläche wirkte wie eine riesige Glasscheibe. Flynn konnte sein Gesicht darin sehen. Er streckte die Hand hinein. Das Wasser war klar und kalt. Als er die Finger bewegte, bildeten sich Kreise, welche sich, in immer größer werdenden Bahnen, über die Oberfläche zogen.

»Ob der See auch aus Erinnerungen entstanden ist?« Flynn sah Konrads Gesicht, das sich, verschwommen im Wasser spiegelnd, neben das seine schob.

Flynn lächelte Konrads Spiegelbild an. »Vielleicht sind es Tränen über verlorene Erinnerungen.«

Er zog seine Hand zurück und streckte vorsichtig seine Zunge aus, um das Wasser zu kosten. Es schmeckte nicht nach Salz, sondern frisch und belebend.

»Es sind keine Tränen«, sagte Flynn und zwinkerte Konrad zu. Er formte seine Hand zu einer Kuhle und tauchte sie erneut in den See. »Trinkt ruhig«, forderte er alle auf. »Frisch gefiltert aus dem Fels.«

Der Pfad führte erst unter dem See hindurch und dann immer weiter in die Höhle hinein. Das von der Decke tropfende Wasser verursachte eine tückische Rutschpartie entlang der steilen Stufen hinunter in die Tiefe. Ständig teilte sich der Weg oder es gab Abzweigungen, an denen sich Flynn jedes Mal von neuem entscheiden musste, welchem Pfad er folgend wollte. Spüren konnte er dabei nie etwas, obwohl er inzwischen intensiv an die Erinnerung seines Vaters dachte. Er hoffte inständig, bald einen ähnlichen Sog zu spüren wie damals bei der Blumenwiese, aber es geschah nicht. So wählte er, wenn möglich, immer den etwas schwierigeren Weg und vor allem versuchte er, nicht im Kreis oder bergauf zu laufen. Flynn verschwendete keinen Gedanken an den Rückweg. Er dachte nicht darüber nach, dass sie das alles zurücklaufen mussten und vor allem nicht darüber, wie sie den Weg hinaus eigentlich finden sollten. Es war Konrad, der sorgfältig bei jeder Abzweigung ein kleines, aber deutlich sichtbares Steinmännchen baute, welches die richtige Richtung anzeigte. Erst recht konnten sie nicht wissen, ob es draußen noch Tag war. Sie hatten jegliches Zeitgefühl verloren. Falls man das in Memorien überhaupt haben konnte. Sie wussten nicht, wie lange sie schon in der Höhle waren. Flynn wurde allerdings auch gar nicht müde. Zwar gab ihm sein Gefühl keine Richtung vor, aber es beflügelte ihn weiter zu laufen. In irgendeiner Weise spürte er also doch, dass er seinem Ziel näherkam. Es half trotzdem nichts. Konrad und auch Fritza bettelten ständig nach einer Pause, und schließlich blieb ihm keine andere Wahl als nachzugeben. Wenigstens ein paar Stunden Schlaf würde er ihnen gönnen und sei es nur, um die Nörgelei abzustellen. Hier drin mussten sie sich nicht die Mühe machen, eine schützende Nische zu suchen. Sie lehnten ihre Magikandi an die Wände, so dass sich die unteren Enden in der Mitte des Weges trafen. Die entflammten Spitzen gaben ein wärmendes Nachtlicht ab. Flynn hatte entschieden, dass sie sich gemeinsam schlafen legten, weil keine Wachen nötig waren. Er wollte diesmal lieber früher weiterziehen.

»Zurück!«

»Wach auf, Flynn.« Konrad rüttelte an dessen Schulter. Seine Stimme klang aufgeregt. Blitzschnell richtete sich Flynn auf.

»Was ist?«

»Bertram ist verschwunden«, berichtete er panisch. »Ich habe gerade noch gesehen, wie er den Gang zurückgelaufen ist und am Ende dort verschwand.«

Flynn lehnte sich mit dem Rücken an die Wand und gähnte. Nachdenklich fixierte er Konrad. Es machte Flynn überhaupt nichts aus, dass Bertram sich dünne gemacht hatte. Vermutlich hatte der einfach die Lust verloren und sie im Stich gelassen. Sein Verschwinden war ihm schlichtweg egal. Nein, es war ihm sogar recht. Flynn überlegte, wie er Konrad das möglichst schonend beibringen konnte.

»Vielleicht muss er mal und kommt gleich wieder«, versuchte er Zeit zu gewinnen.

»Und wenn er Hilfe braucht?« Konrads Stimme klang bittend, aber auch anklagend.

»Warum sollte er weggehen, wenn er Hilfe braucht? Das ist unlogisch, Konrad. Ich weiß, du magst ihn, aber entweder er kommt gleich wieder, oder er wird seinen Grund haben, uns zu verlassen. Wenn wir dauernd zurückgehen, kommen wir nie an.« Flynn hatte sehr bestimmt geklungen. Vielleicht etwas zu bestimmt, aber er hatte genug Rücksicht genommen. Irgendwann war es an Konrad, das einzusehen und Flynn befand, dass jetzt ein sehr guter Zeitpunkt dafür war.

»Was heißt denn da dauernd. Wir sind noch kein einziges Mal irgendwo zurückgegangen.«

Flynn zog die Augenbrauen nach oben und sah ihn vielsagend an.

»Das eine Mal, die paar Meter«, gab Konrad klein bei. »Wir hätten ja nicht so schnell laufen müssen«, verteidigte er die Aktion.

Natürlich musste Flynn zugeben, dass es auf dem Pfad richtig gewesen war umzudrehen, um Fritza und Bertram im Kampf gegen die Ungeheuer beizustehen. Aber hier drin drohte nun wirklich keine Gefahr und das sagte er Konrad auch.

»Es ist mir egal, was du meinst«, polterte Konrad los. »Ich geh ihn suchen. Er ist genauso mein Freund, nicht nur du.« Schon war er aufgesprungen, schnappte sich seinen Magikandi und ging los. Die anderen Wanderstäbe stürzten polternd zu Boden. Flynn musste ausweichen, um nicht von einer der heißen Spitzen verbrannt zu werden.

Wenigstens hatte Konrad ihn als Freund eingeschlossen.

»Jetzt warte halt«, rief er ihm hinterher, hob genervt die Augenbrauen, als er Blicke mit Fritza austauschte – die von dem Streit aufgewacht war – und beeilte sich, mit ihr zusammen, den Gang zurückzulaufen.

Schon nach der nächsten Biegung wartete Konrad wirklich. Er blickte in einen schmalen Spalt, der vom Weg abführte.

»Da! Seht ihr das Licht?« Konrad zeigte hinein und tatsächlich war ein leichter orangener Schimmer zu entdecken, der sich in einiger Entfernung an der Wand abzeichnete.

Flynn legte den Finger auf die Lippen und zwängte sich zwischen den Felsen hindurch. Um keine Geräusche zu machen, kamen sie nur langsam vorwärts. Schließlich waren sie so nah an die Stelle herangeschlichen, dass sie jeden Moment auf Bertram, oder was dort auch immer war, stoßen würden. Plötzlich hörten sie ein Zischen, gefolgt von einem lauten Krachen, das an den Wänden widerhallte. Ein Luftstoß erfasste sie. Alles erzitterte und kleine Felsstücke fielen zu Boden.

»Spinnt der«, flüsterte Flynn und tastete sich langsam vorwärts. Er umklammerte den Magikandi und spähte am

Felsen vorbei. Nur ein paar Meter entfernt stand Bertram – über ihm schwebte eine Wolke. Eine hübsche Frau blickte daraus hervor. Sie hatte die Augen geschlossen und kam mit einem Kussmund immer weiter aus der Wolke heraus. Dann löste sich der Nebel auf. Schon hob Bertram seinen Magikandi das nächste Mal und ließ ihn krachend auf den Felsen vor ihm fahren. Es zischte und blitzte. Mit einem lauten Donner entstand eine neue Wolke.

»Wenn der so weiter macht, stürzt hier noch alles ein«, flüsterte Flynn zu Konrad, der neben ihn getreten war.

»Siehst du, er braucht doch unsere Hilfe«, sagte der vorwurfsvoll. »Er ist in seinen eigenen Erinnerungssog geraten. So wie du damals.« Ohne eine Antwort abzuwarten, ging er auf Bertram zu. »Hör auf damit«, rief er. »Die Höhle wird einstürzen. Du kannst hier nicht alles kaputtsprengen!«

»Es sind meine Erinnerungen«, schrie Bertram zurück. »Endlich habe ich sie gefunden. Ich gehe hier nicht weg.«

»Du musst!« Konrad zog an seinem Arm, den er bereits wieder gehoben hatte, um eine neue Erinnerung aus dem Fels zu holen.

Widerwillig ließ sich Bertram von ihm wegführen. Flynn und Fritza folgten durch die schmale Spalte zurück auf den Weg. Sie gingen am Platz ihres Nachtlagers vorbei, immer weiter von dem Sog weg, ohne anzuhalten. Flynn allerdings war skeptisch. Spürte Bertram wirklich etwas, das an ihm zerrte? Flynn konnte sich noch genau erinnern, wie es bei ihm gewesen war. Das Verlangen war so stark, dass er es sogar jetzt noch manchmal spürte. Nur der Gedanke daran, dass er einen weiteren, einen stärken Wunsch gehabt hatte, brachte ihn davon ab, an seinen Erinnerungen festzuhalten. Bei Bertram war es anders gewesen. Er hatte sich ganz leicht abbringen lassen, obwohl er seine eigenen Erinnerungen gefunden hatte. Es gab nichts sonst, wofür er noch hier war. Flynn glaubte, dass er viel intensiver an dem Fels hängen geblieben wäre, hätte er wirklich einen echten Sog gespürt. Er zweifelte daran, dass Bertram die Frau aus der Wolke überhaupt kannte. Was war das für ein Spiel, das Bertram hier trieb? Er beobachtete mit stillem Argwohn, wie Bertram und Konrad, Schulter an Schulter, vor ihm herliefen. Mit jedem Schritt verkrampfte sich Flynns Magen mehr. Ein bitterer Zorn stieg in ihm auf. Immer weiter steigerte sich Flynn in das Gefühl, dass Bertram ein Lügner war. Kurz kam ihm der Gedanke, ob er womöglich nur eifersüchtig war, weil er befürchtete, Bertram könnte ihm Konrad wegnehmen. Nein, das war es nicht. Ganz im Gegenteil. Konrad war ein feiner Kerl. Viel zu gutmütig, um zu erahnen, wie hinterlistig Menschen sein konnten. Menschen wie Bertram. Flynn schnürte es die Kehle zu. Fast bekam er keine Luft mehr, bei all diesen schrecklichen Gedanken. Gedanken, die er eigentlich nicht haben wollte. Auch das ärgerte Flynn, dass ihn dieser Bertram dazu gebracht hatte, schlecht über Konrad zu denken.

»Ich glaube wir können jetzt Rast machen«, riss Konrad ihn aus seiner Unruhe. »Wir sind weit genug gegangen. Der Sog kann dich nicht mehr erreichen, oder?«

Bertram nickte. Stumm setzten sie sich auf den Weg. Flynn war nicht fähig, irgendetwas zu sagen oder zu tun. Zu viel in seinem Kopf zweifelte. Sein Blick kreuzte Konrads.

Bertram legte seinen Arm schnell auf dessen Schulter. »Ich muss mich wirklich bei dir bedanken«, sagte er mit warmer Stimme. »Ohne dich hätte mich die Höhle sehr wahrscheinlich unter sich begraben. Es ist nicht gut, in der Vergangenheit zu leben. Du bist ein wahrer Freund und Lebensretter!«

Während Konrad stolz lächelte, war es für Flynn der Tropfen, der das Fass zum Überlaufen brachte. »Ich muss gleich brechen«, platzte es aus ihm heraus.

Bertrams Mundwinkel zuckten. Nicht vor Nervosität – er hatte erreicht, was er wollte.

Flynn sprang auf. »Ich möchte, dass du verschwindest, Bertram«, wurde er deutlich und sah ihn fest an.

Er rechnete damit, dass Bertram sich wehren würde, aber

dem war nicht so. Bertram blieb einfach nur ruhig sitzen. Es war Flynn, dem plötzlich ganz mulmig wurde.

Was führte Bertram im Schilde?

»Ich weiß zwar nicht, was ich dir getan habe, aber es ist natürlich eure Entscheidung.« Mit einem Gesichtsausdruck, als könne er kein Wässerchen trüben, blickte er in die Runde. »Es ist doch eure Entscheidung, oder?« Provozierend sah Bertram in Fritzas und vor allem Konrads Augen.

Ehe Fritza überhaupt reagieren konnte, sprang Konrad auf. »Es ist NICHT unsere Entscheidung«, schrie er.

Bertram hob süffisant die Augenbrauen, während er zusah, wie Flynn beinahe in sich zusammensackte.

»Wenn Bertram gehen soll, dann gilt das auch für mich!«, polterte Konrad weiter.

Flynn schluckte. Er war Bertram in die Falle getappt. Alles, was der getan hatte, seit sie in die Höhle gekommen waren, diente nur diesem einen Ziel. Er wollte erreichen, dass Flynn von Konrad verlangte, sich zu entscheiden. All diese stillen Provokationen hatten ihren Stachel gesetzt und sich gerade eben Luft gemacht. Flynn konnte nicht fassen, dass es Bertram gelungen war, ihn hereinzulegen. Aber es war noch nicht vorbei. Konrad würde ihm vertrauen. Er musste es ihm nur sagen.

Flynn machte einen Schritt auf Konrad zu. »Du weißt nicht, was du redest. Bertram ist nicht dein Freund, *wir* sind es. Er benutzt dich nur. Lass ihn gehen und alles wird gut.«

»Bleib zurück«, schrie Konrad, blind vor Wut. Er hatte seinen Magikandi gehoben und bedrohliche Blitze schossen aus ihm heraus. »Ich werde mit Bertram gehen.«

Flynn hob beschwichtigend die Hände. »Beruhige dich!«, sagte er. »Wir halten immer zusammen! Hast du das vergessen? *Wir beide,* Konrad, niemand anderer.«

Konrad schien zu überlegen. Er sah Bertram an, der fast unmerklich die Stirn runzelte. Langsam begann Konrad den Kopf zu schütteln. »Bertram hat die ganze Zeit zu mir gehalten und sogar zu dir. Er hat nie ein schlechtes Wort über dich verloren. Nur *du* bist es, der einen Keil zwischen uns treibt, nicht umgekehrt.« Konrad hatte das ›du‹ so feindselig ausgesprochen, dass Flynn zusammengezuckt war.

»Komm wieder runter«, sagte Flynn so ruhig wie möglich. Sein Körper sträubte sich nämlich dagegen, ruhig zu bleiben, und er spürte, wie sein Wille nachließ. Mit zitternden Knien sprach er weiter. »Wir sind Freunde, seit wir uns kennen. Wir brauchen niemand, der zu uns hält. Wir brauchen Bertram nicht, wir brauchen niemand – nur uns.«

Es war ein verzweifelter Versuch, Konrad umzustimmen.

»Du brauchst mich doch nur, um dich besser zu fühlen. Du bist der Tolle und ich ein ungeschickter Tollpatsch, der keine Freunde hat. Du hast nur Angst, dass du ohne mich nicht zurückkommen kannst.« Seine Augen funkelten. »Gewöhn dich dran, ich gehe mit Bertram!«

Flynn traf es mitten ins Herz. Nicht weil er Angst hatte, in Memorien festzuhängen, sondern weil Konrad so über ihn dachte.

»Ich weiß nicht, warum du das sagst.« Flynn musste sich beherrschen, nicht in Tränen auszubrechen. »Aber wenn du so über mich denkst, waren die letzten Jahre reine Zeitverschwendung!«

Die Blicke der Jungen trafen sich. Flynn konnte nicht sehen, ob es Konrad leidtat, was er gesagt hatte. Es war ihm egal. Er blickte in die Augen seines Freundes und deshalb würde er ihn nicht mit diesem hinterhältigen Bertram ziehen lassen.

»Ich werde dich nicht mit ihm gehen lassen«, sagte Flynn deshalb. Plötzlich war er wieder ganz ruhig. »Nimm deinen Stock runter und werde vernünftig.«

»Du sagst mir nicht, was ich zu tun habe.« Konrads Faust klammerte sich an seinen Magikandi. »Bleib zurück. Ich schwöre, ich werde sonst zuschlagen.«

Flynn war fassungslos. Er bewegte sich nicht und schwieg. Vielleicht brauchte Konrad nur etwas Zeit, um zur Ruhe zu kommen. Noch nie hatte er ihn so erlebt und sich von ihm bedroht gefühlt. Einen Moment standen sich die Jungen gegenüber, dann machte Konrad eine Hundertachtziggraddrehung.

»Komm, Bertram!«

Der stand auf und trat zu ihm. Konrad wandte sich zurück. Hoffnung keimte in Flynn.

»Du kannst gern mit uns kommen.« Konrads Augen ruhten auf Fritza.

Schockiert wartete Flynn auf deren Reaktion. Wenn sie jetzt ja sagte, würde er allein in dieser furchteinflößenden Höhle zurückbleiben. Zum Glück spürte er, wie ihre Hand nach seinem Arm griff. »Ich bleibe bei Flynn«, sagte sie mit fester Stimme. »Und du solltest das auch, Konrad!«

Sie blickte ihm in die Augen und einen Moment schien es, als könne sie ihn zurückhalten. Doch dann wandte sich Konrad ab und ging. Er stapfte mit seinen unbeholfenen Schritten – über die Flynn diesmal nicht lachen konnte – von ihm weg. Ohnmächtig starrte er hinterher ihm her. Sein Blick traf Bertrams, der ihn spöttisch anlächelte. Flynns Muskeln spannten sich. Blinde Wut kroch ihm in die Eingeweide.

»Du nimmst mir nicht meinen Freund weg«, schrie er verbissen. Seine Hand umschloss den Magikandi so fest, dass seine Gelenke schmerzten.

Flynn hatte jeden klaren Gedanken aus seinem Kopf verbannt. Es war blanker Hass, der ihn leitete und direkt auf seinen Magikandi überströmte. Blaue Blitze stieben aus ihm heraus, als er auf Bertram zustürmte. Mit voller Wucht trieb er seinen Stab auf ihn zu. Entgeistert über Flynns Angriff, waren es nur Millimeter, die der Hieb an seinem Körper vorbei ins Leere ging. Bertrams Lächeln war verschwunden. In seine Augen war Angst getreten. Flynn hatte gut geübt und war ein gefährlicher Gegner. Schon setzte er zum zweiten Schlag auf ihn an. Bertram trat zurück und stolperte. Es war jedoch nicht er, der Schmerz spürte, sondern Flynn. In seine Seite bohrte sich ein blitzender Magikandi.

Konrad war Bertram zur Hilfe geeilt und hatte kaltblütig zugestoßen. Flynn ließ schmerzverzerrt den Magikandi sinken. Fassungslos drückte er die Hand auf seine pochende Wunde und blickte in Konrads angstgeweiteten Augen.

»Du hast angefangen«, sagte der mit erstickter Stimme, als sich seine Starre langsam löste. Rückwärts ging Konrad auf Bertram zu, um ihm aufzuhelfen. Flynn ließ er dabei nicht aus den Augen. »Bleib, wo du bist«, befahl er seinem ehemals besten Freund. »Du hast dich uns lange genug in den Weg gestellt.«

Flynn hatte aber gar nicht vor etwas zu tun. Durch Konrads Angriff war jeglicher Zorn aus ihm gewichen und zugleich auch seine Kräfte.

Eine Weile sah er noch den blauen Schimmer hinter der Biegung, schließlich waren sie verschwunden. Seine Beine versagten. Erschöpft ließ er sich an der Felswand zu Boden gleiten. Dann brach es aus ihm heraus. Die Trauer über all das, was passiert war. Er konnte nichts dagegen tun, es nicht kontrollieren. Sein Körper schüttelte sich vor Kummer und er weinte, wie er noch nie im Leben geweint hatte.

»Ich hätte nichts sagen dürfen«, schluchzte Flynn. Seit Stunden kauerte er an der schroffen Höhlenwand, sein Gesicht in den Ellenbogen vergraben. »Es ist meine Schuld, dass ich mich habe provozieren lassen. Aber ich hätte doch nie gedacht, dass Konrad sich so gegen mich stellt.«

Fritza saß nur still neben ihm. Ihre Hand ruhte auf seiner Schulter. Jetzt sah er sie mit geröteten Augen an.

»Du hast nichts falsch gemacht«, sagte Fritza voller Mitgefühl. Ihre Lippen formten ein Lächeln. »Das mit dem ›brechen‹ hättest du vielleicht weglassen können.«

Flynn musste grinsen.

»Na, siehst du«, war Fritza zufrieden. »Weißt du noch,

was Kiteshri von den Einsiedlern gesagt hat? Man darf die Hoffnung nicht aufgeben.«

Flynn nickte. In Wirklichkeit wünschte er sich, nie hergekommen zu sein. Dann hätte er zwar keinen Vater und keine Mutter, dafür aber einen besten Freund. Jetzt hatte er alles verloren. Der Junge im Baumhaus sprach von Anfang an die Wahrheit. Es konnte nicht gelingen. Er, Flynn, hatte trotzdem den Mutigen spielen müssen. Da saß er nun. War wohl an der Zeit, dass ihm seine Grenzen aufgezeigt wurden. Er brauchte jetzt gar nicht jammern. Es war seine Entscheidung gewesen, genau wie die, sich gegen Bertram zu stellen. Genauso ein Fehler. Am liebsten hätte er den Kampf mit Konrad unwiederbringlich vergessen – es ging nicht.

Sein bester Freund hatte ihn verletzt und wie es aussah, würde die Wunde noch eine Weile sein Begleiter sein. Nur eine kleine Verbrennung, nicht tief, nicht bedrohlich, aber schmerzhaft.

»Zum Glück habe ich Bertram nicht verwundet«, sagte er nachdenklich.

Zumindest dafür war er dem Schicksal dankbar. Jetzt, wo er wieder zur Ruhe gekommen war, bedrückte ihn die Vorstellung, was beinahe passiert wäre. In Manjara war es so einfach gewesen zu erkennen, was in einem anderen vorging. Ruhig zu sein und mit Bedacht zu handeln. Kiteshri hatte recht behalten. Außerhalb der Mauern von Manjara war es ungleich schwerer, sich auf seine innere Stimme zu konzentrieren. In Wirklichkeit hatte Flynn kaum mehr auf sie geachtet, seit sie Manjara verlassen hatten.

Flynn und Fritza ruhten sich noch eine Weile aus. Flynn wollte einfach sitzen bleiben. Warten, bis alles über ihm zusammenbrach.

»Suchen wir die Erinnerung«, sagte Fritza vorsichtig. »Vielleicht können wir wenigstens deinem Vater helfen. Du musst weitermachen, auch ohne Konrad.«

Flynn glaubte nicht daran. Das Einzige, was er in diesem

Moment spürte, war Hoffnungslosigkeit.

»Folge deiner Absicht, warum du gekommen bist. Erst dann kannst du wissen, wie es enden wird.«

Flynn erkannte die Abschiedsworte Kiteshris, die Fritza einfach zitiert hatte. Er sah auf. Kiteshri hatte noch etwas anderes gesagt: *Es ist eure Bestimmung zu gehen. Allein durch diese Bestimmung ist bereits entschieden, dass es nicht hoffnungslos ist.*

Flynn atmete tief ein. »Was soll's«, sagte er. »Dauert wahrscheinlich eh zu lange, bis hier mal was einstürzt.«

Fritza zog verwunderte die Stirn in Falten. Sie wusste ja nichts von seinen Gedanken. »Dann komm.« Sie hakte sich unter. Schwerfällig machten sich die beiden wieder auf den Weg.

Während Flynn und Fritza also weiter tief in die Höhle vordrangen, waren Bertram und Konrad zum Ausgang zurückgekehrt. Customorias Nüstern bebten, während er ihnen argwöhnisch nachsah. Er schätzte es nicht, wenn man grußlos an ihm vorbeiging. Konrad war es unwohl. Er spürte den durchdringenden Blick noch in seinem Rücken, als sie bereits den Bergpfad erreicht hatten und überlegte, ob Customoria wusste, was er Flynn angetan hatte. Konrad trug nämlich schwer an dem, was passiert war. Seine Wut war verraucht und Flynn nicht mehr bei ihm. Das hatte er nie und nimmer gewollt. Er verstand nicht, wie es so weit kommen konnte. An die Verletzung, die er seinem Freund zugefügt hatte, durfte er gar nicht denken. Am liebsten wäre er zurückgerannt, alles ungeschehen machen, aber es ging ja nicht. Viel zu lange dauerte der Weg und er war dafür ohnehin nicht mutig genug. Er würde Flynn auch gar nicht wiederfinden, redete er sich ein. Bertram bemerkte, wie traurig Konrad war, versuchte ihm einzureden, dass er keine andere Wahl gehabt hatte und Flynn an allem schuld sei. Aber Konrad zweifelte an Bertrams Worten. Das hätte er von Anfang an tun sollen.

Sie hatten inzwischen so viele Abzweigungen genommen, dass Flynn sicher war, nie wieder hinauszufinden. Erst recht glaubte er nicht, dass sie jemals eine Erinnerung seines Vaters finden würden. Er hatte nie auch nur das kleinste bisschen gespürt und jede Entscheidung einfach so, aus dem Bauch heraus, gefällt. Angestrengt dachte er darüber nach, wie er Fritza glaubhaft erklären konnte, dass es Zeit war umzudrehen. Am wenigsten Lust hatte er darauf, sich ihre Mutmachsprüche anzuhören. Für eine Weile war das ja motivierend, aber irgendwann kam eben der Punkt, an dem man verloren hatte. Er musste schmunzeln. Er, der tapfere Flynn, brauchte eine Taktik, um ein Mädchen zu bewegen, aufzugeben. Allerdings war Fritza eben mutig und klug. Deshalb machte es überhaupt keinen Unterschied, ob sie ein Junge oder ein Mädchen war. Trotzdem, wenn es jemals die Gelegenheit geben würde, jemandem von dem hier zu erzählen, dann würde er niemals zugeben, dass er derjenige gewesen war, der das Handtuch geworfen hatte.

»Warum lachst du?« Fritza war stehen geblieben und hatte sich zu ihm gedreht.

»Nur so?«, log Flynn und trat einen Schritt auf sie zu.

Plötzlich spürte er es.

Fritza sah sofort die Veränderung in seinem Gesichtsausdruck.

Es war kein Sog, wie damals, als er seine eigenen Erinnerungen gespürt hatte, aber es war das sichere Gefühl, dass er angelockt wurde. Ohne darüber nachzudenken, gab er der Regung nach. Sie führte ihn ein paar Meter weiter an eine Stelle, die genauso aussah, wie alle anderen Felswände in der

Höhle.

»Ich glaube, hier ist es«, sagte Flynn ganz ruhig. Er sah Fritza unsicher an.

»Was meinst du mit, du glaubst?«

»Ich spüre etwas, aber es ist sehr schwach. Nicht so wie damals in dem Blumenbeet. Da konnte ich mich kaum dagegen wehren. Deshalb! Kann sein, ich täusche mich.«

»Wenn du was spürst, ist auch was da«, sagte Fritza voller Überzeugung. »Vielleicht liegt es daran, weil es nicht deine eigenen Erinnerungen sind«, überlegte sie. »Oder weil sie tiefer hinter einem Fels verborgen liegen.«

Flynn zögerte. »Und wenn hier gleich alles einstürzt?«

»Du musst es tun«, sagte Fritza ganz ruhig. Sie trat neben ihn.

Flynn spürte die weiche Haut ihrer Hand in der seinen. Gut! Er war nicht allein. Als wäre das sein Zeichen, hob Flynn den Magikandi. Ohne Anstrengung begann er zu leuchten. Flynn hieb nicht auf die Wand ein. Er wollte die Erinnerungen seines Vaters nicht unnötig beschädigen. Er ließ sich vom Magikandi an eine Stelle führen und mit einem zischenden Poltern, stürzte ein kleiner Gesteinsbrocken zu Boden. Dort zerfiel er zu Staub und eine weiße Wolke stieg daraus empor. Die Wolke wurde durchsichtig und es erschien Flynns Großvater. Er war jung. Flynn erkannte ihn nur deshalb, weil er einige alte Fotos von ihm gesehen hatte. Opa war mit seinem Vater auf einem Erfinder-Wettbewerb. Das konnte man in der Wolke freilich nicht sehen, aber Flynn wusste es genau. Es war die Erinnerung aus der Erzählung, welche Konrad vorgeschlagen und an die er gedacht hatte. Er spürte, wie Fritzas Hand fest zudrückte. Wieder lief ihm eine Träne über die Wange. Hoffentlich wurde das nicht zur Gewohnheit. Flynn spürte ganz plötzlich, wie stolz er auf seinen Vater war.

Halt, Stopp, das stimmte ja gar nicht!

Was er spürte, war das Gefühl aus der Wolke und das war allein das Gefühl seines Vaters. Opa hatte recht gehabt mit seiner Behauptung. Vater war sehr stolz gewesen bei dem Wettbewerb. Die Wolke begann sich aufzulösen. Flynn starrte darauf, als könne er sie so festhalten. Natürlich klappte es nicht. Schon war sie verschwunden. Er hatte nicht ein einziges Mal geblinzelt. Keine Sekunde wollte er davon verpassen.

»Er war wahnsinnig stolz«, flüsterte Flynn, in Gedanken versunken.

Fritza hielt immer noch seine Hand fest. Er war froh, dass sie bei ihm geblieben war.

Flynn hob den Magikandi, um eine zweite Erinnerung aus dem Fels zu holen. Er zögerte, ließ den Arm sinken. Etwas beunruhigte ihn. Ein Geistesblitz. Zu kurz, um sich daran zu erinnern. Was war es? Es hatte begonnen, als er über das Gefühl seines Vaters nachgedacht hatte. Kiteshri hatte ihnen etwas dazu gesagt: Es genügt nicht, die Erinnerung zurückzubringen, man muss sie auch spüren. Das war der Gedanke! Es war vergebens. Warum hatte Daniel ihn überhaupt hierhergeschickt und Kiteshri ihn in die Tiefen der Höhlen vordringen lassen? Hatten sie selbst nicht verstanden, was sie sagten?

»Was ist los?« Fritza bemerkte, dass Flynn zögerte. Natürlich tat sie das. Wie versteinert stand er neben ihr und rührte sich nicht.

»Es ist alles vergebens«, wiederholte Flynn seinen Gedanken. »Wir können die Erinnerungen doch gar nicht zu meinem Vater bringen.«

Fritza sagte nichts, stellte keine Fragen. Sie sah Flynn nur erwartungsvoll an.

»Wenn wir eine Erinnerung aus dem Berg holen, ist sie für meinen Vater aus seinem Gedächtnis verschwunden«, sprach er weiter.

Fritza musste nicht lange überlegen, um es zu verstehen. »Du meinst, wir nehmen ihm seine Erinnerungen, anstatt sie ihm zurückzubringen.«

Flynn nickte.

»Und wenn wir einen großen Brocken herauslösen und mitnehmen?«, schlug Fritza vor.

»Ich glaube nicht, dass wir in unserer Welt etwas damit anfangen können. Mein Vater würde ganz schön blöd schauen, wenn ich mit einem Stein vor ihn treten würde: Hey, pass mal auf, du siehst dich gleich als Kind wieder.«

Fritza musste kichern. »Da hast du wahrscheinlich recht.« Ihr Mund verformte sich zu einer Schnute, während sie überlegte. »Und wenn du's ihm einfach erzählst, sodass er sich erinnert?«

»Das ist es ja«, sagte Flynn. »Kiteshri hat gesagt, man muss die Erinnerung auch spüren und ich habe gerade gespürt, wie stolz mein Vater gewesen ist, also ist jetzt das Gefühl für immer aus meinem Vater verschwunden. Die Erinnerung ist gelöscht und mit ihr das Gefühl. Umso mehr Erinnerungen wir aus dem Berg holen, desto hoffnungsloser wird es für meinen Vater, sich jemals wieder an etwas Schönes aus seiner Kindheit zu erinnern.«

»Das ist übel«, sagte Fritza. »Aber es muss einen Sinn haben, wenn Kiteshri uns hergeschickt hat.«

»Vielleicht«, sagte Flynn. »Vielleicht auch nicht.« Enttäuscht ließ er sich auf den Boden sinken. »Ruhen wir uns aus«, schlug er vor. »Dann kann ich noch ein bisschen in der Nähe sein.«

Fritza machte sich Sorgen um Flynn. Er hörte sich mutlos an. So, als wolle er einfach sitzen bleiben und sterben.

So ähnlich war es auch. »Vielleicht ist es besser, nach Manjara zurückzugehen. Was sollen wir schon im Tal. Aus Memorien kommen wir beide nicht mehr raus.«

Fritza fand den Vorschlag gar nicht schlecht. Die Einsiedler wussten vermutlich am ehesten Rat. »Meinst du, wir schaffen es zu zweit an den fiesen Kreaturen vorbei?«, gab Fritza zu bedenken.

Flynn sah auf. »Sollten wir Angst davor haben? Das Schlimmste, was uns beiden passieren kann, ist schon passiert, oder? Du hast deine beste Freundin und ich meinen besten Freund verloren.«

Fritza legte ihren Kopf an Flynns Schulter. »Aber *wir* sind hier«, mahnte sie ihn. »Kiteshri würde sagen, man soll die Hoffnung nie aufgeben.«

Flynn verdrehte die Augen. Als er sich Fritza zuwandte, tat es ihm sofort leid. Er sah ihr zauberhaftes Lächeln, das es nicht verdient hatte, enttäuscht zu werden. Schlagartig änderte er seine Meinung.

»Du hast recht«, sagte er. »Solange du hier bist, gibt es Hoffnung.«

Immer und immer wieder sah er es vor sich, als hätte es sich in seine Netzhaut eingebrannt. Sein Magikandi bohrte sich in die Seite seines besten Freundes. Blaue Blitze stoben hervor. Niedergeschlagen stützte Konrad die Ellenbogen auf den Tisch, um seinen Kopf in den Händen zu vergraben. Er hatte Flynn verletzt, seinen besten und einzigen Freund. Das war der einzige Gedanke, zu dem er fähig war. Konrad saß am Tisch einer Gaststube, hatte weder Hunger noch Durst, und am allerwenigsten hatte er Lust, Bertram zuzuhören. Der saß ihm unbekümmert gegenüber und war in einen seiner Monologe verfallen. Er erklärte zum x-ten Mal, was für ein schlechter Mensch Flynn war. Konrads Magen verkrampfte sich. Am liebsten hätte er laut losgebrüllt, Bertram solle endlich das Maul halten, aber das traute er sich nicht.

»Es ist allmählich Zeit, darüber nachzudenken, wie wir beide in unsere Welt zurückkehren können«, drangen Bertrams Worte an seine Ohren. Es klang wie selbstverständlich, als ob nichts passiert wäre. Konrad war ängstlich und verwirrt, aber eines wusste er genau.

Er sah auf. »Ich gehe nirgendwo hin ohne Flynn«, sagte er mit fester Stimme.

»Natürlich gehen wir!« Bertram schien nicht beeindruckt von Konrads Antwort. »Du und Flynn seid keine Freunde mehr. Du hast ihn verletzt, schon vergessen? Ich glaube kaum, dass er noch etwas mit dir zu tun haben will.« Bertrams Stimme war kalt und selbstsüchtig. Ebenso selbstverliebt war das Lächeln, das er aufsetzte. Sanftmütig griff er nach Konrads Arm. »*Wir* sind jetzt Freunde und werden gemeinsam in unsere Welt zurückkehren.«

Konrad zog seinen Arm zurück. Schlagartig zweifelte er. War er mit allem falsch gelegen? Er zweifelte mit einem Mal an der ehrlichen Absicht hinter dem Lächeln Bertrams und an der Aufrichtigkeit seiner Worte. Es gab Zeichen, die immer da gewesen waren. Warum hatte er nie zugelassen, sie zu erkennen?

»Wir sind keine Freunde«, murmelte er. »Nicht in der Art, wie es notwendig ist, Memorien zu verlassen.«

Bertrams Gesichtszüge wurden verächtlich. »Was hast *du* denn für eine Ahnung von Memorien«, sagte er. »Denkst du, ich bin die ganz Zeit hinter euch hergewandert, um es mir jetzt verderben zu lassen – nur weil du auf einmal moralische Bedenken hast. Reiß dich zusammen. Ich bin deine einzige Chance.«

Tränen stiegen in Konrads Augen. Tränen der Gewissheit. »Bitte geh«, schluchzte er und vergrub seinen Kopf erneut zwischen den Ellenbogen.

Er konnte nichts anderes sagen, wollte Bertram nicht ansehen. Er wollte niemanden sehen. Am besten würde sein, wenn er einfach hier sitzen blieb, bis er verhungert war. Flynn hatte von Anfang an recht gehabt. Dieser Bertram hatte seine Leichtgläubigkeit ausgenützt. Wieder fragte er sich, wie ihm das hatte passieren können. Vielleicht, weil dieser Bertram seit langem der erste Mensch war, der ihn scheinbar mochte. Ausgenommen seine Mutter, die nicht zählte – und natürlich Flynn. Du bist so ein Idiot, schimpfte Konrad mit sich selbst. Das Einzige, was blieb, war die Erinnerung. Erinnerungen an all die schönen Sachen, die er mit Flynn angestellt hatte. Sollte er losziehen und nach ihnen suchen? Aber was brachte das schon? Er hatte jede davon in seinem Kopf. Jede einzelne. Er brauchte keine verflixte Wolke, die es ihm vorführte. Er dachte wieder an die Verletzung, die er Flynn zugefügt hatte. Wo er wohl jetzt steckte? Er musste aufhören, an Flynn zu denken. Umso eher er damit anfing, ihn zu vergessen, umso eher würde es passieren. Was für ein Quatsch. Er würde Flynn nie vergessen. Aber unter die Augen treten würde er ihm auch nie wieder, denn was er getan hatte, würde sich Konrad nie verzeihen und Flynn ihm erst recht nicht.

Eine Zeitlang drang Bertrams Stimme noch an seine Ohren. Nur die Stimme, die Worte hörte er nicht.

Als Konrad das nächste Mal seinen Kopf hob, war Bertram verschwunden.

Flynn fuhr aus dem Schlaf. Sein ganzer Körper hatte gezuckt. Von was hatte er nur geträumt? Sicher war es wichtig gewesen. »Erinnere dich«, flüsterte er verkniffen vor sich hin.

»Was ist los?« Fritza rieb sich müde die Augen.

Flynn hob den Finger, um ihr zu signalisieren, dass er nachdachte. Es hatte mit den Erinnerungen seines Vaters zu tun gehabt. Das wusste er. Fritza störte Flynn nicht beim Nachdenken. Mit Erfolg.

»Wenn wir keine schönen Erinnerungen mitnehmen können, zerstören wir einfach die schlechten«, sprach Flynn vor sich hin.

»Was meinst du?«

»Na, was ich sage. Mein Vater ist ein Arsch geworden, weil er irgendwann angefangen hat, nur noch an Geld und Erfolg zu denken. Wenn er das vergisst, bleiben die schönen Erinnerungen und Gefühle übrig.«

Begeistert sah er Fritza an. Sie wirkte nicht sehr überzeugt. Enttäuscht ließ er die Schultern sinken.

»Du denkst, es funktioniert nicht!«

Egal, wie sehr er für seine Idee brannte, wenn Fritza Bedenken hatte, war das kein gutes Zeichen. Seit sie aus Manjara aufgebrochen waren, hatte sie immer das Richtige getan. Sie war seine wichtigste Beraterin, was nichts damit zu tun hatte, dass sie auch seine einzige war.

»Solange er dabei nicht verlernt zu essen und zu reden«, sagte Fritza grübelnd.

»Glaubst du wirklich, das könnte passieren?«

»Na ja, du hörst dich gerade an, als würdest du sein ganzes Gehirn löschen wollen, bis er zwölf war, oder so.«

»Mit zwölf konnte er bestimmt schon essen und reden«, grinste Flynn.

»Du weißt, was ich meine. Die ein oder andere Erinnerung verlieren ist ja okay, aber wir wissen beide nicht was passiert, wenn es zu viele sind.«

»War doch nur Spaß«, beruhigte sie Flynn.

»Außerdem stellt sich die Frage, was mit dir und deiner Mutter passiert, wenn dein Vater nichts mehr von Erfolg und Geld wissen will. So schlecht ist dein Leben dadurch ja nicht gerade.«

»Wenn du mit nicht schlecht meinst, dass ich alles haben kann, dann bedeutet mir das nichts«, antwortete Flynn entschlossen.

Fritza sah ihn verschmitzt an. »Das sagst du jetzt!«

Eine Weile saß Flynn stumm da. Was Fritza gesagt hatte, gab ihm zu denken. Schließlich lächelte er von Neuem.

»Wie wäre es, wenn ich versuche, mir meinen Vater im Büro vorzustellen, und zwar wie er seinen ersten großen Erfolg feiert. Bestimmt führt es uns an die richtige Stelle und wir löschen nur die Erinnerung an die Zeit, als es anfing. Wenn dieses Gefühl verschwindet, muss er nicht alles vergessen und tritt vielleicht nur etwas kürzer.«

»Woher willst du wissen, was ihn verändern wird, du warst noch nicht mal geboren?«

»Ich weiß es nicht, deshalb habe ich vielleicht gesagt, aber komm schon. Irgendwas müssen wir versuchen.«

Fritza nickte. »Hast recht. So blöd hört es sich wirklich nicht an.«

»Danke schön«, sagte Flynn mit gekränktem Unterton, schmunzelte aber dabei.

Die beiden waren sicher, dass sie für ihren neuen Plan eine ziemliche Strecke zurücklaufen mussten, bevor es Sinn machte, nach der Erinnerung an Vaters ersten großen Erfolg zu suchen. Sofort waren sie aufgebrochen. Ein paarmal hatten sie schon Rast gemacht. Langsam war es an der Zeit, über die Erinnerung nachzudenken. Flynn musste sie sich möglichst präzise vorstellen, damit er auf einen Hinweis in Form eines inneren Sogs hoffen konnte. Es fiel ihm allerdings nicht schwer, sich etwas auszudenken. Wie sich sein Vater fühlte, wenn er stolz war, hatte er gerade erst erleben dürfen und vom Büro hatte der manchmal erzählt, auch aus den Anfängen, als es Flynn noch nicht gab. Davon besonders gerne. Vater liebte es darüber zu reden, dass er mit nichts angefangen hatte. Seine Arbeit war das Einzige, über was er zu Hause redete und deshalb wusste Flynn noch jedes Wort davon. Er schloss die Augen. Langsam entstand eine Szene, die sich in sein Gehirn brannte. Sie bestand lediglich darin, wie sein Vater stolz hinter seinem Schreibtisch saß. Das müsste reichen, hoffte er. Als Flynn die Augen öffnete und zuversichtlich darauf wartete, in irgendeine Richtung gesteuert zu werden, passierte nichts.

»Lass uns weitergehen, hier ist nichts«, sagte er zu Fritza und bemühte sich, seine Enttäuschung zu verbergen.

Konnte man sich überhaupt eine Erinnerung vorstellen, die es gar nicht gab? Darüber grübelte Flynn so intensiv nach, dass er es beinahe verpasst hätte. Sie waren soeben an einem schmalen Stollen vorbeigelaufen. Er hatte kurz hineingesehen und ihn nicht weiter beachtet. Aber war da nicht ein schwacher Windhauch aus dem Seitengang zu spüren gewesen? Ein Windhauch? Das gab es hier unten doch gar nicht.

»Warte mal!« Flynn blieb stehen und ging die paar Schritte zurück. »Spürst du das?«

Fritza war ebenfalls nähergekommen.

»Was denn?«

»Da zieht's doch!«

»Wenn's bei dir zieht und bei mir nicht, kann das nur eins bedeuten«, feixte Fritza.

»Rein da«, ergänzte Flynn.

Geschickt schlängelte er sich durch den Felsspalt. Vor ihm erstreckte sich ein schmaler, leicht ansteigender Stollen. Es war vollkommen windstill hier drin. Flynn konzentrierte sich auf den Gedanken, den er in seinem Kopf hatte entstehen lassen. Jetzt spürte er es wieder. Kaum der Rede wert, aber es war da.

»Komm mit«, flüsterte er Fritza zu, aus Angst, das Gefühl zu vertreiben, wenn er zu laut sprechen würde, was vermutlich totaler Quatsch war, aber wozu ein Risiko eingehen.

Die unsichtbare Kraft führte ihn tiefer in den Gang hinein. Die Wände drückten sich zunehmend enger an sie. Fritza griff instinktiv nach Flynns Hand.

»Es wird stärker«, raunte der.

Ein paar Schritte noch, dann blieb er stehen.

»Hier muss es sein.«

Wie von selbst hob sich Flynns Magikandi und berührte eine Stelle im Fels.

Als die Wolke durchsichtig wurde, blickte Flynn in einen Versammlungsraum. Ein einziger riesiger Tisch stand darin, mit zehn oder ein paar mehr Stühlen darum. Jeder war von Männern und Frauen in schicken Bürooutfits besetzt. Gerade erhoben sie sich, sahen zu ihm und begannen zu applaudieren.

Es hatte geklappt.

Wenn die Wolke eine Erinnerung seines Vaters zeigte

und diese Leute ihm gratulierten, dann musste er einen tollen Erfolg eingefahren haben.

Jetzt spürte er es sogar.

Eine Woge riesigen Stolzes erfüllte ihn.

Er war so überwältigt von seinem Erfolg, dass er hätte platzen können.

Er wünschte sich, seine Frau könnte ihn sehen. Sie wäre sicher genauso stolz auf ihn, wie er selbst. Er hatte es geschafft, und gleichzeitig schwor er sich, dass keiner von den Menschen hier am Tisch jemals etwas besser machen würden als er. Egal, was dafür erforderlich war.

Dann war die Wolke verschwunden. Sofort erzählte Flynn, was er gespürt hatte. Fritza hatte ja nur die Bilder gesehen.

»Diese Sache ist schon mal Geschichte für meinen Vater«, sagte Flynn zufrieden. »Vielleicht sollte ich noch an seinen zweiten Erfolg denken«, überlegte er weiter. »Bestimmt ist es am Anfang besonders stark, bevor es zur Gewohnheit wird.«

Ehe Fritza etwas sagen konnte, ließ Flynn den Magikandi sinken. Mit dem Gedanken, an einen weiteren Erfolg seines Vaters, war der Sog ganz plötzlich verschwunden.

»Jetzt spüre ich gar nichts mehr. Lass uns zurückgehen, vielleicht war es ja schon genug.«

Stumm folgte Fritza zurück. Auf einmal war der Sog jedoch wieder da. Natürlich, dachte Flynn, die Erinnerung war ja nicht so alt und somit an einer anderen Stelle. An einer Stelle, nicht so tief im Stollen.

Fritza beobachtete, wie Flynns Magikandi über ihren Köpfen auf einmal erneut die Wand berührte. Sie mussten sich schützen, um nicht von herabfallenden Steinen getroffen zu werden.

Ein großer Saal erschien in der neuen Wolke. Sie blickten von einer Bühne auf ein Publikum hinunter. Der Blickwinkel veränderte sich. Wandte sich vom Publikum ab. Sah auf eine große Leinwand, auf ein Porträt von Flynns Vater.

›Daniel König – Mitarbeiter des Jahres – Ernennung zum Prokuristen‹, stand darüber. Flynn verstand nicht, was Prokurist bedeutete, aber es musste auf jeden Fall etwas Bedeutendes sein. Er fühlte sich diesmal nämlich nicht nur stolz, er fühlte sich herausragend. Eigentlich war da gar kein Stolz. Was er spürte, war Unbesiegbarkeit. In diesem Moment wusste er, dass er alles schaffen konnte. Keiner dieser Versager dort im Publikum würde ihm jemals das Wasser reichen können. Flynn schwirrte der Kopf, als sich die Wolke aufgelöst hatte. Er konnte Fritza nicht mit Worten erklären, was er gespürt hatte. Es war zu überwältigend. Er wusste nicht, ob es ihm darum ging, eine weitere Erinnerung zu zerstören oder ob er nur noch mehr von den Gefühlen seines Vaters spüren wollte, als er noch ein weiteres Stück zurückging und den Magikandi auf eine neue Stelle gleiten ließ.

Die Szene war völlig anders. Er betrat ein großes Büro. In der Mitte des Raumes stand ein Besprechungstisch, darum acht Stühle. Die Wände waren aus grauem, kalten Beton. Ein überdimensionales Firmenlogo war daran befestigt. Eine Stufe führte auf eine zweite Ebene hinauf. Vor einer Glasfront befand sich ein großer Schreibtisch. Eine schwarze Platte auf chromfarbenen Beinen. Darauf eine Lampe und ein Computerbildschirm. Sonst nichts. Er trat näher und setzte sich. Da war doch noch etwas. Ein Namensschild. ›Daniel König – Vorstand‹, stand darauf. Er nahm es und steckte es sich ans Revers. Flynn wunderte sich. Es war wieder kein Stolz, den er spürte, auch keine Unbesiegbarkeit. Das einzige Gefühl diesmal, war Macht.

»Ich glaube, wir haben's geschafft«, seufzte Flynn, als die Wolke weg war. »Es war ganz fürchterlich …«

Ein dumpfes Poltern unterbrach ihn. Ein Grummeln, das immer lauter und lauter wurde, gefolgt von einem Knacken, als würde der Fels auseinanderbrechen – und das tat er auch.

Staub rieselte auf ihre Köpfe und erste Steine brachen aus der Wand.

»Raus hier«, schrie Flynn.

Panisch nahm er Fritza bei der Schulter und schob sie vor sich her. »Beeil dich, das kracht alles zusammen.«

Ehe sie den Spalt erreicht hatten, um aus dem Stollen zu entkommen, gab es einen ohrenbetäubenden Lärm und sie dachten, der ganze Berg würde explodieren.

»Runter!« Flynn drückte Fritza auf den Boden und warf sich über sie. Es war zu spät.

Er hoffte, dass sich ein Fels zwischen den Wänden verkeilen würde, um zu verhindern, dass sie der Stollen unter sich begrub. Mit geschlossenen Augen warteten sie auf den Einschlag. Sie konnten nirgendwo hin. Die Höhle würde gar nicht bemerken, wenn sie sie zerquetschte. Es donnerte und rumpelte.

Plötzlich war es still.

Ein paar letzte Kiesel rieselten von der Decke. Ungläubig verharrten sie noch einen Moment. Der Gang hinter ihnen war komplett eingestürzt. Nur zwei Schritte weiter und sie wären Geschichte gewesen. Erleichtert rappelten sie sich auf. Es war ihnen nichts passiert, außer dass sie von einer dicken Staubschicht überzogen waren.

»Das war knapp«, schnaufte Flynn, während er sich den Staub von der Hose klopfte. »Hätte nicht gedacht, dass wegen drei popligen Erinnerungen gleich der ganze Berg zusammenbricht.«

»Tut er auch nicht«, sagte eine tiefe brummige Stimme. Wie aus dem Nichts war Customoria aufgetaucht. »Es kommt darauf an, ob die Erinnerungen etwas bewirken.«

Er deutete mit seiner Büffelklaue in die Richtung, aus der sie geflüchtet waren. Der Schein ihrer Magikandi wurde von den Felsen in Abertausenden kleinen Sternen reflektiert, als wären Diamanten aus dem Fels gebrochen worden. Der Stollen hatte sich völlig verwandelt.

»Das passiert nur, wenn eine Erinnerung, die aus dem Fels geholt wird, dazu führt, dass andere Erinnerungen sich verändern. Eure Erinnerung scheint viel bewirkt zu haben.« Er sah Fritza und Flynn ernst an. »Ihr müsst wissen, das kann nur ein einziges Mal geschehen, ohne dass der Felsen aufbricht und dabei alle Erinnerungen frei gibt.«

Flynn erschrak. »Heißt das, mein Vater würde sein Gedächtnis verlieren?«

Customoria nickte. »Wenn sich nur eine weitere Kleinigkeit an dem Gestein hier drin verändert, wären alle Erinnerungen deines Vaters verloren.« Er sah in Flynns ängstlichen Blick. »Keine Angst.« Customoria rang sich sogar ein Lächeln ab. »Der Fels ist jetzt tausendmal stabiler als vorher. Nicht einmal dein Magikandi könnte ihm mehr etwas anhaben.«

»Lasst uns von hier verschwinden«, sagte Flynn.

Er schob Fritza durch den Felsspalt und zwängte sich hinter ihr in den Hauptstollen.

»Wo ist er hin?«

Sie starrten auf die Öffnung. Customoria kam nicht nach. Flynn schlüpfte zurück, um nach ihm zu sehen. »Er ist weg«, rief er. »Komischer Kerl«, erschien Flynns Kopf im Spalt.

Still machten sich die beiden an den Aufstieg. Es war höchste Zeit, frische Luft zu atmen. Flynn war sicher, Customoria am Höhlenausgang wieder zu treffen, aber das würde noch eine kleine Ewigkeit dauern. Der Rückweg war weit. Bestimmt zwei oder drei Tage, auch wenn eine solche Zeitspanne in Memorien kaum zu bemessen war und auch nur dann, wenn sie sich im Labyrinth der Abzweigungen nicht verlaufen würden. Flynn beobachtete Fritza, die vor ihm herlief und ihre roten Haare vom Staub befreite. Seine treue Fritza. Wie aus dem Nichts durchfuhr ihn ein Gedanke, der ihm die Eingeweide zuzog. *Du Hornochse*, dachte er. Er hatte die ganze Zeit nur an sich gedacht und darüber ganz vergessen, dass auch Fritza auf der Suche war. Sofort griff er nach ihrer Hand.

»Wir müssen noch eine andere Mission erfüllen«, sagte er ernst.

Ein Lächeln huschte über ihr Gesicht, als sie stehen blieb

und sich zu ihm drehte. »Schön, dass du doch noch daran denkst.«

»Es tut mir leid!«, sagte Flynn verlegen.

»Das muss es nicht. Du hattest genug Sorgen und es macht ohnehin keinen Sinn.«

Flynn war überrascht. »Natürlich macht es das«, versuchte er auf Fritza einzuwirken.

»Wir können keine Erinnerung mitnehmen, schon vergessen? Und im Fall meiner Eltern bringt es wohl auch nichts, irgendwelche Erinnerungen auszulöschen. Außerdem ist es zu gefährlich. Du hast Customoria gehört. Hier sollte nicht noch mehr einstürzen.«

Durch ihre Unterhaltung hatten sie das Rauschen gar nicht wahrgenommen. Flynn wollte gerade sagen, dass es doch Sinn machte, als Fritza ihren Zeigefinger auf die Lippen legte und innehielt. Jetzt hörte es auch Flynn. Was konnte das sein? Es war nicht der Berg, der diese Geräusche machte, so viel stand fest. Es klang eher wie ein Fluss oder ein Wildbach. Aber so etwas gab es in der Höhle doch gar nicht. Angestrengt lauschten sie, um die Ursache zu identifizieren.

»Zurück!«, schrie Flynn auf einmal.

Eine weiße Gischt stürzte den Stollen herunter. Das Rauschen wurde lauter und mit ihm drückten sich Wassermassen zwischen den Felswänden auf sie zu. Es würde sie mitreißen, wenn sie nicht schleunigst von hier verschwanden.

»Wo kommt das her«, rief Fritza in Panik aufgelöst.

»Ist doch egal. Weg hier!« Flynn fasst sie an der Schulter und riss sie mit sich. Zurück in die Nische war die einzige Chance, nicht weggespült zu werden. Sie lag bereits zu weit hinter ihnen. Mit einem Ruck wurden sie erfasst. Erst in Zeitlupe, dann immer schneller, nahm sie der reißende Strom mit sich. Flynn geriet der Kopf unter Wasser. Er strampelte und tauchte hustend wieder auf, krampfhaft nach Luft schnappend. Wo war Fritza? Er musste sie zu fassen kriegen.

Es war aussichtslos. Der Strom war zu stark.

Fritza war längst außer Sichtweite. Immer weiter sauste Flynn die Höhle hinunter. Schlug fortwährend gegen die harten Felsen, verschluckte sich. Er hielt die Luft an und tauchte unter. Vielleicht konnte er so gegen die Kraft anschwimmen. Kurz war er versucht seinen Magikandi wegzuwerfen, um sich besser bewegen zu können. Der Preis war zu hoch. Nur mit einer Hand gewann er ein wenig Kontrolle zurück.

Krachend fiel er zu Boden.

War es vorbei? Benommen blickte er dem Fluss hinterher, wie er in der Tiefe des Stollens verschwand. Vorsichtig betastete er seinen Körper. Behutsam stand er auf. Alles schien okay zu sein.

»Fritza?« Zunächst war es nur ein heiseres Flüstern, dann rief er laut durch den Höhlengang.

»Ich bin hier!« Fritza tauchte hinter der Biegung auf. Dort, wo die Wassermassen verschwunden waren. Auch sie hielt ihren Magikandi fest umklammert.

»Geht's dir gut?« Flynn lief zu ihr und umarmte sie.

»Wenn du mir nicht alle Knochen brichst, schon!«, grinste sie.

»Entschuldige«, sagte Flynn und lockerte seinen Griff. »Ich bin so froh, dass dir nichts passiert ist.«

»Wo kam das her?«

Flynn zuckte mit der Schulter. »Hoffentlich kommt nicht noch mehr.«

Er sah in die Richtung, aus der es über sie hereingebrochen war. Es ging steil nach oben.

»Gehen wir die Erinnerungen deiner Eltern suchen«, schlug er vor.

Fritza schüttelte lächelnd den Kopf. »Machen wir lieber, dass wir hier rauskommen. Der Rückweg dauert jetzt eh doppelt so lang.«

Konrad hatte sich in sein Schicksal gefügt. Aus Angst, auf eigene Erinnerungen zu stoßen, wollte er nicht mehr vor die Tür gehen. Bestimmt würde Flynn darin auftauchen und das könnte er niemals ertragen. Andererseits wollte er die Erinnerungen an ihn auch nicht verlieren. Es würden in Zukunft nämlich keine neuen dazukommen. Jede einzelne war deshalb so kostbar wie ein Schatz. Er hatte darüber nachgedacht, zurückzugehen und Flynn zu suchen. Nicht nur einmal. Aber das ging erst recht nicht. Das Schlimmste, was er sich ausmalte, war seinem Freund in die Augen zu sehen. Er hätte sich gerne mit ihm versöhnt, aber das war unmöglich. Flynn hatte ihn beschützen wollen. Was konnte man schon zu jemandem sagen, den man verletzt hatte, weil er sich Sorgen machte. Es war auch keine Notwehr gewesen, wie Bertram versuchte, ihm einzureden. Es war ein gemeiner Angriff und deshalb blieb er, einsam und verlassen, in seiner Herberge. Jeden Morgen ging er nach draußen und setzte sich unweit von ihr in eines der Blumenfelder. Er roch die Blüten und beobachtete die wenigen Schmetterlinge, die um sie herumflatterten. Seltsamerweise sahen die Schmetterlinge aus wie in seiner Welt zu Hause.

Ob sie auch Besucher waren, die nach Erinnerungen suchten?

Ihm fiel ein, dass jemand erzählt hatte, dass es in Memorien deshalb so wenig Schmetterlinge gab, weil die Menschen zu selten von ihnen träumten. Ob das stimmte? Seine eigenen Gedanken fand er viel schöner. Trotzdem Konrad sehr unglücklich war, hatte es doch etwas Gutes, allein zu sein. Man hatte Zeit zum Nachdenken. Das hätte er besser auch früher tun sollen. Selbst überlegen, anstatt sich von Bertram einlullen zu lassen.

Abends, wenn es bereits spät war, ging er zurück in die Herberge. Sie hatte sich dann jedes Mal verändert. Immer stand da aber ein Tisch, mit nur einem Stuhl, auf dem Konrad Platz nahm. Er wünschte sich eine einfache Mahlzeit und dachte darüber nach, was für ein schlechter Mensch er war. Auch wenn er nicht wollte, starrte er ständig zur Tür und hoffte, dass Flynn hereinkam. Wenn sie sich dann wirklich öffnete, hielt Konrad stets den Atem an. Er ersehnte sich Flynn und gleichzeitig fürchtete er ihn. Genaugenommen fürchtete er nicht Flynn, sondern den Augenblick, ihm gegenüberzutreten. Konrad wusste ja nicht, dass seine Befürchtung so gut wie niemals eintreten konnte. Schließlich erschien eine Behausung nur dann, wenn man es sich wünschte. Flynn hätte also genau an der Stelle den Wunsch verspüren müssen, übernachten zu wollen, an der Konrad saß. Wenn Flynn es sich nur einen Atemzug früher oder später überlegen würde, konnte es schon nicht klappen. Die Chance, ihn tagsüber zu treffen, war ungleich höher, darüber hatte Konrad aber nachgedacht. Wenn er sich neben den Weg setzte, achtete er immer darauf, von den Blumen verborgen zu sein.

In diesem Moment betrat Bertram die Herberge. Das war schon ein seltsamer Zufall und wenn Konrad davon gewusst hätte, wie unwahrscheinlich dieser Zufall war, es wäre ihm sicher auch seltsam vorgekommen. Da er leider nichts davon ahnte, kam es ihm nicht verdächtig vor – nur störend.

Der Wirt war heute eine Spinne. Die Decke der Gaststube war dementsprechend mit einem dicken Netz bedeckt, sodass die Spinne mit ihren flinken Beinchen in Windeseile jede Ecke des Raumes erreichen konnte. Ehe sich Konrad versah, stand ein zweiter Stuhl an seinem Tisch und Bertram setzte sich. Konrad sah ihn nicht an. Er schwieg und nahm sich fest vor, keinen einzigen Satz mit ihm zu wechseln. Wenn Bertram etwas sagte, würde er gar nicht hinhören. Der saß aber nur da und sagte gar nichts. Eine Zeit lang, bis er natürlich doch zu reden begann.

»Es tut mir leid, Konrad. Ich war fürchterlich unter Druck. Es war nicht richtig, was ich getan habe.«

Konrad zwang sich, nicht zuzuhören. Er hätte es allerdings kindisch gefunden, sich die Ohren zuzuhalten, also musste er versuchen, es zu ignorieren. Er würde sowieso nicht mehr auf die leeren Worte hereinfallen, die Bertram so gut beherrschte. Es spielte nämlich keine Rolle, ob es Bertram leidtat und ob er sich entschuldigte. Er hatte ihn dazu gebracht, seinen besten Freund anzugreifen und das war nicht wiedergutzumachen. Bewegungslos saß Konrad da, fest darauf bedacht, Bertram keines Blickes zu würdigen.

Bei dem, was nun folgte, wäre es besser gewesen sich die Ohren zuzuhalten, auch wenn es albern ausgesehen hätte.

»Ich weiß, was ich getan habe, kann man nicht wiedergutmachen«, sprach Bertram weiter, als könne er Gedanken lesen.

Eine unangenehme Stille entstand.

»Warum bist du dann gekommen?«, sagte Konrad mit leiser, weinerlicher Stimme. »Ich möchte dich nicht mehr sehen.«

»Ich hatte nicht vor zurückzukommen. Ich wollte nach Manjara gehen, um dort Buße zu tun. Stattdessen hat man mir berichtet, dass Flynn und Fritza in unsere Welt zurückgekehrt sind.«

Nun sah Konrad doch auf. Die Worte donnerten in seinem Kopf wie Hämmer.

Bertram hatte ihn fest im Blick. »Er hat sich Fritza als neue Freundin ausgesucht, und er hat es geschafft mit ihr zurückzureisen.« Bertram fixierte Konrad weiter. »Er ist ohne dich weggegangen!«

Konrad spürte, wie sich ein Kloß in seinem Hals bildete. Es war eingetreten, was er die ganze Zeit mit sich herumgetragen hatte. Er würde Flynn nie wiedersehen. Er war ihm nicht böse. Flynn hatte jedes Recht, einen Ausweg für sich zu finden. Er selbst hatte seinen Freund zurückgelassen, nicht umgekehrt. Dennoch versetzte ihm die Endgültigkeit von Bertrams Worten einen Stich. Es war nur ein ganz kleiner Keim gewesen. Ein Keim der Hoffnung, dass ihm das Schicksal Flynn wiederbringen könnte.

Jetzt gab es nichts mehr.

Bertram hatte ihm Zeit gelassen, sich diese Gedanken zu machen.

»Geh mit *mir* zurück«, sprach er jetzt weiter.

Konrad sah auf und wollte ihn anschreien, dass er das vergessen könne. Bevor er jedoch sprechen konnte, hob Bertram beschwichtigend die Hand.

»Du musst es nicht jetzt entscheiden. Ich werde dich nicht weiter bedrängen. Schlafe darüber. Ich breche erst morgen auf. Du kannst mitkommen oder hierbleiben.«

Konrad entspannte sich. Ein anderer Gedanke hatte von ihm Besitz ergriffen. Möglicherweise konnte er Flynn alles viel besser erklären, wenn sie zu Hause waren. Vielleicht würden sie sich gar nicht mehr erinnern, was passiert war. Auf jeden Fall würde es einfacher sein, in ihrer gewohnten Umgebung. Er wischte die Idee weg. Bertram zu vertrauen war keine Option. Nie wieder würde er das.

Aber diesmal war es ja ganz anders. *Er* würde Bertram benutzen, um zurückzukehren, nicht umgekehrt. Es war das Mindeste, was Bertram für ihn tun konnte. Ja, darauf konnte er sich einlassen.

»Würde es überhaupt klappen? Wir sind keine Freunde mehr. Memorien würde es sofort spüren«, sagte Konrad nachdenklich.

Bertram musste sich beruhigen, um Konrad seine Erleichterung nicht zu zeigen. »Daran habe ich auch schon gedacht.« Er versuchte, seine Stimme so beiläufig wie möglich klingen zu lassen. »Wir müssen uns eben daran zurückerinnern, als es am schönsten war zwischen uns beiden«, erklärte er Konrad.

Fritza und Flynn saßen abgekämpft gegenüber der Nische und sahen auf die funkelnden Felsen, welche die veränderten Erinnerungen von Flynns Vater verursacht hatte. Sie waren nicht ein einziges Mal stehen geblieben, bis sie endlich an der Stelle zurück waren, von der sie der Strom weggerissen hatte. Jetzt fühlten sie sich erschöpft und müde. Besonders Flynn ging es zunehmend schlechter. Konrads Wunde hatte plötzlich angefangen, immer mehr zu schmerzen. Freilich wollte er Fritza nicht beunruhigen, deshalb hatte er nichts gesagt und so gut es ihm möglich war verborgen, dass es weh tat. Jetzt aber konnte er nicht anders, als mit ein wenig Licht seines Magikandi die Stelle zu begutachten.

»Was ist?«, fragte Fritza besorgt.

»Es fühlt sich an, als hätte es sich entzündet, aber es ist nichts zu sehen.«

Flynn war einigermaßen beruhigt, als er die Verletzung begutachtete. Zumindest unter dem orangenen Schein seines Stabes sah sie nicht gefährlich aus. Im Gegenteil, sie schien fast verheilt.

»Alles gut, siehst du«, er zog seine Jacke zur Seite und zeigte Fritza das Stück Haut, auf dem nur mehr eine kleine Narbe zu sehen war.

Nach einem unruhigen Schlaf waren die Schmerzen jedoch immer noch da, vielleicht sogar schlimmer geworden. Flynn verlor kein Wort darüber. Er hoffte, dass sie den restlichen Weg aus der Höhle schnell hinter sich brachten und Customoria dort auf sie wartete. Er gab sich gute Chancen, dass der Büffelkopf wusste, was mit ihm los war.

Inzwischen hatten sie eine ganz schöne Strecke überwunden. Anfangs hatte Flynn an jeder Gabelung überlegen müssen, wie es weiter ging. Fritza fielen irgendwann Konrads Steinmännchen auf. Danach waren sie gut vorangekommen und Flynn versuchte, sich zu erinnern, wie weit es noch sein könnte.

»Bevor der Ausgang kommt, muss auf jeden Fall erst der See kommen«, entsann er sich. »Danach sind wir aber fast da.«

Sie stiegen ein paar Felsstufen in die Höhe. Lose Findlinge lagen überall auf dem Weg und sie mussten darüber hinwegsteigen.

»Sieh mal!« Fritza zeigte auf einen Krater, der neben ihrem Pfad in die Tiefe führte.

Flynn brauchte einen Moment, bis er verstand. »Der See ist verschwunden«, staunte er. Dann kam ihm ein Verdacht. »Meinst du, die Erinnerungen meines Vaters sind daran schuld?«

Fritza legte die Unterlippe über die Oberlippe. »Denke schon. Auf jeden Fall wissen wir jetzt, wo das Wasser herkam.«

»Dann muss da oben irgendwo der Durchgang zur letzten Abzweigung sein«, kombinierte Flynn. »Falls es den nicht verschüttet hat.«

Er war nicht verschüttet. Eine große Zuversicht überkam Flynn, als er sich mit Fritza hindurchzwängte und sie in dem Höhlengang standen, der sie schnell zum Ausgang führte.

Es war Nacht, also beschlossen sie, bis zum Morgengrauen im Schutz der Höhle und im Schutz von Customoria auszuruhen.

»Wohin sollen wir überhaupt«, fragte Fritza, die sich an Flynn gekuschelt hatte. Gemeinsam saßen sie im Inneren an die Felswand gelehnt, ihre Magikandi hatten sie als wärmendes Licht zu ihren Füßen gelegt.

»Am liebsten würde ich zu Kiteshri, um nach Rat zu fragen. Er weiß vielleicht, wie ich Konrad zurückgewinnen kann«, seufzte Flynn. »Aber ich glaube, es ist zu gefährlich. Wir haben selbst gesehen was passiert, wenn die Traumflieher jemanden allein oder nur zu zweit erwischen.« Er verheimlichte den wahren Grund. In Wirklichkeit fühlte er sich schwach und verletzlich. »Gehen wir ins Tal und versuchen, Konrad zu finden«, schlug er vor.

Es dauerte eine Weile, bis Fritza etwas sagte. »Meinst du, dass Konrad überhaupt noch in Memorien ist? Er wollte mit Bertram nach Hause zurückkehren – vielleicht sollten wir das gleiche versuchen.«

Flynn sah Fritza eindringlich an. »Er ist bestimmt längst zur Besinnung gekommen. Konrad geht nicht ohne mich – und ich nicht ohne ihn«, sagte er. »Ich habe ihn noch nie im Stich gelassen und werde ihn so lange suchen, bis ich ihn gefunden habe.«

Flynn spürte, dass Fritza enttäuscht war.

»Ich verstehe, wenn du heim willst«, setzte Flynn nach. »Du musst nicht bei mir bleiben.«

Es fiel ihm schwer, das zu sagen. Fritza gab ihm Kraft und Hoffnung. Dennoch hatte er nicht das Recht, sie an sich zu binden. Es war vielleicht das Mutigste, was er je getan hatte. Sie loszulassen, obwohl er sie dringend brauchte.

Fritza antwortete nicht. Die Zukunft würde entscheiden, was mit ihnen passierte. Mit Flynn an ihrer Seite musste sie keine Angst haben, aber er erwartete einiges von ihr. Sie sollte ihm helfen und am Ende allein zurückbleiben, wenn es gelänge Konrad zu finden. Allerdings war sie auch allein, wenn sie ihn seinem Schicksal überlassen würde.

»Ich bleibe bei dir«, sagte Fritza mit trockener Kehle.

Aus der Ferne drang ein helles Kichern an seine Ohren. Er spürte, dass der Boden unter ihm ganz weich geworden war. Verwirrt sah sich Flynn um. Zu seinem Erstaunen lag er in einem Bett – zu Hause, in seinem Kinderzimmer. Hatte er alles nur geträumt? Geräuschlos schlug er die Decke zurück. Barfuß schlich er zur Tür.

Auf dem Flur war es still.

Ein wenig Licht schien über die Treppe zu ihm herauf.

Da! Da war es wieder. Ein leises Kichern. Auf Zehenspitzen tapste er die Stufen nach unten. Die Wohnzimmertür war einen Spalt geöffnet. Die Stehlampe warf einen schwachen Strahl auf den Flur heraus. Flynn näherte sich neugierig. War Vater nicht allein?

»Ich würde gerne Mäuschen spielen und mich zu den Jungs aufs Baumhaus schleichen«, sagte eine Stimme.

Flynn erkannte seinen Vater, aber es konnte nicht sein. Er klang so beschwingt und gleichzeitig verträumt. Sein Vater sprach nie so. Seine Stimme war sonst hart und sachlich.

»Das liebe ich so an dir.« Er hatte Besuch. Eine Frau. »Ich mag es, wie du dich für deinen Sohn interessierst.«

Mutter? Flynn überlegte. Wie kam sie hierher? War sie schon gesund geworden? Hatte sich alles wieder eingerenkt, ganz ohne seine Mithilfe?

»Na hör mal«, sagte die Stimme seines Vaters, die nicht von seinem Vater sein konnte. »Natürlich interessiere ich mich für ihn. Ist nur schade, dass er immer weniger mit seinem Vater unternehmen möchte. Früher durfte ich mit ihm da sitzen.« Man konnte das Schmunzeln hören, mit dem er den Satz beendet hatte.

»Kindskopf«, sagte Mutter.

Jetzt war auch wieder das Kichern zu hören. Genauso leise, aber viel näher, weil es durch den Schlitz auf den Flur drang und Flynn genau dahinter stand.

Er wagte es, den Kopf in den Spalt zu schieben. Was er sah, verwirrte ihn. Auf dem Sofa saß sein Vater. Er hatte ein Glas Rotwein in der Hand.

Das war es natürlich nicht, was Flynn verwirrte.

Ihn verwirrte, dass seine Mutter mit dem Kopf auf dessen Schoß lag, sich an ihn kuschelte und verliebt lächelte.

»Ich liebe dich«, sagte Vater genau in dem Moment, als Flynn sich beinahe zu Ende gewundert hatte.

Flynn wollte den Türgriff nehmen und zu den beiden hineingehen. Als er aber den ersten Schritt machte, wurde der Boden weich. Sein Bein versank wie in Wackelpudding.

Erst nur sein Bein, dann fiel er nach vorn. Langsam verschluckte ihn das Parkett, wie Treibsand. Alles um ihn herum löste sich auf und verschwand in einer Wolke aus Staub.

Fritza schlug die Augen auf. Der türkisfarbene Himmel leuchtete zu ihr in die Höhle. Die Felsen funkelten und ließen gar nichts anderes zu als Hochstimmung. Müde rieb sie sich die Augen, um den Schlaf zu vertreiben. Es würde seit Langem ihr erster Tag an der frischen Luft sein und egal, ob es regnen oder schneien würde, sie freute sich darauf. Die gute Laune hatte auch ihre schweren Gedanken vertrieben.

»Flynn?«

Er war nirgends zu sehen. Sicher war er schon ins Freie getreten, um ebenfalls den Tag zu begrüßen. Sie musste auch gar nicht lange nach ihm suchen. Sie entdeckte ihn auf einem Felsen sitzend. Er wandte ihr den Rücken zu und hatte den Kopf nach vorn gebeugt. Lautlos schlich sie sich näher.

»Guten Morgen«, rief sie und stieß ihm mit dem Finger in die Seite, um ihn aus Spaß zu erschrecken.

Flynn zuckte zusammen. Mit einem gequälten Lächeln drehte er sich zu ihr. »Morgen!«

Sein Blick war schmerzverzerrt. Jetzt erst bemerkte Fritza, bei was sie ihn überrascht hatte. Er hatte sein T-Shirt nach oben gezogen, um bei Tageslicht die Wunde zu betrachten, die ihm Konrads Magikandi zugefügt hatte.

»Tut es immer noch weh?«

»Ich weiß nicht. Irgendwie schon.«

»Du weißt nicht? Irgendwie schon? Man spürt doch, ob es weh tut oder nicht!«

Flynn hob die Augenbrauen. »Ja, Frau Lehrerin«, er lächelte gekünstelt, wurde aber schnell wieder ernst. »Es tut weh. Sehr sogar, aber man sieht überhaupt nichts. Es ist kein bisschen entzündet. Ich dachte, es liegt an der Dunkelheit in der Höhle, aber hier draußen sieht es noch besser aus als drinnen. Es scheint fast völlig verheilt zu sein.«

»Dann ist es doch gut.« Fritza war erleichtert.

Flynn zuckte mit der Schulter. »Es fühlt sich aber fürchterlich an.«

»Das ist typisch für Wunden von Magikandis.«

Customoria war ganz unvermittelt aufgetaucht. Für ein Wesen seiner Größe war er wirklich gut darin, sich anzuschleichen. »Sie verheilen von außen vollständig, breiten sich in deinem Körper aber immer weiter aus.«

Erschrocken sah ihn Fritza an. »Was meinst du damit?«

»Es breitet sich so lange aus, bis man stirbt.«, wurde der Büffelkopf deutlich.

Flynn sah hilfesuchend zu Fritza. »Du kannst ihm sicher helfen, nicht wahr?«, fragte sie voller Hoffnung.

Customoria verzog sein Maul. »Sehe ich aus wie der Höhlendoktor? Die Einsiedler von Manjara können heilen ...«

»Dann müssen wir doch zurück ins Gebirge«, unterbrach ihn Fritza und sah Flynn eindringlich an.

»... jedoch nicht die Wunden von Magikandis«, vollendete Customoria seinen Satz, als hätte er Fritza gar nicht gehört. »Hat man euch in Manjara nicht gesagt, dass ihr vorsichtig damit sein müsst?«

»Doch, schon«, sagte Flynn kleinlaut. Er erinnerte sich an die Vorträge Kiteshris und ihr Training, bei dem er immer wieder betont hatte, wie verantwortungsvoll man mit dem Magikandi umgehen musste. »Halt mal«, Flynn war etwas eingefallen. »Ich habe Konrad beim Üben auch verletzt und ihm ist gar nichts passiert.«

Customoria legte den Kopf zur Seite. »Es macht einen Unterschied, ob man jemanden verletzen möchte oder nicht. Wenn es mit voller Absicht geschieht, ist es tödlich, egal wie tief die Wunde ist. Außer ...«, Customoria verstummte.

»Ja?« Flynn wurde aufgeregt. Es gab also doch eine Möglichkeit.

»Außer der Verursacher selbst macht es rückgängig. Wenn er aus tiefstem Herzen bereut und seinen Magikandi erneut auf die Stelle legt, kannst du überleben.«

»Wie viel Zeit bleibt uns?«, wollte Fritza wissen.

»Nicht länger als fünf Nächte, nachdem die Wunde vollständig verschwunden ist«, antwortete Customoria trocken.

»Dann bin ich tot«, stammelte Flynn. »Man sieht ja schon so gut wie nichts mehr und Konrad hat einen zu großen Vorsprung, wir können ihn niemals in der kurzen Zeit einholen.«

»Du darfst die Hoffnung nicht aufgeben!«, befahl Fritza mit fester Stimme. »Vielleicht ist Konrad umgekehrt und schon auf dem Weg zurück.«

»Du hast selbst gesagt, dass er mit Bertram weggegangen ist.«

»Und du hast gesagt, dass er längst zur Besinnung gekommen ist«, erwiderte Fritza und benutzte dabei Flynns eigene Worte. »Wir müssen es versuchen. Eine andere Chance bleibt nicht!«

»Dann lass uns keine Zeit verlieren«, gab Flynn nach.

Zum Glück war dieses wunderbare Mädchen bei ihm.

Es war nach der zweiten Nacht seit ihrem Aufbruch aus den Höhlen der Ike. Sie waren der Talebene inzwischen nahegekommen, der Abstieg fast geschafft. Der Weg war nicht mehr sehr steil, bereits wieder weich und von Moos bewachsen. Man konnte über weite Wiesen mit mannshohen Grashalmen sehen, die von wild wachsenden Blüten gesäumt waren. Insekten schwirrten um ihre Köpfe. Einige davon sahen aus wie in der Menschenwelt, manche der Käfer und Krabbeltiere hatten sie aber noch nie gesehen. Alles hier wirkte natürlicher, lebendiger und viel normaler als die eintönigen Blumenfelder auf der anderen Seite des Gebirges. Dort war es irgendwie steril gewesen. Nicht wie Blumen eigentlich wachsen sollten.

»Meinst du, es gibt auch einen leichteren Weg, der nicht durch die Berge geführt hätte?«, sagte Flynn verträumt. »Memorien muss doch riesig sein.«

Fritza zuckte mit den Schultern. Sie konnte nicht antworten. Zu traurig waren ihre Gedanken. Flynn war ein fantastischer Junge. Sie mochte sich nicht vorstellen, dass er vielleicht sterben würde. Sie mochte es nicht und doch konnte sie an nichts anderes denken.

»Gefällt dir der Ausblick nicht? Ich finde ihn toll«, schwärmte er.

»Hast du keine Angst?«, wollte Fritza wissen.

Flynn sah sie an. »Was meinst du?«

»Ist das dein Ernst?« Fritza wurde fast ärgerlich. »Dass du sterben könntest, natürlich.«

Tatsächlich war Flynn so abgelenkt gewesen, dass er gerade nicht daran gedacht hatte. Nur für diesen kleinen Moment nicht.

»Klar hab ich Angst. Ich spüre ja, wie es sich weiter ausbreitet«, sagte er. »Ich glaube sogar, dass ich ganz sicher sterben werde. Aber deshalb möchte ich es ja genießen. Vielleicht ist das hier das letzte Schöne in meinem Leben, was ich sehen werde.«

»Lass uns Rast machen«, sagte Fritza und steuerte auf eine Bank zu, die am Rand des Pfades vor ihnen auftauchte. Ein Zeichen, dass sie das Gebirge verlassen und nach Memorien zurückgekehrt waren.

Erschöpft ließ sich Flynn darauf nieder. Er spürte Fritzas Hand, die nach der seinen griff.

Er lächelte ihr zu. »Siehst du, wie schön es hier ist!«

Sie legte ihren Kopf an seine Schulter und nickte. Flynn war das nicht genug.

»Nein, wirklich. Du musst richtig hinsehen. Oberflächlich betrachtet ist es nur eine Blumenwiese, aber wenn man genau hinsieht, gibt es so viele Geschöpfe, die darin leben. Jedes von ihnen ist ein kleines Wunder, findest du nicht?«

Verträumt sahen sie dem Gewimmel über den Grashalmen zu. Fritza spürte Flynns Wärme und das Auf und Ab seines Brustkorbs. Seine Nähe war beruhigend und beängstigend zugleich. Es steckte so viel Leben in ihm und im selben Augenblick auch wieder nicht.

»Es ist schon schade«, sagte Flynn aus heiterem Himmel. »Jetzt werde ich gar nicht erfahren, was aus meinen Eltern geworden ist.« Ihm fiel ein, dass er Fritza noch nicht davon erzählt hatte, was bei der zweiten und dritten Erinnerung an Gefühlen mitgeschwungen waren. »Es hat mir Hoffnung gemacht, dass mein Vater jetzt mehr für meine Mutter und mich da sein könnte, aber leider werde ich es nicht mehr erleben«, schloss er seinen Gedanken.

»Doch, das wirst du. Rede nicht so. Du wirst nicht sterben.«

Flynn lächelte. »Du denkst doch selber darüber nach.« Er sah Fritza in die Augen. Sie konnte seinem Blick nicht standhalten. »Siehst du! Aber meine Mutter hat immer gesagt, alles Schlechte hat auch sein Gutes. Vielleicht ist mein Vater noch unmöglicher geworden und es ist besser, wenn ich nicht mehr zurückkehre.«

Fritza schüttelte vehement den Kopf. »Bestimmt weiß Customoria doch nicht alles.« Sie wollte über etwas sprechen, das ihm Hoffnung machte. »Kiteshri hätte es uns gesagt, wenn der Magikandi solch schlimme Verletzungen hervorrufen könnte«, seufzte sie.

»Er dachte vermutlich nicht, dass wir uns selbst verwunden – mit Absicht.« Flynn musste schlucken, als er das sagte.

»Und wenn es doch besser gewesen wäre, nach Manjara zurückzukehren?«

»Wir hätten es nicht geschafft«, beruhigte sie Flynn. »Wir tun das Richtige. Konrad folgen und hoffen, dass er umgekehrt ist.«

Während Flynn das sagte, setzte sich ein besonders schöner Schmetterling auf sein Hosenbein. Der Stoff war schmutzig und abgewetzt. Den Schmetterling störte das in keiner Weise. Natürlich nicht.

»Ihr werdet zu spät kommen.« Es war eine hohe piepsige Stimme, die an Flynns Ohren drang.

»Hast du was gesagt?« Er wunderte sich, warum Fritza ihren Tonfall derart verstellte.

»Nein, ich dachte, du warst es.«

»Hier unten«, war die piepsige Stimme erneut zu vernehmen.

»Kann der Schmetterling reden?« Flynn sprach immer noch mit Fritza.

»Du kannst mich auch selbst fragen«, piepste es von neuem. »Bin ich der erste Schmetterling, der mit euch spricht?«

»Schon!« Endlich wandte sich Flynn dem Insekt zu.

»Liegt vermutlich daran, dass die meisten nicht reden können.« Der Schmetterling hätte gekichert, hätte er es gekonnt.

»Aha, und warum kannst *du* es?«, wollte Flynn wissen.

»Ich habe es in Manjara gelernt.« Das Piepsen hörte sich jetzt sehr stolz an.

»Dann höre ich dich in meinem Geist«, schlussfolgerte Flynn.

»Genau, deshalb kann ich auch eure Gedanken hören«, sprach der Schmetterling weiter.

»Hast du dann vielleicht auch Konrad gesehen? Er muss vor uns hier vorbeigekommen sein. So alt wie ich, etwas kleiner und rundlicher. Dass er rundlich ist, darfst du ihn bitte nicht hören lassen.«

»Ich weiß es nicht«, sagte der Schmetterling. »Ich bin ja gerade erst hier angekommen. Kiteshri hat mich losgeschickt, euch nachzuflattern.«

»Kiteshri!« Flynn und Fritza hatten es gemeinsam fast herausgeschrien.

Der Schmetterling war so davon erschrocken, dass er panisch die Flucht ergriff.

»Müsst ihr so laut sein«, beschwerte er sich, als er wieder auf Flynns Knie gelandet war.

»Entschuldige«, sagte der. »Warum hat Kiteshri dich geschickt?«

»Er hat von Customoria erfahren, was passiert ist«, piepste der Schmetterling.

Für Wesen aus Memorien schien Raum und Zeit anders dimensioniert zu sein als für Besucher aus der Menschenwelt, überlegte Flynn.

Der Schmetterling redete aber schon weiter: »Er lässt ausrichten, es gibt eine Möglichkeit, euren Weg abzukürzen.«

»Wirklich!«, wieder konnten die beiden nicht anders, als herauszuplatzen.

»Wenn ihr nicht dauernd dazwischenredet, geht es schneller«, schimpfte der Schmetterling. »Und es soll doch schnell gehen, oder nicht?«

Flynn und Fritza nickten. Diesmal ohne dazwischenzureden.

»Ihr müsst durch den Raum der Zeit«, sprach der Schmetterling weiter. »Wenn er euch einlässt, seid ihr deinem Freund mit einem Schnips auf den Fersen.«

»Und wo ist dieser Raum«, sagte Flynn, als er sicher war, dass der Schmetterling fertiggesprochen hatte. Sein Herz hüpfte dabei vor Freude und neuer Hoffnung.

»Das hat Kiteshri nicht gesagt. Ich dachte, ihr wüsstet das.« Mit diesen Worten erhob sich der Schmetterling, drehte eine kleinen Runde um Fritzas Kopf und war verschwunden.

»Na toll«, murrte Flynn. »Er schickt uns einen Boten und das Wichtigste vergisst er mitzuteilen.« So schnell wie das Glück in Flynn gefahren war, hatte es ihn auch wieder verlassen.

Fritza sah nicht so enttäuscht aus. Eher grüblerisch. »Das passt gar nicht zu Kiteshri, oder? Wenn er es nicht erwähnt hat, geht er davon aus, dass wir wissen, wie wir hinkommen.«

»Tun wir aber leider nicht, oder weißt du's?«

Kleinlaut schüttelte sie den Kopf. Trotzdem glaubte sie

nicht daran, dass Kiteshri einen Fehler gemacht hatte. »Lass uns weitergehen. Vielleicht stoßen wir im Tal automatisch darauf, oder auf einen Hinweis.«

Ächzend stemmte sich Flynn in die Senkrechte. Nachdem er eine Weile zur Ruhe gekommen war, tat die Verletzung immer besonders weh, wenn er sich bewegte. Viel langsamer als es Flynn recht war – er hätte beim besten Willen jedoch nicht mehr schneller gekonnt – folgten sie dem Pfad bis in die Ebene. Zwischen den fast baumhohen Grashalmen wanderten sie weiter. Der Weg schlängelte sich mitten durch die Wiese, sodass man nicht sehr weit vorausblicken konnte. Flynn hoffte hinter jeder Biegung, auf Konrad oder den versprochenen Raum der Zeit zu stoßen. Er spürte, dass sein Körper nicht mehr lange durchhalten würde.

»Können wir eine Pause machen?«, fragte er stöhnend. Es war mehr ein Flehen als eine Frage.

Der Raum der Zeit

Zu Beginn war es Konrad schwergefallen, sich mit Bertram über alte Zeiten auszutauschen. Es fühlte sich wie Verrat an. Er hatte sich so oft geschworen, nichts mehr von Bertram wissen zu wollen, und jetzt half er ihm doch wieder. Was, wenn Flynn plötzlich zur Tür hereinkam? Wie musste das auf ihn wirken? Aber Flynn würde ja nicht hereinkommen. Flynn war längst zu Hause.

»Du tust es nur, um deinen Freund wiederzusehen, nicht für Bertram«, sagte sich Konrad ein ums andere Mal.

Wenn es gelingen sollte, musste er sich ganz darauf einlassen. Also war es bald tatsächlich wie in alten Zeiten. Bertram verstand es geschickt, die richtigen Erlebnisse in Konrads Gedächtnis zurückzuholen. Vor allem die Abende, an denen er mit ihm Wache gehalten, spannende Geschichten aus seinem Leben erzählt und ihm ganz nebenbei das Gefühl gegeben hatte, wichtig zu sein. Bertram wusste auch genau, was er nicht erwähnen durfte. Er machte einen großen Bogen um die Ereignisse mit Flynn, den schlechten und vor allem den guten. In Kürze hatte er Konrad wieder völlig in seinen Bann gezogen.

Der ließ es zu, weil er es für eine gute Sache hielt und sich einredete, dass diesmal er es war, der Bertram für seinen Nutzen gebrauchte – aber es war Bertram, der erneut zum Ziel gekommen war.

Sie saßen noch bis tief in die Nacht zusammen. Erst als beide spürten, dass sie eine innige Freundschaft umgab und Bertram sicher war, dass es gelingen würde, verschwanden sie voller Zuversicht in ihrer Schlafkammer.

Zur selben Zeit kauerte Fritza unruhig schlummernd neben Flynn auf jener Bank, die augenblicklich aufgetaucht war, nachdem Flynn nicht mehr weitergekonnt hatte. Flynn war so erschöpft gewesen, dass er nicht lange wach geblieben war. Fritza hatte ihren Kopf an seine Schulter gelehnt und war schließlich ebenfalls abgetaucht. Sie träumte von einer Schaukel, mitten in den Blumenwiesen und ihrer Freundin Marie, die sie dort wiederfand. Sie sah Flynn von einem lodernden Feuer umgeben, aus dem ihm Konrad seine Hand herausreichte, um ihn mit sich zu reißen.

Ein Ruck ging durch Flynns Körper, von dem Fritza wach wurde. Flynn lag schweißgebadet in ihren Armen. Es dämmerte bereits, aber so konnten sie nicht weitergehen.

»Wir müssen einen Tag ausruhen«, befahl Fritza.

»Wir müssen Konrad einholen«, protestierte Flynn.

Seine Stimme war brüchig und kaum zu verstehen. Er wollte aufstehen, hatte aber keine Kraft dazu. Es blieb ihm nichts anderes übrig, als Fritzas Vorschlag zu folgen und sich in die Herberge bringen zu lassen, die am Wegesrand aufgetaucht war.

Bertram und Konrad saßen weit von Fritza und Flynn entfernt, in einer anderen Herberge, beim Frühstück.

»Weißt du überhaupt, wo wir hinmüssen, um zurückzukommen?«, wollte Konrad wissen.

Müde, weil er kaum geschlafen hatte, biss er in ein Stück Brot. Einerseits hatte er sich bereitwillig in Bertrams Bann ziehen lassen, andererseits plagten ihn Gewissensbisse. Die Nacht war die letzte Möglichkeit gewesen, sich darüber klar zu werden, ob er das Richtige tat. Er musste ganz und gar davon überzeugt sein, keinen Fehler zu machen. Aber wenn Flynn sowieso schon nicht mehr in Memorien war, lag die Lösung ja auf der Hand. Was sollte er allein hier herumsitzen und sich selbst bemitleiden. Nur in seiner Welt hatte er überhaupt die Chance, dass sich alles wieder einrenken ließ.

»Kann man in Memorien denn irgendetwas mit Sicherheit wissen?« Bertram schmunzelte. »Ich habe es mir so gedacht: Wir gehen dorthin, wo die Blumen immer kleiner werden und die Erinnerungen noch so frisch sind, dass sie geradeben erst gelebt wurden. Dort sind wir unserer Welt vermutlich am nächsten. Wir sprechen aus, dass wir zurückwollen, und vertrauen auf Memorien. Wenn Memorien uns hinauslassen will, wird der Rest von selbst passieren.«

Konrad sprang auf. »Gehen wir. Ich möchte Gewissheit darüber.«

Bertram leerte seine Tasse in einem Zug und schulterte seinen Rucksack, der neben dem Tisch bereitlag. Ihm war Konrads plötzliche Euphorie recht. Umso schneller alles passierte, umso besser.

Sie traten an die frische Luft. Das Spinnennetz, welches die Öffnung nach draußen für sie frei gegeben hatte, sponn sich von Neuem. Der Rückweg war versperrt und die Herberge kurz darauf verschwunden. Ein warmer Windhauch blies ihnen ins Gesicht. Der türkisene Himmel leuchtete klar und sorgte dafür, dass die Blüten kräftig in den Blumenwiesen strahlten. Konrad nahm es als Zeichen, die richtige Entscheidung getroffen zu haben. Seite an Seite ging er mit Bertram den Pfad entlang, der sie an den Rand Memoriens bringen würde. Bald war Konrad sogar ausgelassen und vergnügt. Er hatte nichts anderes mehr im Sinn als ihre Rückkehr.

Ihre Magikandi hatten die beiden einfach im Zimmer an der Wand lehnen lassen. Bestimmt würde irgendwann jemand kommen, der sie dringender brauchte als sie. Denn dort, wo sie hingingen, waren Wanderstöcke ziemlich aus der Mode geraten.

Am Morgen des folgenden Tages erwachte Flynn aus seiner tiefen Besinnungslosigkeit.

Fritza saß bei ihm. Über ihrer pausenlosen Grübelei, wie sie den Raum der Zeit erreichen konnten, war sie auf eine Idee gekommen und hatte ungeduldig auf diesen Moment gewartet.

»Guten Morgen, Schlafmütze«, sagte sie fröhlich, als sie bemerkte, dass er die Augen öffnete. Flynns Schlaf war tief und fest gewesen. Sie hoffte, es würde ihm dadurch etwas besser gehen. »Kannst du aufstehen?«

Flynn schlug die Decke zurück und versuchte seinen Oberkörper aufzurichten. Er hatte Schmerzen, aber es war etwas Kraft zurückgekehrt. Ohne Hilfe stand er von der Matratze auf und lächelte.

»Ich bin wieder fast der Alte«, sagte er übertrieben.

Fritza freute es trotzdem.

»Sieh mal!« Sie zeigte mit der Bewegung ihres ganzen Körpers aus dem Fenster. Man sah auf den Pfad hinunter und direkt daneben, inmitten der Blumenwiese, ragte eine Art Kapelle auf.

»Willst du für mich beten?«, spottete Flynn mit matter Stimme.

»Das ist der Raum der Zeit«, sagte Fritza bedeutsam, gleichzeitig jedoch maßlos enttäuscht, weil Flynn keine Begeisterung zeigte. Allerdings hatte er ja nicht wissen können, was da vor ihm stand und er konnte nicht wissen, dass Fritzas Herz vor Freude nur so gehüpft hatte, als es ihr gelungen war. Es bedeutete schließlich, dass Flynn eine Chance bekam zu überleben.

»Wie kommt der denn hierher?« Plötzlich war Flynn ganz aus dem Häuschen und Fritza konnte sich doch wieder darüber freuen, dass sie es völlig allein geschafft hatte.

»Ich dachte, vielleicht geht es genauso, wie mit der Bank

und den Herbergen«, sagte Fritza versonnen. »Ich habe mir den Raum einfach gewünscht, und es hat geklappt.«

»Du bist die Größte! Warst du schon drin?« Flynn streifte bereits seine Hose über. Er wollte keine Sekunde verlieren.

»Ich gehe doch nicht ohne dich!«, antwortete sie entrüstet.

Nur kurze Zeit später flitzten die beiden – Flynn gelang es, seinen Schmerz zu ignorieren – nach draußen. Im Gras gegenüber der Herberge erhob sich der Turm über den Halmen, die sich mannshoch im Wind wogten. Sie traten näher und standen vor einem kleinen Häuschen, das an den Turm gebaut war. Es hatte grün gestrichene Wände – und das war auch schon alles. Wie es sich gehört, hatte der Turm eine Uhr. Leider fehlten die Zeiger und deshalb konnten Fritza und Flynn keine Zeit davon ablesen. An dieser Stelle kann man noch einmal darauf eingehen, dass der Umstand der fehlenden Zeiger vermutlich daran lag, dass sich in Memorien niemand für eine Uhrzeit interessierte. Zumindest nicht in der Art, wie man es in der Menschenwelt tut. Natürlich kannte man Zeit in Memorien, aber sie wurde nicht in Stunden oder Minuten gezählt. Wenn überhaupt, zählte man in Nächten oder Tagen und sogar das nur sehr vage. Soweit man sich eben erinnern konnte. Keiner dachte über die Zeit nach oder machte gar Notizen darüber. Wozu auch. Was nutzte es schon, zu wissen wie viele Tage oder Wochen man an einem Ort verbracht hatte oder mit irgendeiner Tätigkeit? – Gar nichts. Im Gegenteil, es machte nur unglücklich. Wenn man etwas Tolles erlebte, wurde es nicht besser, nur weil man wusste, wie lange es gedauert hatte. Umgekehrt war es nicht anders. Welchen Vorteil brachte es zu wissen, wie lange eine Leidenszeit dauerte? Man musste so oder so alles geschehen lassen, egal wie endlos oder kurz es scheinen mochte. Man konnte die Dinge womöglich viel intensiver erleben, ohne dabei ständig auf die Uhr sehen zu müssen. Zeit zu messen machte also nichts besser, sondern nur Arbeit. Übrigens stellte ohnehin niemand in Memorien solche Überlegungen an. Dafür hätte ja zunächst einmal jemand auf die Idee kommen müssen, dass es wichtig wäre, Zeit zu messen. Kurzum, nicht die mickrigste Ameise in Memorien verschwendete auch nur einen einzigen Gedanken an Zeit.

Flynn und Fritza waren sich trotz der fehlenden Zeiger sicher, den Raum der Zeit gefunden zu haben. Es gab nur ein kleines Problem. Das Haus hatte in den grünen Wänden überhaupt keine Türen oder Fenster. Egal wie oft sie drumherum gingen, sie entdeckten nicht die winzigste Öffnung, durch die sie hineingelangen konnten.

»Eine Tür, um in den Raum der Zeit zu gelangen, wäre sehr nett«, versuchte es Fritza auf dem gleichen Weg, wie das Häuschen erschienen war. Diesmal leider ohne Erfolg.

»Vielleicht ist es ja gar nicht der Raum der Zeit«, sagte Flynn und legte ein Ohr an die Mauer. »Hallo? Ist da jemand drin?«

Gleichzeitig klopfte er einfach gegen die Fassade und lauschte. Tatsächlich hörten sie eine Stimme. Sie war so klar und deutlich, als würde derjenige direkt vor ihnen stehen. Aber da war niemand. Die Worte klangen so sanft und gutmütig wie von einer Fee. Es war nämlich eine weibliche Stimme.

Willst fremder Wanderer mein Haus begehen,

musst du eine Prüfung bestehen.

Mit mir kannst du Raum und Zeit überwinden,

doch muss ich zuvor dich würdig finden.

So hör mir zu und merk's dir gut!

Es gibt nur einmal des Rätsels Flut:

Es war still.

»Und jetzt?«, Flynn sah Fritza verwundert an.

Bevor sie etwas sagen konnte, erklang die Stimme von neuem:

Heute zusammen und morgen getrennt,

das ist es, was mir auf der Seele brennt.

Ein Wort nur ist es, was beschreibt,

wenn die Zeit das Neue vertreibt.

Sie schreitet voran, kann rennen und schleichen.

Es ist egal, es gibt kein Ausweichen.

Wenn du weißt, warum heute nicht ist,

was gestern war, so sag es jetzt,

ganz laut und klar!

Flynn starrte erschrocken in Fritzas Gesicht. Er hatte keine Ahnung, von was die Stimme gesprochen hatte. Um ehrlich zu sein, hatte er nicht einmal richtig zugehört. Die Worte schwirrten in seinem Kopf. Selbst wenn er sie auf einem Blatt Papier vor sich gehabt hätte, bezweifelte er, dass er daraus schlau geworden wäre.

»VERGÄNGLICHKEIT«, rief Fritza ganz laut.

Flynn stutzte, was sollte das denn jetzt? Im selben Moment war ein Knarzen und Krachen, von splitterndem Holz zu hören. Wie vom Donner gerührt, glotzte Flynn auf das Haus. Er dachte, Fritza hätte es mir ihrer unbedachten Äußerung dazu gebracht, jeden Moment einzustürzen. Aber dann sah er, dass in dessen Vorderwand eine Tür erschien. Es dauerte nur ein paar Sekunden (unter dem Vorbehalt, dass in Memorien keiner weiß, was Sekunden überhaupt sind), und der Spuk war vorbei.

»Willst du?«, sagte Flynn, nachdem beide einen Moment gebraucht hatten, um zu realisieren, was vor sich gegangen war. Fritza sollte ruhig vorausgehen, schließlich hatte sie auch das Rätsel gelöst. Sie schüttelte allerdings den Kopf. Also machte Flynn einen Schritt nach vorn und drehte an dem Knauf.

Die Tür sprang auf.

Ein warmer Luftzug drang zu ihnen. Der unverkennbare Geruch eines Kaminfeuers waberte heraus. Flynn sah auch sofort den Schein der Flammen. Draußen war es überhaupt nicht kalt und er wunderte sich darüber. Mutig setzte er einen Fuß in das Haus. Das Feuer war die einzige Lichtquelle. Im Moment war da natürlich noch die Helligkeit, welche durch die geöffnete Tür ins Innere fiel. Als Fritza sie zuzog, verharrten sie im Halbdunkel. Es war niemand zu entdecken, aber falls jemand hier drin war, wollten sie unter keinen Umständen stören. Es dauerte einen Moment, bis sich ihre Augen an das fahle Licht gewöhnt hatten.

Ein einfacher Raum, mit einer spärlichen Einrichtung, befand sich vor ihnen. Auf dem rohen Dielenboden lag ein in die Jahre gekommener abgenutzter Teppich. An der Wand stand ein kleines Tischchen, darauf ein Schälchen, das von der letzten Mahlzeit noch nicht abgewaschen war. Einen Stuhl gab es nicht. Stattdessen hing ein metallener Bogen von der Decke, zwischen den eine Stange gespannt war. Sie erinnerte Flynn an die Sitzstange im Vogelkäfig seines Freundes Paul. Der hatte nämlich einen Wellensittich zu Hause. Das Feuer loderte in einem Kamin, der wohl gleichzeitig als Ofen diente. Ein alter, rostiger Kessel, aus dem es wild dampfte, ruhte auf einem Gitter. Daneben wog ein Schaukelstuhl eine abgewetzte Wolldecke. Es hatte den Anschein, als wäre gerade noch jemand dort gesessen und erst kurz vor ihrem Eintreffen aufgestanden. Flynn trat etwas näher, als sich die Decke bewegte. Erschrocken hielt er inne. Eine Gestalt war in den Überwurf eingewickelt. Wenn man genau hinschaute, entdeckte man die Spitze eines grauen Haarbüschels herausragen.

»Guten Tag«, sagte Flynn höflich. »Ich hoffe, wir stören

sie nicht allzu sehr.«

»Ich weiß nicht, wie man hoffen kann nicht zu stören, wenn man es gerade getan hat«, maulte eine Stimme, die einem älteren Mann oder einer älteren Frau gehörte, so genau konnte er das nicht feststellen.

Die Decke bewegte sich von Neuem und der Kopf einer Eule kam zum Vorschein. Flynn zuckte zusammen. Wenn das, was sich unter der Decke verbarg, alles zu der Eule gehörte, war sie riesig.

»Hast du noch nie eine Scanditempora gesehen oder weshalb siehst du mich an, als wäre ich ein Geist?«, maulte die Eule – beziehungsweise die Scanditempora.

Sie hatte wohl nicht sehr häufig Besuch. Den Umgang mit Fremden war sie jedenfalls nicht gewohnt.

»Entschuldigung«, murmelte Flynn. »Aber ich habe echt noch nie eine Scanit…« Flynn stutzte. Er hatte den Namen vergessen.

»Scanditempora«, ergänzte ihn die Eule schroff. »Das ist ja nun wirklich nicht schwer zu merken«, murrte sie. »Kann ich etwas für euch tun, oder wolltet ihr mir nur die Zeit stehlen?« Sie gluckste. »Ein toller Wortwitz«, schmunzelte sie.

Es gab also doch ein Wesen in Memorien, dem Zeit etwas zu bedeuten schien. Da die Scanditempora aber selten Besuch erhielt, und wenn dann nur von Menschen, teilte sie ihr Begehren mit niemandem.

»Kiteshri hat uns gesagt, dass wir mit Ihrer Hilfe vielleicht unseren Freund einholen können.« Flynn fühlte sich kolossal unwohl, deshalb hatte er Kiteshri erwähnt.

Das letzte Mal, als er sich so fühlte, hatte er mit Konrad ein Fenster in der Schule eingeworfen. Sie waren natürlich weggelaufen. Es hatte ihm aber keine Ruhe gelassen, bis er es schließlich seiner Mutter gebeichtet hatte. Die zwang ihn, sich am nächsten Tag beim Schulrektor dafür zu entschuldigen und den Schaden von seinem Taschengeld zu ersetzen. Da war er genauso kleinlaut vor dem Schreibtisch gestanden wie jetzt vor dem Schaukelstuhl. Er hatte diesmal zwar nichts Unrechtes getan, aber er fühlte sich als Eindringling. Er hoffte, dass die Eule Kiteshri kannte und ihm positiv gestimmt war.

»Kiteshri?« Ihr Tonfall hörte sich leider anders an. »Er schickt dauernd welche wie euch«, grantelte sie. »Auch so einer, der immer allen helfen will ...« Seufzend hielt sie kurz im Satz inne, bevor sie weitersprach, »... wie ich.«

Flynn wurde hellhörig. Vielleicht war es doch nur die Einsamkeit, die sie so brummig werden ließ und in Wahrheit hatte sie ein gutes Herz.

»Heißt das, Sie helfen uns?«, fragte Flynn aufgeregt.

»Natürlich helfe ich euch. Dafür bin ich doch hier.« Die Eule klang überrascht. »Ihr seid wohl wirklich noch nie einer Scanditempora begegnet.«

Wieder schüttelte Flynn den Kopf. Diesmal ganz energisch, um glaubhaft zu wirken.

»Dann erzählt mir mal, wo sich euer Freund jetzt befindet«, beugte sich die Eule aus ihrem Stuhl zu ihnen. Sie wippte dabei beträchtlich weit nach vorn und Flynn hatte Bedenken, sie könnte herauskippen.

»Das wissen wir doch nicht«, sagte er, wie aus der Pistole geschossen.

Die Eule nickte gemächlich und ließ sich zu Flynns Beruhigung zurücksinken. »Na, das macht ja nichts.«

Flynn war erleichtert. Zum einen, weil die Eule nicht herausgekippt war und zum anderen, weil er schon befürchtet hatte, einen genauen Standort von Konrad angeben zu müssen. Das wäre ja unmöglich gewesen.

»Es reicht auch ein Gegenstand, den er bei sich trägt und den ihr euch vorstellen könnt«, sprach die Scanditempora weiter.

Flynn überlegte. »Er trug eine rote Jacke ...«

»Ich will nicht wissen, was er anhatte«, unterbrach ihn die Eule. »Es muss ein Gegenstand sein, kein Kleidungsstück. Ein Gegenstand aus Memorien. Ein Rucksack zum

Beispiel, den bekommen doch alle bei ihrer Ankunft.«

Wieder dachte Flynn nach. Den Rucksack, den sie bekommen hatten, trug er selbst auf dem Rücken.

»Konrad hat nichts bei sich«, sagte er bekümmert. »Wir haben nirgendwo etwas bekommen und den Rucksack hat er bei mir gelassen.«

Es würde wieder nicht klappen. Warum konnte nicht wenigstens mal *eine* Sache richtig gut funktionieren. In diesem Moment spürte er, wie sich seine Verletzung bemerkbar machte. Die Entzündung hatte sich weiter ausgebreitet und brannte in ihm wie Feuer. Er wurde zunehmend schwächer. Vielleicht würde er gleich hier an Ort und Stelle zusammenbrechen.

»Können wir uns nicht einfach Konrad vorstellen«, wagte er einen Vorschlag.

Die Eule schüttelte den Kopf. »Da ist nichts zu machen. Lebewesen und Kleidung funktionieren nicht. Es muss eine andere Sache sein. Etwas aus Memorien.« Ihre Worte waren endgültig.

Flynn senkte den Kopf. »Dann müssen wir wohl zu Fuß weiter«, sagte er traurig.

»Aber er hat doch den Magikandi«, platzte Fritza heraus.

Flynns Mine hellte sich auf. »Natürlich! Wie dumm von mir.«

»Na also«, sagte die Eule zermürbt. »Stellt euch den Magikandi eures Freundes vor und geht durch die Tür wieder hinaus.« Ihre Anweisung war genauso barsch wie flüchtig.

Flynn war verwirrt. »Das ist alles?«

»Ich kann auch zusätzlich einen Zauberspruch aufsagen und mit den Flügeln kreisen, wenn ihr euch dann wohler fühlt.« Sie rollte genervt mit ihren großen Eulenaugen.

»Nein, schon gut«, beruhigte sie Flynn. »Vielen Dank!«

Er wandte sich von ihr ab. Sein Herz schlug bis zum Hals und er musste schlucken, um nicht augenblicklich zu ersticken. Er fasste Fritzas Hand, die neben ihn getreten war. Er dachte ganz fest an Konrads Magikandi und trat zur Tür. »Bist du so weit?«

Fritza nickte. Flynn umfasste den Türgriff und schloss die Augen. Vielleicht würden sie hinausgesaugt, wie damals aus dem Baumhaus.

»Dann los!«, sagte Flynn.

Mit einem beherzten Ruck öffnete er die Tür.

Konrad hatte gehofft schneller ans Ziel zu kommen. Sie mussten sogar noch mal übernachten und es war bereits wieder Mittag, als es zu allem Überfluss zu regnen begann.

Nicht nur das.

Schwarze Gewitterwolken bedeckten den Horizont und vereinzelte Blitze waren zu sehen.

»Meinst du, das wird heute was?« Unsicher sah er zu Bertram.

Der schien sich über das Gewitter sogar zu freuen. »Es ist wie an dem Tag, als ich hierherkam!«, sagte er feierlich.

Stimmt, überlegte Konrad. Auch bei seiner Ankunft, zusammen mit Flynn, war ein schweres Gewitter gewesen. Dazu passte, dass sie die Blumenfelder hinter sich gelassen hatten und vor ihnen eine weite Ebene lag. Damals, bei ihrer Ankunft, war es genau umgekehrt. Wenn er sich nicht täuschte, konnte er in der Ferne sogar ein Wäldchen entdecken. Ein Wäldchen, das genauso aussah wie jenes, in dem sie gelandet waren. Sehr unsanft, hätte Memorien nicht auf sie achtgegeben. Konrad versuchte zu erspähen, ob er die Stelle ausmachen konnte. Falls es überhaupt dasselbe Wäldchen war. Andererseits musste unglaublich viel Zeit vergangen sein. Wer weiß, was sich inzwischen dort alles verändert hatte. Memorien stand ja nie still, wie Konrad gelernt hatte.

Immer weiter gingen sie darauf zu und dementsprechend

auch auf das Gewitter. Der Regen wurde stärker und die Blitze kamen näher. Wie damals wuchs das Bedürfnis, sich vor der Gefahr in Sicherheit zu bringen. War dort nicht die Schneise, die direkt zwischen den Bäumen hindurch ins Unterholz führte?

Die Erinnerung flammte auf. Er und Flynn, wie sie völlig durchnässt vor der Gefahr flohen, ohne zu wissen, was auf sie zukommen würde. Es fühlte sich unwirklich an, was seitdem passiert war. Sich damals vorzustellen ohne Flynn zurückzugehen wäre ihm nie in den Sinn gekommen, und wenn, dann aus Angst davor, dass Flynn *ihn* verlassen könnte und nicht umgekehrt. Ein Bild blitzte in seinem Kopf auf. Flynn, der ihn in der Höhle erschrocken ansah. »Wir halten immer zusammen! Hast du das vergessen? *Wir beide,* Konrad, niemand anderer«, hatte er verzweifelt gerufen. Konrad sank auf die Knie. Die Erinnerung raubte ihm die Kraft. Er hatte alles falsch gemacht.

Plötzlich fühlte sich nicht mehr gut an, was er tat.

»Komm, wir müssen zu dem Wäldchen«, trieb Bertram ihn an.

Der Regen peitschte ihnen ins Gesicht. Der Wind pfiff durch die Äste, während der Sturm an den dicken Baumstämmen rüttelte. Ein heller Blitz fuhr vom Himmel und schien förmlich auf der Erde zu explodieren. Mit ihm löste sich aber auch der Gedanke an Flynn in Luft auf. Konrad war es noch unheimlicher als das letzte Mal. Da war er vor dem Gewitter geflüchtet. Jetzt sollte er direkt in das Unwetter hineinlaufen.

»Man soll bei Donner nicht in den Wald«, rief Konrad.

»In diesen schon«, schrie Bertram zurück. »Das ist unser Tor.«

Insgeheim hatte Konrad dasselbe gedacht. Obwohl er Angst hatte, rappelte er sich auf. Seine Knie waren weich. Er konnte mit Bertram kaum Schritt halten. Bevor sie den Waldrand endgültig erreichten, wartete der jedoch auf ihn.

»Wir müssen gemeinsam hineingehen.« Er griff nach Konrads Hand. »Hoffen wir, dass es klappt«, brüllte er gegen den Sturm an.

Am Ende Memoriens

Flynn und Fritza waren nicht aus dem Raum der Zeit gesogen worden. Stattdessen standen sie auf der Schwelle zum Zimmer einer Herberge. Das Zimmer, in dem Konrad und Bertram übernachtet hatten. Flynn ging hinein, ließ Fritza ebenfalls durch die Tür schlüpfen, und schloss sie hinter sich. Als er sie wieder öffnete, sah er nicht mehr den Raum der Zeit, sondern den kargen Flur eines Gasthofes.

»Habe ich mir gedacht«, raunte er und wandte sich um.

Gegenüber war ein Fenster. Es war von einer dicken Spinnwebe verhangen. Auf dem Nachttisch flackerte eine Öllampe. Von Konrad war nichts zu sehen. Flynn konnte ja nicht wissen, dass der bereits am Tag zuvor aufgebrochen war.

»Da!« Fritza hatte sich umgesehen. Neben dem Fenster lehnte ein Magikandi. »Konrad ist wohl ohne seinen Stock weitergegangen.«

Flynn seufzte tief und ging hinüber. Bedächtig strich er mit dem Finger über das Holz, so als könne er Konrad dadurch näherkommen.

»Meinst du, er ist schon lange fort?« Seine Stimme klang dünn. Die Gewissheit, ihn wieder verpasst zu haben, ließ jegliche Kraft aus seinem Körper weichen. Die Zuversicht, die ihn stark gemacht hatte, machte ihn jetzt umso schwächer. Unsicher sah er Fritza an.

»Im besten Fall heute Morgen«, sagte sie. »Finden wir es heraus und folgen ihm.«

»Es ist zu spät«, widersprach Flynn. »Ich kann mich kaum noch bewegen. Mein ganzer Körper brennt wie Feuer.«

»Wir müssen!« Fritzas Stimme klang fest und gebieterisch. »Wenn wir es nicht versuchen, wirst du sterben.« Sie griff nach dem Magikandi. »Komm schon.«

Widerwillig ließ sich Flynn von ihr aus dem Zimmer führen. Der Gastraum war vollkommen verwaist. Nur die Spinne hing in einem Netz über dem Tresen und schien zu schlafen.

»Entschuldigung«, sprach Fritza die Spinne an. Sie zuckte vor Schreck, weil sie um diese Zeit nicht mit einem Gast gerechnet hatte. Fritza fuhr einfach fort. »Wir suchen unseren Freund Konrad. Weißt du, in welche Richtung er gegangen ist?«

»Und wann?«, ergänzte Flynn.

Die Spinne bewegte sich nicht. Müde und tonlos erklang ihre Stimme. »Ein kleiner dicker Junge mit einer alten Bohnenstange als Begleitung?«

»Ja, das sind sie«, rief Fritza mit dem Anflug eines schlechten Gewissens, da die Beschreibung nicht sehr nett geklungen hatte.

»Er ist ans Ende von Memorien«, sagte die Spinne schläfrig. »Er wollte nach Hause. Ist schon lange weg.«

»Ich sag doch, es hat keinen Sinn.« Flynn ließ sich kraftlos auf einen Stuhl fallen.

»Wir versuchen es«, befahl Fritza. »Wenn sie heute erst gegangen sind, ist es vielleicht noch nicht zu spät.«

»Es ist viel zu spät«, ächzte Flynn. »Sie sagt, er ist schon lange weg, also nicht erst heute.«

In Wahrheit ging es Flynn nicht um den Vorsprung, den Konrad zu haben schien. Er könnte ihn nicht einmal einholen, wenn Konrad gerade vor zwei Minuten (unter dem Vorbehalt der Tatsache, dass Zeit … na ja, ihr wisst schon!) das Spinnennest verlassen hätte. Flynn spürte seinen Körper kaum noch. Jeder Schritt erzeugte Höllenqualen und brachte ihn einer Ohnmacht nahe.

»Wenn wir nur etwas hätten, mit dem ich dich transportieren könnte«, jammerte Fritza traurig.

»Geh allein.« Flynns Stimme war jetzt so leise, dass Fritza sich zu ihm beugen musste, um ihn zu verstehen.

»Wenn du es schaffst, Konrad einzuholen, geht zusammen heim. Sag ihm, dass ich bei Kiteshri bleiben wollte. – Du musst mir etwas versprechen!« Er zog sie an der Jacke ganz nah zu sich. »Sag ihm auf keinen Fall, dass ich wegen ihm gestorben bin. Er soll sich keine Vorwürfe machen.«

In diesem Moment war ein Schnauben zu vernehmen. Zunächst schenkte dem niemand Beachtung. Es schien einfach ein Laut zu sein. Aber es wiederholte sich und plötzlich erinnerte sich Flynn an das Geräusch. Er kannte es. Müde hob er den Kopf. Ein Falabell war am Eingang aufgetaucht. Es hatte sich etwas verfangen, das Spinnennetz klebte über seinen Nüstern. Die großen schwarzen Augen sahen gutmütig zu ihnen herüber.

»Braucht hier jemand Hilfe?« Das Zebra schüttelte seine Mähne, während es sprach. Es hatte orangefarbene Streifen und, wie für ein Falabell üblich, war es nicht größer als ein Pony.

»Ja!«, rief Fritza aufgeregt. Die traurigen Gedanken schienen wie weggeblasen. Mit dem Zebra würden sie es schaffen. »Kannst du meinen Freund ans Ende von Memorien tragen?«

»Ich trage unseren Freund an jeden Ort, an den er möchte«, sagte das Falabell. »Ich werde euch beide tragen.«

Fritza griff Flynn unter der Schulter und führte ihn zur Tür. Lächelnd strich Flynn dem Falabell durch die Mähne. »Abrasax, mein alter Freund – du bist es doch?«

Abrasax schnaubte und nickte.

»Ich wusste, du bist nicht tot!«

»Da wusstest du mehr als ich«, sagte Abrasax mit sanfter Stimme. Er ließ sich von Flynn die Mähne kraulen. »Du hättest meinen Rat besser befolgen sollen.«

»Du hast recht«, erwiderte Flynn traurig. »Es ist nicht so, dass ich nicht versucht hätte, mit Bertram auszukommen«, verteidigte er sich.

»Bertram?« Abrasax schnaubte. »Ich habe nicht von Bertram gesprochen. Ich meinte Konrad, als ich sagte, du sollst ihn dir nicht zum Feind machen.«

Flynn dachte nach. Ihm fiel nichts ein, was er falsch gemacht haben konnte.

»Du hast Bertram angegriffen, als er Konrads Freund war, damit hast du auch Konrad verletzt. Verstehst du das nicht?«, versuchte Abrasax zu erklären.

»Um ehrlich zu sein nicht. Konrad und ich sind so dicke Freunde. Er hätte mich besser verstehen müssen als diesen Bertram.« Flynn fiel es schwer zu sprechen und er hatte Konrad längst verziehen, was wollte Abrasax also noch von ihm.

»Wenn du glaubst, dass du Konrad verziehen hast, wird er für immer in deiner Schuld stehen«, sagte das Falabell.

Irgendwie scheint jeder in Memorien Gedanken lesen zu können, dachte Flynn. »Wie meinst du das?«, hakte er dennoch nach.

»Du bist ein guter Freund, Flynn«, sprach Abrasax weiter. »Aber ich muss es dir leider sagen. Nicht nur Konrad hatte Schuld an eurem Streit. Er hat nur seinen Freund verteidigt. Hättest du nicht genau das von ihm erwartet?«

Flynn nickte. »Aber er kann doch nicht seinen besten Freund angreifen, nur um irgendeinen anderen Freund zu verteidigen.« Er war schwach. Zum Glück. Womöglich hätte er es sonst laut herausgeschrien.

»Ich dachte, du hast ihm verziehen?«

»Habe ich auch«, motzte Flynn.

»In einer Freundschaft geht es nicht darum, wer der bessere Freund ist. Es ist kindische Eifersucht so zu denken. Du hast die Situation provoziert und Konrad hat überreagiert. Er hat sich schwach gefühlt und wollte Stärke zeigen. Ich sage nicht, dass es richtig war, was er getan hat. Ich sage nur, dass er nicht allein die Schuld trägt – und er trägt schwer an seiner Schuld.«

Flynn musste nicht darüber nachdenken. Abrasax hatte völlig recht. Konrad musste sich die ganze Zeit schrecklich gefühlt haben. Flynn hatte Konrad aus ganzem Herzen verziehen, dennoch erwartete er insgeheim eine Entschuldigung, aber das war falsch. Sie hatten beide aus Freundschaft gehandelt und beide total daneben gelegen. Er war so sehr damit beschäftigt gewesen, Konrad zu zeigen, dass er sein Freund war, dass er gar nicht danach gefragt hatte, warum er diesen Bertram so mochte. Er hatte seine Meinung gehabt und nichts anderes zugelassen. Damit recht zu behalten war überhaupt nicht der springende Punkt. Er hatte Konrad allein gelassen, lange bevor der ihn allein gelassen hatte.

»Bring mich zu ihm«, sagte Flynn. »Ich möchte mich bei Konrad entschuldigen.«

Dankbar ließ sich Flynn auf Abrasax' Rücken helfen. Fritza schwang sich hinter ihn und schon ging die Reise los.

Abrasax eilte, so schnell er konnte, den schmalen Pfad entlang. Denselben Pfad, auf dem Konrad und Bertram am Tag zuvor aufgebrochen waren. Es war nicht der unbeholfene Gang eines Ponys, wie man hätte denken sollen. Es war der elegante und kraftvolle Galopp eines Hengstes, der sie im Handumdrehen von der Herberge wegbrachte. Flynn musste sich ein ums andere Mal ächzend aufrichten, um nicht herunterzufallen. Der Galopp des Falabell schmerzte in seinen Gliedern, aber er sah auch die Pflanzen vorbeisausen und wie sie immer kleiner wurden. Das Zeichen, dass sie auf dem richtigen Weg waren.

Als er nach einiger Zeit wieder zu sich kam – er musste entweder in einen Schlaf oder eine Ohnmacht gefallen sein – sah er am Horizont dunkle Gewitterwolken und Blitze. Abrasax hatte die Reise bis fast ans Ende von Memorien in nicht einmal einem halben Tag hinter sich gebracht. Flynn nahm es nur durch einen grauen Schleier wahr. Er war zu schwach, um sich aufzurichten. Das Einzige, was er spürte, waren Schmerzen, die seinen ganzen Körper aufzufressen schienen und die Wärme von Abrasax Fell.

Konrad und Bertram hatten den Waldrand erreicht. Das Unwetter wütete über ihren Köpfen. Die nassen Kleider hingen schwer an Konrad und er fürchtete, jeden Moment von einem Blitz in der Mitte gespalten zu werden. Sozusagen als gerechte Strafe Memoriens. Dann erinnerte er sich an das Baumhaus. An den Sog, der sie an der Tür erfasst und nach Memorien gebracht hatte. Würde etwas Ähnliches wieder geschehen? *Das Baumhaus*. Würde er dahin zurückkehren? Konrad erinnerte sich, wie erstaunt sie gewesen waren, als es plötzlich da war. Er erinnerte sich, wie sie Daniel darin getroffen hatten und er erinnerte sich, wie groß Flynns Wunsch gewesen war, die Erinnerungen seines Vaters zu suchen. Er erinnerte sich an ihre erste Herberge, daran, wie sie Bertram getroffen hatten, und er erinnerte sich an Kiteshri. Er sah ihn geradezu vor sich sitzen, im Schneidersitz auf seinem prachtvollen Kissen und zu ihnen sprechen. »Folge der Absicht, warum du gekommen bist«, hörte er seine Stimme. Konrad bemerkte nicht, dass er zögerte. Er spürte auch den Wind nicht mehr, der ihn beinahe umwarf. Etwas zerrte an ihm. Er wollte aber nicht weitergehen. Bertrams Hand rutschte aus der seinen. »Eure Aufgabe wird sein, das Richtige zu tun, dann kann eure Mission gelingen.« Es war wieder Kiteshris Stimme, die in Konrads Kopf klang. War das echt? War es vielleicht gar keine Erinnerung und Kiteshri sprach in diesem Moment zu ihm? Nein, das war sicher nicht möglich. Kiteshri war viel zu weit weg. Es war aber auch nicht wichtig. Die Worte bedeuteten, dass er nicht weggehen durfte. Plötzlich wusste er Bescheid. Flynn war noch immer in Memorien. Flynn würde nie ohne ihn gehen, niemals. Da spielte auch keine Rolle, was zwischen ihnen passiert war.

Konrad wollte auf der Stelle umdrehen, aber es ging nicht. Er spürte, wie sein ganzer Körper immer weiter in den

Wald gezogen wurde. Er war dem Sog bereits zu nahegekommen. Er spürte Bertrams Hand, die wieder nach der seinen griff. So sehr sich Konrad dagegenstemmte, er konnte nicht zurück. Jeden Moment würde er mit voller Kraft vom Sog erfasst und fortgetragen werden. Auf einmal hörte er eine andere Stimme.

»Konrad!«

Sie war laut und ganz sicher nicht in seiner Einbildung. »Fritza?«

»Bleib hier, Konrad!«

»Fritza!« Konrad hatte sich umgedreht und sah ein weißes Zebra. Es hatte orangefarbene Streifen und war nicht größer als ein Pony. Fritza saß darauf und vor ihr ein Junge. Leblos lag er vornübergebeugt auf dessen Rücken. Die Hände hatte er um den Hals des Zebras geschlungen, als wäre es sein größter Schatz. Kraftlos wippte der Körper im Takt des tänzelnden Falabells.

Flynn! Es war Flynn.

Konrads Herz schlug plötzlich so schnell, dass er kaum wusste, wie ihm geschah. Also hatte er recht gehabt. Flynn war nicht gegangen. Bertram hatte ihn schon wieder belogen. Zornig drehte er sich um. Der Sog zerrte an ihm, immer weiter in den Wald und Bertram umklammerte seine Hand.

»Wir sind keine Freunde!«, rief Konrad.

Nur noch wenige Zentimeter, dann würde es zu spät sein.

Konrad hob den Kopf, sah direkt in den Wirbel des Unwetters und holte so viel Luft aus seinen Lungen, wie er nur konnte.

»WIR SIND KEINE FREUNDE!«

Er schrie es so laut hinaus, dass es durch den Sturm in die Ohren von Memorien vordringen musste. Er spürte, wie seine Füße vom Boden abhoben. Mit all seiner Kraft riss er sich von Bertram los. Im selben Moment ließ der Sog nach.

Konrad, der nicht damit gerechnet hatte, fiel einfach der Länge nach auf die Nase. Die Flut peitschte unaufhörlich weiter auf ihn ein und die Blitze zuckten am Himmel. Aber es war vorbei. Memorien hatte verstanden und der Sog war verschwunden.

Am Waldboden hatten sich Pfützen gesammelt. Nur verschwommen nahm Konrad durch den Regen wahr, wie sich Fritza vom Rücken des Falabells heruntergleiten ließ.

»Bist du verletzt?«, kam sie auf ihn zu gerannt.

»Geht schon.« Konrad rappelte sich auf. Der Sturz und alles, was davor war, hatten ihm zugesetzt. Er war verwirrt und fürchtete sich davor, Flynn gegenüberzutreten. Er war glücklich und niedergeschlagen zugleich. »Was ist mit ihm?« Er deutete auf den Körper, der reglos auf dem Rücken des Falabell lag.

Fritza antwortete nicht gleich. Flynn hatte ihr verboten Konrad zu sagen, dass es wegen ihm war. Aber das war gewesen, als er dachte, sie würde allein aufbrechen und er müsse sterben. Jetzt konnte Konrad ihn retten, wenn er die Wahrheit erfahren würde. So wie Customoria es gesagt hatte. Konrad konnte Flynn retten, wenn er von Herzen bereute. Und es musste jetzt passieren. Es blieb keine Zeit, um Rücksicht auf Konrads Gefühle zu nehmen.

»Du hast ihn schwerer verletzt, als du dir vorstellen kannst«, sagte sie. So schnell es ihr möglich war, erklärte sie Konrad die Situation. »Wenn du bereust, was du getan hast, dann berühre Flynn an der Stelle, an der du ihn verletzt hast und er wird wieder gesund.« Sie streckte ihm seinen Magikandi entgegen. Konrad standen dicke Tränen in den Augen.

»Natürlich bereue ich es. Ich habe es schon bereut, als es passiert ist«, schluchzte er. »Ich würde alles tun, um es rückgängig zu machen.«

Er griff nach dem Magikandi und ging auf Flynn zu.

Seine Hand zitterte.

Irgendetwas stimmte nicht.

Der Stab in seiner Hand begann zu leuchten, aber Konrad konnte ihn nicht völlig in seine Gewalt bringen. Als er sich Flynn näherte, zuckten schwache blaue Blitze aus dem Ende des Magikandi.

»Was machst du denn?«, schrie Fritza und eilte an Konrads Seite. Sie riss ihm den Stab aus der Hand. »Willst du ihn noch mehr verletztten?«

Konrad war wie in Trance und hatte nur im Sinn gehabt seinen Freund zu retten. Er achtete nicht darauf, was der Magikandi tat.

Er taumelte. »Er gehorcht mir nicht«, stammelte er.

Konrad und Fritza standen sich sprachlos gegenüber. Fritza hatte sich schützend zwischen ihn und das Falabell gestellt, so dass er Flynn auf dessen Rücken nichts anhaben konnte. Erst hatte sie gedacht, Konrad hätte alles nur gespielt und Flynn angreifen wollen, aber so wie er jetzt vor ihr stand, konnte das unmöglich der Fall sein.

»Wo hattest du deinen Magikandi im Gasthof denn abgestellt?« Ein schrecklicher Verdacht kam in ihr Bewusstsein. Sie hatten einen einzigen Magikandi stehen sehen und mitgenommen. Aber wenn Konrad und Bertram in einem Zimmer übernachtet hatten, musste es einen zweiten Magikandi geben.

»Ich hatte ihn an den Schrank neben dem Bett gelehnt«, antwortete er mit zittriger Stimme.

Als hätte Fritza ein Büffel in die Seite getreten, durchfuhr sie die Gewissheit wie ein Schmerz, der ihre Sinne raubte. Jegliche Kraft verließ ihren Körper und sie sank zu Boden. »Dann ist Flynn verloren!«, schluchzte sie.

»Was ist?«, kniete sich Konrad zu ihr.

Er schlang seine Arme um sie, hielt sie einfach fest und tröstete sie, weil Fritza gar nicht mehr aufhören konnte zu weinen.

»Wir haben den falschen Magikandi mitgenommen«, sagte sie nach einer Weile traurig. »Und wir haben keine Zeit zurückzugehen. Sieh nur, wie schwach Flynn schon ist.«

Tatsächlich hatte Flynn von alledem nichts mitbekommen. Er war ohnmächtig geworden, als sie auf den Wald zugeritten waren. Er hatte nicht gesehen, wie mutig sich Konrad von Bertram losgerissen hatte, und er sah auch nicht, wie traurig Konrad und Fritza vor ihm im Matsch saßen und um ihn weinten. Sie waren so weit gekommen und doch hatte sich Memorien gegen sie gestellt.

»Du musst ihn zurückbringen«, sagte Fritza plötzlich. Man hörte, dass sie geweint hatte, aber ihre Stimme klang deutlich und fest.

»Das kann ich nicht«, klagte Konrad. »Dann will ich lieber mit Flynn hierbleiben und auch sterben. Ich kann seinen Eltern nicht sagen, dass er tot ist. Ohne Flynn will ich auch nicht weiterleben.«

»Du bist es ihm schuldig«, sagte Fritza hart und unnachgiebig. »Flynn hat dir längst verziehen. Er wusste, dass du es nicht wolltest. Ihr seid noch immer Freunde, also geh mit ihm zurück. Dahin, wo er zu Hause ist.«

Als Konrad hörte, dass Flynn ihm verziehen hatte, liefen dicke Tränen über seine Wangen.

»Können wir nicht zusammen gehen?« Konrad sah Fritza mit flehenden Augen an.

»Es funktioniert nicht zu dritt«, erklärte ihm Fritza. »*Du* bist sein Freund, nicht ich.«

»Aber du warst ihm eine treuere Freundin, als ich es war, und Kiteshri hat gesagt, dass er auch nicht alle Gesetze kennt. Versuchen wir es – bitte!«

Fritza gab nach. »Na gut.«

Langsam rappelten sich beide auf. Sie gingen zu Abrasax und hoben Flynn von seinem Rücken. Fritza strich dem Zebra über die Mähne. »Vielen Dank für alles«, sagte sie.

Abrasax neigte den Kopf, ließ ein aufgeregtes Schnauben vernehmen, drehte auf der Stelle um und verschwand im Regen.

Als Konrad seinen Arm unter Flynns Schulter schob, öffnete der die Augen. Ein Lächeln kam über seine Lippen.

»Konrad«, sagte er leise. »Ich wusste, du würdest nicht ohne mich gehen.«

»Es tut mir so leid«, flüsterte Konrad mit erstickter Stimme. »Ich kann nicht glauben, dass du immer noch mein Freund bist«, schluchzte er, »nach allem, was ich dir angetan habe.«

»Dummkopf«, flüsterte Flynn. »Mir tut es leid, dass ich dir so viel Kummer bereitet habe. Bertram ist dein Freund und ich wollte es nicht akzeptieren. Es war allein meine Schuld.«

»Spinnst du«, Konrad geriet beinahe außer sich. »Wenn, dann ist dieser Blödian von Bertram schuld und er ist ganz bestimmt nicht mein Freund.«

Flynn zwang sich zu einem Lächeln. »Ich fühle mich elend. Kannst du mir deinen Magikandi in die Seite legen? Dann werde ich wieder gesund.«

Fritza und Konrad tauschten traurige Blicke. Flynn hatte nicht mitbekommen, dass es keine Rettung mehr gab. Konrad sah hilfesuchend zu Fritza. Sie nickte nur.

»Ihr habt den falschen Magikandi mitgebracht«, schluchzte Konrad. »Wir gehen nach Hause.«

Konrad wusste nicht, was er sonst sagen konnte. Flynn antwortete nicht darauf.

Fritza und Konrad nahmen Flynn in ihre Mitte und schleppten ihn langsam zurück in den Wald. Der Regen, den sie fast vergessen hatten, machte ihre Kleider nass und schwer. Sie spürten, wie sich von neuem ein Sog aufbaute. Flynn hob seinen Kopf. Er hatte Bertram entdeckt, der an einen Baum gelehnt war. Als hätte der seinen Blick gespürt, sah er ihm direkt in die Augen. Nur kurz. Er konnte seinem Blick nicht standhalten. Bertram brachte den Mut nicht auf, zu ihm zu gehen und sich zu entschuldigen oder zu helfen. Betreten blickte er zu Boden.

»Lasst ihn mit uns kommen«, raunte Flynn. »Erinnert ihr euch an Kiteshri? Er hat gesagt, dass alle Menschen zusammenhalten sollten. Bertram hat seine Lektion gelernt. Da bin ich mir sicher.«

»Wenn nicht?« Konrad sprach extra laut.

Auf keinen Fall wollte er Bertram mit zurücknehmen. Das Einzige, was dieser Mann konnte, war lügen und betrügen. Bertram hatte nicht verdient, mit ihnen zu gehen. »Bertram soll bleiben, wo der Pfeffer wächst«, sagte er zornig.

»Es ist mein letzter Wunsch.« Flynn hörte nicht darauf, was Konrad sagte.

Mürrisch winkte Konrad Bertram zu sich. »Bedanke dich bei Flynn«, motzte er, bevor er seine Hand nahm.

Als hätte Memorien darauf gewartet, wurde der Sog stärker. Diesmal wehrte sich niemand dagegen. Ohne Widerstand ließen sie sich von ihrem Gefühl treiben und in den Wald ziehen. Was würde passieren? Würde sie der Sog nach Hause bringen, oder zurück nach Memorien werfen? Jetzt ging es ganz schnell. Wie von einem mächtigen Orkan wurden sie in die Luft geschleudert. Fritza und Konrad umklammerten Flynn, der leblos in ihren Armen lag, und schlossen die Augen.

Dann spürten sie nichts mehr.

3

Das Ende

»Es zu verändern kann alles bedeuten!«

Langsam kam er zu sich. Was für ein wilder Traum. Er blinzelte. Bunte Lichter fielen auf seine Decke. Die Sonne strahlte in sein Gesicht. Benommen richtete er sich auf. Die Matratze, auf der er geschlafen hatte, lag direkt auf dem Boden und die Wände seines Zimmers waren aus Holz. Es dauerte eine Zeit, bis er die Realität wahrnahm. Kein Traum. Memorien, der Sturm, Flynn!

»Flynn«, murmelte Konrad traurig.

»Guten Morgen, Schlafmütze«, hörte er seine Stimme.

Konrad fuhr herum. Flynn lag genau neben ihm. »Flynn!«, schrie er ihn an. Ihm wurde ganz heiß. Tränen stiegen ihm in die Augen. »Flynn«, murmelte er, verschluckte sich. Dann sprang er auf, stürzte auf ihn, umarmte ihn.

»Ich freu mich auch, dich zu sehen!« Flynn zuckte zusammen, weil Konrad ihm versehentlich sein Knie in die Seite gerammt hatte.

Konrad ließ sofort von ihm ab.

»Sorry«, sagte er. »Du hast sicher Schmerzen.«

Langsam kam auch bei Flynn die Erinnerung an Memorien zurück. Er befühlte seinen Körper. Er spürte ein dünnes T-Shirt, sonst nichts. Kein Schmerz. Kein Brennen.

»Abgesehen von deinem Tritt gehts mir gut«, strahlte Flynn. »Sind wir zu Hause?«

»Ich glaube, wir sind in Memorien«, mutmaßte Konrad. »Sieh nur die bunten Fenster.«

Flynn folgte seinem Blick. Die Sonne zauberte ein farbiges Lichtspiel auf ihre Körper.

Die Sonne?

In Memorien gab es doch gar keine Sonne. Flynn dachte nach. Natürlich. Er sprang auf, hüpfte über Konrad hinweg und sah durch die Scheibe. Er blickte mitten in die Äste einer alten Eiche, dahinter ein Garten.

»Wir sind zu Hause!« Er drehte sich um und sah in Konrads staunendes Gesicht. »Das Baumhaus«, sagte er. »Verstehst du? Wir sind genau dort, wo wir gestartet sind!« Er musste kichern. »Deine Nase hast du leider auch zurück!«

Konrad betastete die Verletzung. Die Verletzung aus dem Schulsport.

»Ich Dummkopf«, fiel er in Flynns Lachen ein. »Memorien hat uns freigegeben!«

Vor Freude fielen sich die beiden Jungen in die Arme und tanzten. Sie tanzten und lachten, bis sie so erschöpft waren, dass sie zurück auf die Matratzen fielen.

»Die waren letztes Mal aber noch nicht da«, überlegte Flynn.

»Vielleicht ein Abschiedsgeschenk Memoriens«, rätselte Konrad. »Für eine weiche Landung.«

Allerdings gab es auch etliches andere, was letztes Mal noch nicht dagewesen war. Nämlich jede Menge Holzstöcke, ein Löffel, ein paar Decken, verschiedene Holzfiguren – offensichtlich selbstgeschnitzt, ein Fußball und eine Kiste, ebenfalls aus Holz. Neugierig sah Flynn hinein. Er fand darin eine Blechbüchse, die ihm sehr bekannt vorkam, eine Taschenlampe, ein paar Steine und ein Büchlein. Ein Büchlein, das ihm ebenfalls sehr bekannt vorkam. Gespannt, fast feierlich, nahm er es aus der Kiste und schlug es auf. Da waren all die Einträge von Vaters Freunden. Gleich danach hatte Konrad hineingeschrieben.

Konrad?

»Sieh mal.« Flynn zeigte ihm den Eintrag.

»Krass«, wunderte sich Konrad, der seine Schrift erkannte, sich an den Text jedoch nicht erinnern konnte.

»Blätter weiter«, sagte er aufgeregt.

Da waren noch viel mehr Einträge, die vor ihrer Abreise nicht dringestanden hatten. Alle von seinen eigenen Freunden. Einträge von Noah, Paul, Ben und sogar Matteo hatte hineingeschrieben. Fieberhaft blätterte Flynn jede Seite um, bis ans Ende. Dort war der Eintrag seines Vaters. Aber etwas fehlte. Flynn blätterte noch mal durch. Jede einzelne Seite, ganz gewissenhaft. Und noch mal.

»Mein eigener Eintrag fehlt«, sagte er nachdenklich. »Der Wunsch, der uns überhaupt nach Memorien gebracht hat.«

Konrad hatte ihn beobachtet und war immer stiller geworden.

»Was ist passiert, nachdem ich dich verlet... nachdem wir dich und Fritza in den Höhlen von Ike zurückgelassen haben?«

Konrad fiel es schwer, diese Frage zu stellen. Es erinnerte ihn an das Schlimmste, was er je erlebt hatte, aber dahinter musste die Lösung stecken.

Flynn erzählte es ihm. Vor allem erzählte er von dem Einsturz der Wände, was Customoria dazu gesagt hatte und wie sie so schnell hatten bei ihm sein können.

»Dann ist das die Lösung«, sagte Konrad. »Du hast alles verändert.«

Anstatt aufzuspringen und vor Freude hinauszurennen, ließ Flynn seinen Kopf zurück auf das Kissen fallen. Plötzlich hatte er Angst. Wer weiß, was passiert war. Es zu verändern konnte alles bedeuten. Er war wieder in seiner Welt und seine Verletzung schien wie weggeblasen.

»Danke, Memorien!« Er hatte es nur geflüstert.

So blieb er eine Weile liegen. Sah durch die bunten Scheiben hinaus und freute sich darüber, dass es eine Sonne gab. Er drehte seinen Kopf zu Konrad. Eine Träne lief über dessen Wange.

»Was ist los? Freust du dich nicht, wieder hier zu sein?«

»Ob ich mich freue?« Konrad zögerte. Er schämte sich, für das, was ihm passiert war. »Natürlich freue ich mich!«

Er begann zu weinen.

»Jetzt hör schon auf«, boxte im Flynn gegen die Brust. »Sonst muss ich gleich mitheulen.«

»Ich hab dich gar nicht verdient«, schluchzte Konrad so

leise, dass Flynn es kaum verstanden hatte. »Was ich dir angetan hab, und du tust einfach, als wäre nichts passiert.«

»Es ist auch nichts passiert, außerdem hab ich dich nicht mal gefragt, ob du mitwillst. Ich hab dich doch in diese Situation gebracht«, ereiferte sich Flynn. »Und wenn, dann hab ich *dich* nicht verdient. Du machst immer alles mit, obwohl ich nicht einmal frage, was du willst.«

Jetzt sah Konrad irritiert seinen Freund an und wischte sich die Tränen aus den Augen. »Du musst mir mein schlechtes Gewissen nicht ausreden. Ich habe dich angegriffen, da gibt es nichts schönzureden.«

»Ich rede gar nichts schön«, sprach Flynn weiter und hatte einen Tonfall, als läge es genau auf der Hand, was er jetzt sagen würde. »Ich bin nur wegen meines Vaters dahin, und um es für mich besser zu machen. Für dich war der einzige Grund, mir zu helfen.« Flynn sah Konrad fest an. »Wie viele Menschen würden das wohl für einen anderen tun?«

Konrad verzog das Gesicht. »Ich hab es ja gar nicht für dich getan.«

Flynn sah seinen Freund verdutzt an. »Für wen denn dann?«

»Ich hab doch sonst niemanden. Ohne dich wär ich ganz allein, nur deshalb bin ich mitgegangen.«

»Oh Mann, davon rede ich doch die ganze Zeit«, lachte Flynn und boxte seinem Freund gegen die Schulter. »Weißt du was? Ist irgendwie anstrengend, darüber nachzudenken. Genießen wir es lieber, wieder hier zu sein.«

»Du bist der beste Freund, den es gibt«, sagte Konrad.

»Nein, du«, lachte Flynn.

In diesem Moment wurde Konrad klar, was er für ein glücklicher Junge war. Er hatte sich immer geärgert, dass er nicht so cool und sportlich wie andere Jungs war, und nicht so beliebt. Er hatte immer Flynn beneidet, weil ihn alle mochten und er scheinbar alles konnte. Aber eigentlich hatte Konrad vom Schicksal das beste bekommen, was man sich wünschen kann. Einen wirklich guten Freund, der einen nie im Stich lassen würde. Flynn war so selbstverständlich für ihn gewesen, dass er das gar nicht bemerkt hatte, aber jetzt wusste er es und würde es nie mehr vergessen. Wenn Flynn in Zukunft sogar ab und zu danach fragte, was ihm Spaß machte, wäre sein Glück ja beinahe nicht mehr auszuhalten. Konrad musste schmunzeln, als er das dachte.

»Was ist so lustig?«, wollte Flynn wissen.

»Gar nichts. Ich musste an den kleinen Ziegenbock mit seiner Pfeife denken«, log Konrad. »Sollen wir mal runter und sehen, was sich verändert hat?«

Flynn zögerte. »Ich weiß nicht, ob ich dazu bereit bin. Was, wenn mein Vater noch ein größerer Arsch ist als vorher, oder der totale Loser? – Ich hätte ihn dazu gemacht!«

»Na ja, es gibt tausende Filme, aus denen man hätte lernen können, dass es nicht gut ist, die Vergangenheit zu verändern. Aber jetzt ist es passiert und nicht mehr rückgängig zu machen.« Konrad stand auf. »Ich bin ja bei dir«, lächelte er.

»Na gut!«

Konrad öffnete die Tür und ein warmer Luftzug drang zu ihnen. Es war immer noch Frühling.

»Was denkst du? Wie lange waren wir weg?«

Konrad zuckte mit der Schulter. »Keine Ahnung. Auf jeden Fall lange genug, dass wir mächtig Ärger kriegen werden.«

»Oder so lange, dass wir gar keinen Ärger kriegen, weil sie viel zu glücklich sind, uns überhaupt noch lebend in …« Flynn hielt im Satz inne. Auf einmal dachte er an Fritza.

»Was ist?« Konrad hatte sich zu ihm gedreht.

»Fritza!«, sagte Flynn. »Für sie ist es nicht so gut ausgegangen wie für uns!« Er war sich sicher, dass sie auch nach Haus gedurft hatte, allerdings hatte sie ihre Freundin verloren und wahrscheinlich dachte sie außerdem, dass Flynn gestorben war. »Ich würde ihr gerne eine Nachricht schreiben, aber ich hab sie nicht einmal gefragt, aus welcher Stadt sie kommt.«

Konrad durchfuhr ein Schreck. »Sie war doch bei uns! Womöglich hat sie das Baumhaus verfehlt und liegt irgendwo im Garten!«

»Meinst du?« Flynn war schockiert. Sofort sprang er an Konrad vorbei. In Windeseile kletterte er das Baumhaus hinunter und sah sich um. Da war keine Fritza – und auch kein Bertram. Dann hatte Memorien bestimmt alle sicher nach Hause gebracht, beziehungsweise an den Ort, von dem aus sie gestartet waren.

»Guten Morgen, mein Sohn. Suchst du etwas?«

Flynn erstarrte. Er wusste sofort, wem die Stimme gehörte. Der Moment war gekommen, seinem Vater gegenüberzutreten. Alles, was er erlebt hatte, warum er überhaupt fortgegangen war, der Grund für seine ganzen Strapazen stand hinter ihm. Er wollte nichts sehnlicher, als seinen Vater wiedertreffen und doch fürchtete er sich davor. Ihm wurde warm. Sein Herz schlug heftig, als er sich langsam umdrehte.

Sein Vater lächelte so sanftmütig, wie er noch nie gelächelt hatte – außer dieses eine Mal, in seinem Traum, in Memorien.

»Nein«, sagte Flynn. »Du bist ja da!«, fügte er hinzu und ohne darauf zu warten, was sein Vater tat oder sagte, schlang er seine Arme um ihn. Jetzt würde es sich entscheiden. Sein Vater konnte nicht gut mit Umarmungen umgehen. Zumindest, wenn er sich nicht verändert hatte. Flynn spürte, wie ihn sein Vater an sich drückte.

»Und ich dachte schon, du wärst zu alt für Kuscheln«, sagte er neckend.

»Ich hab dich so lieb, Papa«, schluchzte Flynn. Er konnte kaum reden, weil er vor Freude zu sehr weinen musste.

Sein Vater ließ sich von Flynns Gefühlsausbruch mitreißen. Sein Sohn zeigte ihm gerade, dass er die letzten Jahre vieles richtig gemacht hatte. »Ich dich auch, Junge«, flüsterte er. »Ich dich auch!«

So standen sie eine Weile beieinander. Flynn hielt seinen

Vater dermaßen fest an sich gedrückt als befürchtete er, dass alles wie früher war, sobald er ihn loslassen würde.

Konrad beobachtete die beiden. Er blieb etwas abseits, fühlte sich aber genauso glücklich. Dass Flynn von seinem Vater in ein Internat geschickt würde, war wohl vom Tisch.

Daniel König – der erwachsene – beugte sich an Flynns Ohr. »Dein Freund sieht uns zu. Bist du sicher, dass dir das nicht peinlich ist?«

Flynn löste sich von ihm. Er grinste hinter tränenverschmierten Augen hervor. »Hab ich dir gar nicht gefehlt?«, fragte er zögernd.

Sie waren ewig in Memorien gewesen. Schon komisch, dass Vater sich gar nicht aufregte, weil er so lange weggewesen war.

»Sehr sogar.« Sein Vater lächelte. »Beinahe hätte ich die Polizei verständigt ...«

Also doch, dachte Flynn. Irgendetwas an seiner Stimme war jedoch seltsam. Er wollte gerade nachfragen, seit wann sie vermisst wurden, als Vater weitersprach.

»... weil ihr sooo lange nicht von eurem Baum geklettert seid.«

»Wie lange waren wir denn weg?«

Vater stutzte und sah auf die Uhr. »Also jetzt ist es elf.« Er überlegte, dann begann er zu grinsen. »Mutti sagt, ihr seid gleich nach der Schule rauf, dann sind es wohl fast vierundzwanzig Stunden.«

»Eine Nacht nur?« Flynn sah ungläubig zu Konrad. Der hob die Augenbrauen.

Vater hatte die Blicke bemerkt. Irgendwie schienen die beiden ziemlich durch den Wind zu sein. Flynn tat zwar immer sehr mutig, gewiss hatte er in Wahrheit doch manchmal ein mulmiges Gefühl, wenn er im Baumhaus übernachtete. Vater konnte es verstehen. Früher hatte er auch des Öfteren Angst gehabt, wenn er dort oben geschlafen hatte. Damals, in seiner Kindheit, als er so alt war wie Flynn, und es noch sein Baumhaus gewesen war.

»Na kommt«, sagte er freundlich. »Mutti hat Frühstück

gemacht. Pfannkuchen!« Er nahm Flynn bei der Schulter mit sich fort und winkte Konrad, ihnen zu folgen.

Vater trug einen Morgenmantel. Nicht dieses übel teure Seidenteil, das er sich mal gekauft hatte. Aber das würde er sowieso nicht im Garten tragen. Es war ein weißer Frottee-Bademantel, den das gestickte Logo einer Hotelkette zierte.

»Mutti war auch schon ganz bange, weil ihr so lange geschlafen habt«, flüsterte er geheimnisvoll, als dürfe es niemand hören. »Sie hat ja immer gleich Angst, dass euch jemand mitnimmt. Aber das ist gut«, zwinkerte er mit dem Auge. »Wenn sie sich Sorgen macht, ist sie gesund.«

»Mutti ist also noch da?«, wurde Flynn ganz aufgeregt.

»Warum?« Jetzt sah sein Vater schon wieder verwundert aus. »Wollte sie denn weg heute Morgen?«

»Sie nicht, aber du wolltest es.« Flynn klang ärgerlich. Sein Vater musste jetzt auch nicht so tun, als wäre es eine besonders tolle Sache, dass er zur Vernunft gekommen war.

»Was immer du gehört hast – ich glaube, du hast es falsch verstanden.«

Flynn ließ es auf sich beruhen. Er wusste ja selbst nicht, was jetzt noch Wirklichkeit war und was ausgelöschte Vergangenheit. Er sah sich im Garten um. Nicht nur sein Vater hatte sich verändert. Der Rasen war gemäht, kein Unkraut in Sicht und es gab ein gepflegtes Gemüsebeet. Zur Veranda hinauf führten ein paar nackte Steintreppen. Die kannte Flynn zwar von früher, als Opa das Haus noch gehörte, sein Vater hatte sie aber eigentlich herausreißen lassen. Sogar die Terrasse bestand aus den alten grauen Steinfliesen, wie damals. Farbenfrohe Blumenkübel schmückten die Fläche und in der Mitte stand ein reichlich gedeckter Gartentisch. Flynn konnte kaum glauben, was er sah.

»Opa!«, rief er und rannte los. Mit einem langen Schritt übersprang er die Stufen und fiel seinem Großvater um den Hals. »Wieso bist du nicht …«, Flynn hielt im Satz inne. Er wollte fragen, warum er nicht tot war, aber das wäre doch zu unsensibel. Zum Glück hatte er rechtzeitig nachgedacht. »Wieso bist du hier?«, formulierte er seinen Satz neu.

Sein Großvater sah ihn verwundert an. »Wo soll ich denn sonst sein?«

Bevor Flynn antworten konnte, wurde er von neuem abgelenkt. Seine Mutter trat auf die Veranda, gefolgt von seiner Großmutter. Flynn traute seinen Augen kaum. Ihm fiel außerdem noch eine Sache auf. Die Verandatür ins Wohnzimmer war aus Holz. Etwas verwittert, aber seine Mutter hatte das früher schon immer bewundert. Sie meinte, es hätte viel mehr Seele als diese sterilen Neubauten mit ihren großen Glasfronten und den Kunststofffenstern. In den kleinen Scheiben zwischen den Sprossen spiegelte sich der Garten. Bunt und lebendig. Sein Opa war am Leben, seine Oma putzmunter und seine Mutter alles andere als betrunken. Es hatte sich wohl viel mehr verändert als nur Vatis gute Laune. Wieder tauschte er Blicke mit Konrad, der selbst aus dem Staunen kaum herauskam.

»Mama!« Flynn war überwältig von der Freude, dass er auch sie zurückhatte. Sie trug ein hübsches Sommerkleid und brachte ein Tablett nach draußen.

»Guten Morgen«, sagte sie ebenso freudig. »Da hat es sich ja gelohnt, dass wir mit dem Frühstück auf euch gewartet haben, wenn man so nett begrüßt wird.«

»Darf Konrad auch mit frühstücken?«

»Natürlich!«

Flynn, überwältig von seinem Glücksgefühl, gab seiner Mutter und seiner Oma einen Kuss auf die Wange und bot den beiden Frauen ganz galant einen Platz an, indem er ihnen den Stuhl reichte.

»Ich wusste gar nicht, dass ich noch so gut ankomme bei jungen Männern«, scherzte seine Mutter.

»Das will ich jetzt nicht gehört haben«, war die Stimme von Flynns Vater zu vernehmen. Er kam, gefolgt von Frau Hofmann, auf die Terrasse zurück. Flynn war gar nicht aufgefallen, dass er weggewesen war. Sein Vater trat auf ihn zu und sah ihm ernst in die Augen. Flynn fürchtete, dass sein Vater im Begriff war, einen Streit vom Zaun zu brechen. Die

Idylle war ja auch zu schön gewesen. »Du lässt die Finger von dieser bildhübschen jungen Frau«, sagte sein Vater. »Sie gehört für immer mir. Such dir gefälligst eine eigene Freundin.« Er lachte, boxte Flynn sanft gegen den Oberarm, tänzelte um ihn herum und gab seiner Frau einen liebevollen Kuss.

Flynn musterte Frau Hofmann, die, genau wie die Möbel, die Alte zu sein schien. Außer einem Lächeln zeigte sie keine Reaktion, dass irgendetwas Ungewöhnliches vor sich ging. Flynn überlegte krampfhaft, wie er herausbekommen konnte, was sich in seinem Leben, genauer gesagt, im Leben seiner Eltern verändert hatte. Am liebsten hätte er einfach danach gefragt. Zum Beispiel, warum Opa nicht gestorben war, oder wie Mutti so schnell ihre Alkoholsucht überwunden hatte, aber das ging ja nicht. Er würde alle vor den Kopf stoßen und könnte es nicht einmal erklären. Keiner würde seine Geschichte von Memorien ernst nehmen. Konrad als Augenzeuge machte die Sache wohl nicht glaubwürdiger. Zumindest nicht für Erwachsene.

Wenigstens nach Vaters Firma konnte er sich erkundigen. Das war sicher unverfänglich.

»Wie läufts denn im Betrieb?« Flynn biss ganz beiläufig in ein Marmeladenbrot.

Sein Vater sah ihn argwöhnisch an. »Seit wann interessierst du dich denn für meine Geschäfte? Du findest meine Arbeit doch blöd, wenn ich dich zitieren darf.« Er zwinkerte ihm zu.

Flynn zuckte mit der Schulter. Er hatte gelernt, dass es manchmal gar nicht notwendig war, auf eine Frage zu antworten. So war es auch diesmal. Sein Vater lächelte und sprach einfach weiter.

»Danke der Nachfrage, es läuft«, sagte er belustigt. »Aber es ist Wochenende und da gibt es Wichtigeres im Leben. Ich habe mir überlegt, wir könnten morgen zusammen in den Freizeitpark. Dort soll es eine neue Achterbahn geben. Habt ihr Lust?«

»Ernsthaft. Du kommst auch mit?«, hakte Flynn skeptisch nach.

»Was ist nur heute mit dir los?«, musterte ihn sein Vater. »Wir machen doch immer alles gemeinsam.«

»Du hast recht«, sagte Flynn schnell. »Ich wollte nur sichergehen.« Flynn sprang auf, rannte um den Tisch und fiel seinem Vater um den Hals. »Ich feier das mehr, als du dir vorstellen kannst.«

Er wischte sich eine Freudenträne aus dem Auge. Natürlich erst auf dem Rückweg zu seinem Stuhl, so dass sein Vater es nicht sehen konnte.

Konrad hatte es nicht sehr eilig, nach Hause zu kommen. Seine Mutter war sicher nicht in Sorge und so wollte er viel lieber Flynns Zimmer sehen. Die Vermutung lag nahe, dass sich im Haus noch mehr verändert hatte als nur der Garten und die Terrassentür.

Er ging mit Flynn durchs Wohnzimmer, hinaus auf den Flur. Wenigsten waren einige Möbel die Gleichen geblieben, erkannte Flynn beruhigt. Als sie die Treppe ins obere Stockwerk betraten, knarzte es unter ihren Füßen. Es war die alte Holztreppe von früher. Die bescheuerte Glastreppe fehlte. Gut so. Automatisch dachte Flynn an Opa und fand den Gedanken toll, dass sie hier alle zusammenlebten. Einiges war aber renoviert worden. Nur die Wände und Decken, vielleicht ein paar Reparaturarbeiten am Treppengeländer. Ansonsten hatte das Gebäude den alten wohnlichen Charme behalten dürfen. Flynn fand das herrlich. Alles wirkte viel gemütlicher als in dem modernen Kasten von früher. Es war ihm egal, dass sein Zimmer vermutlich nicht mehr sprachgesteuert funktionierte. Ob es überhaupt noch dasselbe war? Oma und Opa mussten ja auch irgendwo wohnen. So schnell er konnte, hastete er nach oben. Vor der Tür hielt er kurz inne. Sie war jetzt alt und mehrfach überlackiert. Vorsichtig drückte er sie einen Spalt auf. Da stand sein Bett. Sein Herz hüpfte. Da war auch das große Fenster in den Garten. Daran hing er besonders. Die Bude hatte sich kaum verändert. Kein modernes Kunststofffenster zwar, aber sein Schreibtisch und gegenüber das Regal, auf dem sogar die ferngesteuerten Flitzer standen, mit denen er nie spielte. Auf dem Boden lag eine Sporthose, die er vermutlich selbst dort hingeworfen hatte. Er ging quer durch den Raum und sah hinunter in den Garten. Das Baumhaus wirkte von hier noch riesiger als vom Rasen aus betrachtet. Ihm kam ein Gedanke. Vielleicht würde es ja doch funktionieren. Feierlich schmunzelnd sah er Konrad an. Er hob einen Finger und sagte:

»Licht an!«

Augenblicklich wurde das Zimmer in ein grelles LED-Licht getaucht.

»Hammer!«, freute er sich. »Technische Spielereien mag Vati also immer noch«, lachte er. Flynn ging zu seinem Bett hinüber und warf sich auf die Matratze. »Wie ich mich danach gesehnt habe!«

Konrad setzte sich davor auf den Fußboden. »Müssten wir nicht irgendwie eine Erinnerung an das alles haben?« Konrad sah Flynn nachdenklich an.

»Was meinst du?«

»Geht es dir nicht auch so wie mir? In meiner Erinnerung ist euer Haus megamodern, dein Opa ist gestorben und dein Vater – naja, nicht ganz so freundlich.«

Flynn musste lachen. »Das ist die Untertreibung des Jahrhunderts.«

Konrad grinste verlegen.

Flynn wusste trotzdem nicht, was er meinte. »Ja und? Ich hab es verändert. Wir wissen doch, wie es passiert ist.«

»Schon«, gab ihm Konrad recht. »Aber nimm doch nur die Sporthose hier auf dem Boden. Du hast sie erst vor kurzem dahingeworfen. Müsstest du dich nicht daran erinnern?«

Flynn dachte nach. Es war logisch, was Konrad meinte, und irgendwie auch wieder nicht.

»Memorien hat eigentlich nur die Erinnerungen meines Vaters gelöscht«, sagte Flynn laut denkend.

Konrad nickte. »Eben! Nur die Erinnerungen, nicht was passiert ist. Aber deine Familie hat ein ganz anderes Leben geführt. Dein Opa ist sogar noch da – und selbst Frau Hofmann ist davon betroffen.«

»Du hast recht.« Irgendwie war es Flynn aber egal warum. Einfach weil es so viel besser war.

»Als die Höhle eingestürzt ist, muss viel mehr passiert sein. Es hat die Vergangenheit deiner Familie verändert. Nur wir haben unsere alten Erinnerungen behalten«, grübelte Konrad weiter.

»Weil wir in Memorien waren«, ergänzte Flynn zufrieden. Ihm reichte die Erklärung. »Lass uns lieber überlegen, wie wir Kontakt zu Fritza aufnehmen können. Wenn ich wenigstens eine Ahnung hätte, wo sie ungefähr wohnt«, überlegte Flynn.

»Fritza ist ein ziemlich ungewöhnlicher Name. Gib ihn doch mal in die Websuche ein, vielleicht finden wir sie«, schlug Konrad vor.

Flynn war Feuer und Flamme von dem Vorschlag. Er richtete sich auf, zog sein Telefon aus der Tasche und tippte darauf herum. ›Fritza‹, Flynn erinnerte sich, wie er über den Namen gelacht hatte, als er ihn zum ersten Mal hörte. Er wusste gar nicht mehr warum. Fritza, war doch der schönste Name der Welt.

Seiner Begeisterung wich Enttäuschung.

»Das ist sie wohl nicht.«

Er hielt Konrad das Display unter die Nase. In den Suchergebnissen waren ein paar Bilder aufgetaucht, die eine Frau auf einem alten Gemälde zeigte. Daneben nur ein einziges anderes Porträt. Auch nicht Fritza.

Abwesend beobachtete Flynn, wie Konrad ebenfalls auf dem Gerät herumtippte. Nach ein paar Sekunden erschien ein Lächeln auf seinem Gesicht.

»Aber das ist sie.« Er gab das Telefon an Flynn zurück. Der starrte auf den Bildschirm und tatsächlich grinste ihn ihre Freundin entgegen. Im Arm hielt sie ein Mädchen, das genauso fröhlich in die Kamera schaute. Sie machten einen Kussmund. In der Suchleiste hatte Konrad ›Marie und Fritza‹ eingegeben. Aufgeregt klickte Flynn das Bild an. Es war mit Fritzas Profil einer digitalen Freundes-Plattform verbunden. Auch Flynn hatte ein Profil bei dieser Community. Er drückte den Button ›private Nachricht‹.

›Mir geht es gut‹, schrieb er kurz. ›Melde dich, falls du Lust hast.‹

Er ließ das Telefon sinken und sah Konrad an. »Jetzt würde ich gerne dabei sein, wenn sie es sieht.«

Flynn konnte kaum erwarten, von ihr zu hören.

Fritza bemerkte nicht, dass ihr Telefon kurz aufleuchtete. Der Ton war lautlos gestellt. Sie wollte auf keinen Fall gestört werden. Ihr Tag war einfach zu traurig gewesen. Sie lag auf ihrem Bett, weinte und konnte niemanden sehen oder hören. Sie war so kolossal unglücklich, dass sie sich nicht vorstellen konnte, jemals in ihrem Leben wieder fröhlich zu sein. Maries Eltern hatten sie besucht – und später die Polizei. Fritza hatte gar nicht gewusst, was sie erzählen sollte. Scheinbar waren sie nur zwei Nächte weggewesen, aber Marie würde für immer verschwunden bleiben. Niemand würde sie je wiederfinden. Fritza hatte gelogen. Sie hatte Maries Eltern nicht in die Augen gesehen, als sie sagte, dass sie an der Ruhr gespielt hatten und sie beide hineingefallen waren. Es war eine Notlüge. Es fühlte sich nicht gut an, als sie erzählte, dass sie ohnmächtig ans Ufer gespült worden und ohne Marie wieder aufgewacht war. Sie hatte nach ihr gesucht, erzählte sie, aber Marie nicht mehr gefunden. Dann hatte sie geweint, ganz fürchterlich, so wie jetzt. Die Polizisten hatten gleich eine Suche veranlasst. Sie wussten ja nicht, dass es nichts nützen würde. Nur Fritza wusste, wo Maria geblieben war, und dorthin konnte niemand gehen. Fritza konnte unmöglich die Wahrheit sagen. Es hätte ohnehin kein Mensch geglaubt. So war es besser. Und dann dachte sie an Flynn. Sie sah ihn vor ihrem geistigen Auge. Wie er mit ihr gelacht hatte. Wie er aussah, wenn er überrascht oder beeindruckt gewesen war und wie er sie ganz am Ende angesehen hatte, als er wusste, dass er sterben würde. Seine großen funkelnden Augen, die versuchten, seine Traurigkeit vor ihr zu verbergen. Er war ein mutiger und stolzer Junge gewesen. Er hatte überhaupt nicht ängstlich auf sie gewirkt. Nur traurig. Das Wichtigste war für ihn, dass sich Konrad keine Vorwürfe machen würde.

Es erschien ihr so irreal.

Flynn war irreal. Er war so irreal, wie er fantastisch gewesen war.

Ein toller Abend ging langsam zu Ende. Konrad war kurz zu Hause gewesen und dann zurückgekehrt, um mit ihnen allen zu grillen. Für Flynns Eltern und Großeltern war es nur ein schöner gemeinsamer Abend, wie offensichtlich so viele schöne Abende, die sie bereits zusammen erlebt hatten. Zumindest seufzte Flynns Mutter ständig davon, wie herrlich diese Familienabende doch immer wären. Für die beiden Jungen fühlte es sich an wie ein Wiedersehensfest nach einer langen Reise und das war es ja auch. Eine lange Reise. Eine sehr lange, auch wenn sie in der wahren Welt, außerhalb von Memorien, nur einen knappen Tag gedauert hatte.

Konrad verabschiedete sich endgültig nach Hause. Die beiden Jungen sehnten sich danach, die Nacht in ihrem eigenen Bett zu verbringen. Endlich mal wieder. Vater hatte ein kleines Feuer in einer Feuerschale gemacht. Für Flynn war auch die neu. Alles in Flynn fühlte sich in diesem Moment friedlich an. Einmal war er kurz davor, seinen Eltern zu erzählen, was sie in der letzten Nacht erlebt hatten. Dann hatte er aber entschieden, dass sie ihm kein Wort glauben würden. Er selbst hätte ihm nicht geglaubt. Stattdessen kam er auf eine andere Idee.

»Papa?«

»Oh je«, lächelte sein Vater. »Diesen Ton kenne ich. Du hast entweder was angestellt oder willst etwas von mir.«

Flynn musste auch grinsen. »Nein, es ist nur, weil du ja heute nicht übers Geschäft reden wolltest.«

»Du hast recht. Aber das gilt nicht für dich, vor allem wenn dich etwas beschäftigt.«

Vater war einfach so anders. Früher, wenn Flynn mit ihm reden wollte, hatte sein Herz bis zum Hals geschlagen und er wusste, dass er bestimmt das Falsche sagen würde. Jetzt war Flynn ganz ruhig. Der Nachmittag hatte genügt, um zu wissen, dass sein Vater sein Vertrauter geworden war.

»Musstest du dich im Leben nie zwischen Familie und Karriere entscheiden?«, fragte Flynn.

»Nie«, sagte sein Vater sofort. Er wurde nachdenklich. Flynn sprach nicht dazwischen. Er spürte, dass Vater noch etwas sagen wollte. »Egal, wie viel Geld du einmal verdienen wirst. Du kannst dir die Zuneigung von Menschen – wie Konrad zum Beispiel – nie erkaufen. Menschen, die es wirklich ehrlich mit dir meinen, schenken dir ihr Herz. Sie tun das, weil es sie glücklich macht, Zeit mit dir zu verbringen. – Was du mit Geld kaufst, hat immer ein Rückgaberecht, das musst du dir merken!« Bei den letzten Worten zwinkerte er ihm zu.

»Das werde ich«, flüsterte Flynn. Es fühlte sich seltsam an. So etwas aus Vaters Mund zu hören. Es war die gleiche Stimme, die vor einigen Tagen ganz gegenteilige Sätze gesprochen hatte. Aber das war Vergangenheit. Flynn musste sich nur noch daran gewöhnen. »Ich gehe schlafen.« Er gab seinem Vater einen Kuss auf die Wange, ohne zu wissen, ob es so richtig war. Vielleicht gab es ein Ritual, welches er nicht kannte. Vater lächelte und sah nicht verwundert aus, also war es nicht verkehrt. Er gab auch seiner Mutter einen Kuss und Oma. Als Opa an der Reihe war, stiegen Flynn urplötzlich Tränen in die Augen. Sein Opa war schon so lange gestorben und so oft hatte er sich nach ihm gesehnt. In seiner Erinnerung saß er auf seinem Schoss, wenn Vater nicht da war und alles war gut gewesen. Später hatte er sich oft nach ihm gesehnt. Er wäre der Einzige gewesen, der vielleicht Rat gewusst oder zumindest zugehört hätte, wenn er Sorgen wegen Vater hatte. Mit ihm hätte er reden können.

Das war überhaupt die Idee.

»Bringst du mich nach oben?«

Opa sah verwundert in die Runde. Ein Lächeln umspielte seine Lippen. Er freute sich. Das war nicht zu übersehen. »Gern!«, sagte er nur.

Es fühlte sich toll an, mit Opa an seiner Seite. Seine Wärme, die er so lange nicht mehr gespürt hatte. Bei seinem Großvater musste er nicht erst wieder lernen, ihm zu vertrauen.

»Stimmt das, was Vati vorhin gesagt hat?«, wollte Flynn von ihm wissen, noch während sie die Treppe nach oben stiegen.

Opa zögerte. »Sicher!«, sagte er.

»Ich meine, dass er sich nie entscheiden musste«, fügte Flynn hinzu. Er hatte gemerkt, dass Opa über etwas nachdachte.

Sie waren an der Zimmertür angekommen. »Geh erst Zähne putzen«, sagte er. »Ich warte hier.«

»Na gut, aber wenn ich zurück bin, will ich ne Antwort«, grinste Flynn und verschwand im Bad.

Es schien, als würde Opa immer noch nachdenken, als Flynn nach einer kurzen Katzenwäsche unter seine Bettdecke schlüpfte.

»Und?«

»Es gab da schon eine Zeit, in der ich dachte, dein Vater würde die Bodenhaftung verlieren«, begann Opa gedankenverloren zu erzählen. »Du warst noch nicht geboren und deine Mutter war sein ein und alles. Plötzlich fing er jedoch an, immer mehr und immer länger zu arbeiten. Deine Oma und ich machten uns große Sorgen um die beiden. Wir haben es ja nur aus der Ferne erlebt, mochten deine Mutter aber schon immer sehr. Einmal kam sie spät abends hier an. Sie weinte und war sehr einsam geworden. Ich glaube, sie hatte sogar ein wenig getrunken. Danach versuchte ich, mit deinem Vater zu reden, aber er hat mir deutlich zu verstehen gegeben, dass ich keine Ahnung von seinem Geschäft hätte und ihn in Ruhe lassen soll. Er hat mich ungeheuer gekränkt. Anschließend hat uns dein Vater ein Jahr nicht mehr besucht.«

Opa hatte ohne Pause geredet. Die Erinnerung schien ihn schwer zu belasten.

»Und was ist passiert?«, fragte Flynn. Er drückte Opas Hand ganz fest, die in der seinen lag. Sie zitterte ein wenig, als er weitersprach.

»Wir wissen es auch nicht. Selbst deine Mutter weiß es nicht. Auf einmal war er wie ausgewechselt. Er sollte befördert werden. Aber stattdessen kam er nach Hause und wollte nichts mehr davon wissen. Er war nach wie vor fleißig, aber plötzlich war deine Mutter wieder im Mittelpunkt. Am selben Abend stand er bei uns vor der Haustür und hat mich um Verzeihung gebeten. Es war, als wäre unser verlorener Sohn zurückgekehrt. Er meinte es so ernst, dass er vorschlug, unter einem Dach zu wohnen.«

»Da hatten wir ja ganz schön Glück, dass Vati zur Vernunft gekommen ist«, flüsterte Flynn.

Opa nickte. »Wir haben nie wieder darüber gesprochen. Versprich mir, dass du es auch nicht tust. Ich glaube, es hat mir und deiner Großmutter das Leben gerettet.«

Flynn umarmte seinen Opa wortlos. Er wusste, dass er recht hatte.

Plötzlich wurde Flynn unendlich stolz – und dankbar. Er

hatte seiner Familie zu einer zweiten Chance verholfen – und Konrad war an seiner Seite gewesen.

Es war bereits wieder dunkel, als Fritza ihr Telefon in die Hand nahm. Sie spürte den Drang, ihre Bildergalerie zu durchstöbern. Fotos von Marie waren das Einzige, was ihr geblieben war. Wenigstens hatte sie die. Eine Nachricht war eingegangen. Dafür war später noch Zeit. Marie sah so glücklich aus auf den Bildern. Fritza natürlich auch. Beim ansehen mancher Aufnahmen musste Fritza sogar lächeln. Sie hatten so viel Quatsch zusammen gemacht. Sie wechselte zu einer Suchmaschine im Internet. Ihre Finger tippten fast automatisch einen Namen. ›Flynn‹. Es kamen eine Menge verschiedener Einträge, darunter Bilder von alten Männern, Politikern, Schauspielern, aber auch von Kindern in Flynns Alter. Bilder von Jungen, die Sport trieben, berühmte Menschen trafen, oder einfach nur vor der Kamera posierten. Es gab sogar Comic-Flynns. Keiner davon sah aus, wie ihr Flynn. Ihr mutiger, tapferer Flynn. Er war nicht dabei. Schade, sie hätte so gerne ein Bild von ihm auf ihrem Telefon gespeichert. Bedrückt ließ sie die Hand sinken. Ihr fiel die Nachricht ein, die sie noch nicht gelesen hatte. Ein unbekannter Nutzer hatte ihr Profil besucht. Sie klickte darauf. Tränen rannen über ihre Wangen. Ihr Hals schnürte sich zusammen.

»Flynn«, flüsterte sie.

Ihr Körper schüttelte sich vor Lachen und Weinen. Flynn hatte es tatsächlich geschafft. Aufgeregt wollte sie zurückschreiben, aber es ging nicht. Ihre Finger zitterten so sehr, dass sie keine Taste traf. Egal, sie würde später antworten. Nein, sie würde anrufen, aber erst wenn sie sich beruhigt und gründlich die Tränen aus ihrem Gesicht gewaschen hatte.

Flynn war nicht irreal. Flynn war so real, wie ein Junge nur sein konnte.

Der Himmel über dem Omanagebirge zeigte sein schönstes Türkis an diesem frühen Vormittag. Das war etwas Besonderes und kam nur ganz selten vor. In der Kuppelhalle von Manjara waren zwei Menschen aufgebahrt. Ein Mädchen, vielleicht zwölf Jahre alt und ein älterer Mann. Beide waren mit einem silbernen Umhang bekleidet, um ihre Wunden zu verdecken. Sie sahen friedlich aus. Ein Besucher hätte denken können, sie würden schlafen. Ihre Ruhestätte waren je zwei einfache Stämme, zwischen die ein silbriges Tuch gespannt war. Die Stämme hatten die Einsiedler im Tal von einem der Blütenbäume geschlagen. Sie wussten, wie man sie dabei nicht beschädigte, um deren eingeschlossene Erinnerungen zu bewahren. Das Gedankenfest für die Verstorbenen dauerte einen ganzen Tag. Es war keine traurige Atmosphäre. Die Einsiedler würdigten ihren Abschied. Als das Fest geendet hatte, wurden die Toten würdevoll zum Tor hinausgetragen. Acht Einsiedler an jedem Baumstamm. Behutsam setzten sie über den See und wanderten von dort in einer Prozession weiter zum Bergpfad. Es dauerte unendlich viele Tage und Nächte, bis der Leichenzug durch ganz Memorien gewandert war und die beiden Menschen zu dem kleinen Wäldchen gebracht hatte. Es rührte sich keine Wolke am Himmel. Die Einsiedler legten ihre wertvolle Last, sachte im Unterholz, ab. Noch einmal versammelten sie sich, um die beiden Menschen aus ihrer Mitte zu verabschieden. Schließlich war die Zeremonie beendet und die Einsiedler begaben sich auf den Rückweg. Bald würden sie sich wieder der Ruhe und dem Nachdenken in Manjara widmen können. So lange, bis die nächsten Menschen ihre Hilfe benötigten.

Keiner wusste wann.

Über dem Wäldchen zogen dunkle Wolken auf. Es begann zu regnen und Blitze erhellten die Finsternis. Ein immer stärker werdender Sturm wirbelte das Laub auf. Erst nur das Laub, dann Zweige und Äste und schließlich die beiden Körper, welche die Einsiedler gebracht hatten. Sie wurden von einem Sog erfasst, der sie wie eine Kanonenkugel in die Höhe katapultierte.

Die Einsiedler hatten eines der wichtigsten Gesetze Memoriens erfüllt.

Nichts durfte bleiben, was nicht nach Memorien gehörte und alles, was Memorien war, konnte niemals von Memorien getrennt werden.

Es war bereits Nachmittag, als Marie und Jakob in ihren Betten erwachten.